HARTMUT MECHTEL

Kapitäne sterben um Mitternacht

Die Hanse

Die Deutsche Bibliothek – CIP-Einheitsaufnahme

Ein Titeldatensatz für diese Publikation ist bei
Der Deutschen Bibliothek erhältlich

Umschlaggestaltung: atelier freilinger & feldmann
Motiv: Detail aus Meister Franckes Altartafel »Die
Verhöhnung des St. Thomas von Canterbury«, 1424 für die
Hamburger Kirche St. Johannis, © Hamburger Kunsthalle,
Hamburg/Bridgeman Art Library
Herstellung: Das Herstellungsbüro, Hamburg
Satz: Greiner & Reichel, Köln
Druck und Bindung: Clausen & Bosse, Leck
Printed in Germany

ISBN 3-434-52801-6

Informationen zu unserem Verlagsprogramm finden Sie
im Internet unter www.die-hanse.de

PROLOG · Hamburg, Herbst 1610

»Sprechen wir über Geld«, sagte Hinrik Bersing und blickte angriffslustig in die Runde. »Sprechen wir über die Zukunft der Hanse!«

Am großen, schweren Eichentisch saßen auf harten, hochlehnigen Stühlen zehn Männer in den besten Jahren. Allesamt waren in dunkle Tuche gekleidet, von denen sich das strahlende Weiß ihrer Kragen abhob. Einige trugen ein pelzbesetztes Wams, andere einfachere schwarze Überhänge. Allen gemeinsam waren die glänzenden großen Knöpfe an der Oberbekleidung, und alle hatten über den Bäuchen silberne oder goldene Ketten, an denen die hochmodische Taschenuhr befestigt war. Sie trugen sorgfältig gezwirbelte Schnurrbärte, einige auch glattgestutzte Knebelbärte. Die Haare wallten bis zu den Schultern, und auf den Köpfen trugen sie breite Hüte; einige waren mit Federn geschmückt. Die Beine in den pludrigen Hosen und mit den weichen, umgeschlagenen Stulpenstiefeln hatten sie, je nach Temperament und Laune, fest aufgestellt oder bequem unter dem Tisch ausgestreckt. Diese Männer bestimmten die Geschicke der Hansestadt Hamburg. Es waren die Ratsherren, und sie waren, wie an jedem Montag, zu einer Beratung zusammengekommen.

Vor ihnen auf dem Tisch standen silberne Becher, gefüllt mit weißem Wein, doch den beachtete niemand. Gespannt starrten sie den Sprecher an, denn Andeutungen im Vorfeld der Beratung und nun sein Tonfall und seine Mimik offenbarten, daß es um Entscheidungen und Pläne von Belang gehen würde.

Hinrik Bersing war mit seinen fünfunddreißig Jahren der Jüngste in der Runde. Er entstammte einem alten Kaufmannsgeschlecht. Nach dem Tod seines Vaters hatte er nicht nur dessen Handelsgüter und Niederlassungen geerbt, sondern auch dessen Funktion als Mitglied des ehrenwerten Stadtrats. Bersings Vater hatte sich durch maßvolle Besonnenheit ausgezeichnet. Lieber tat er gar nichts, als daß er sich zu eilfertigen Entscheidungen hätte hinreißen lassen. Ganz anders der Sohn, der das von seiner Mutter geerbte lebhafte Temperament kaum zügeln konnte. Da er in den zwei Jahren, in denen er das väterliche Kontor nun leitete, kaufmännisches Geschick bewiesen hatte, achteten die anderen Ratsmannen ihn trotz seiner Jugend als gleichwertigen Partner. Seine Stimme hatte soviel Gewicht wie die eines jeden anderen.

Bersing war ein großer, schlanker Mann mit langem, dunkelblondem Haar. Er trug als einziger ein Lederkoller; diese von den schwedischen Soldaten übernommene Mode begann sich gerade erst durchzusetzen. Und schräg über die Brust erstreckte sich eine hellblaue Seidenschärpe. Er wirkte eher wie ein Krieger als wie ein Kaufmann, und so wollte er auch wirken. Gewinnbringender Handel, das war seine Devise, war wie eine Schlacht, der Kaufmann wie ein Feldherr, der noch den letzten Soldaten gezielt einsetzen mußte.

»Meine Herren!« setzte Bersing neu an. »Daß die Spanier und die Niederländer Frieden geschlossen haben, mag im moralischen Sinne begrüßenswert sein. Unseren Geschäften hat dieser Frieden Schaden zugefügt. Wir alle« – er blickte sich im Raum um, betrachtete jedes Gesicht, vergewisserte sich, daß es stimmte –, »ja, wir alle haben Waffen und anderes Gerät an die spanische Armee verkauft. Und obwohl die Niederländer mit ihren Ausliegerschiffen bis in die Elbmündung kamen und unsere Schiffe kaperten, haben wir dabei Gewinn gemacht, denn die meisten Ladungen kamen eben doch durch. Jetzt sind die Spanier nicht mehr auf unsere Lieferungen angewiesen, und ein wichtiger Teil unserer Geschäfte ist zum Erliegen gekommen. Dafür brauchen wir einen Ersatz. Ich bin nicht gewillt, mich mit weniger zufriedenzugeben. Der Sinn des Handels besteht darin, Gewinn zu machen, nicht darin, Verluste einzufahren. Was können wir also tun? Irgendwo auf der Welt ist immer Krieg, doch bis wir dorthin gelangt sind, ist er vielleicht schon vorbei, und wenn nicht, dann warten sie nicht gerade auf uns. Sofern es den Krieg nicht in unserer Nähe gibt, sollten wir also versuchen, aus dem Frieden Profit herauszuholen.«

Hinrik Bersing machte eine Kunstpause, doch der weißhaarige Albrecht Geverdes, der Nestor der Runde, ein spitznasiger Mann mit bleichem, verwittertem Gesicht, nutzte die Stille für eine Frage: »Wie sollte das möglich sein? Für den Handel in die Neue Welt sind wir nicht gerüstet, falls Sie das vorschlagen wollen, Bersing.«

»Richtig, Geverdes, noch sind unsere Schiffe zu klein und zu leicht, sie den Ungewißheiten regelmäßiger Atlantiküberquerungen auszusetzen. Das wird sich eines Tages ändern, doch dieser Tag ist nicht nah. Was ich meine, ist etwas ganz anderes. Wenn es uns nicht möglich ist, in die ganze Welt hinauszufahren, weshalb lassen wir dann nicht die Welt zu uns kommen?«

Wieder machte er eine Kunstpause. Diesmal schwiegen auch die Ratsherren. Gespannt warteten sie darauf, daß er seinen Plan darlegte.

»Was nutzen uns die Handelsbeschränkungen?« begann Bersing erneut zu reden. »Sie bringen etwas ein, wenn wir mächtig genug sind, die anderen niederzukonkurrieren. Machen wir uns nichts vor. Hamburg hat gerade mal dreißigtausend Einwohner. Wir sind keine Macht. Nicht einmal die Hanse ist eine Macht. Sie hat ihre besten Zeiten hinter sich. Was ist die Hanse gegen die Handelsmacht der Niederländer? Die Niederlande sind ein winziges Land und trotzen dennoch seit sechzig Jahren erfolgreich dem großen Spanien. Und während des endlosen Krieges haben sie eine Handelskompanie gegründet, die Vereinigte Ostindische Kompanie, die es vor fünf Jahren geschafft hat, die Portugiesen von den Molukken zu vertreiben. Wohlgemerkt: Das war keine Armee, sondern eine Handelskompanie, die das vollbrachte. Kann sich die Hanse damit messen? Und vor allem: Können wir es uns leisten, mit dieser Großmacht keinen Handel zu treiben? Ich sage: Öffnen wir unseren Hafen für die Niederländer. Das wird uns den Aufschwung verschaffen, den wir derzeit benötigen.«

Albrecht Geverdes reckte seinen verwitterten Kopf vor. »Klingt interessant«, gab er zu. »Aber werden sie auch kommen? Schließlich waren wir mit den Spaniern, nun ja, nicht gerade verbündet, aber doch verbandelt.«

»Ich bitte Sie, Geverdes, erfolgreiche Kaufleute sind doch keine nachtragenden Prinzipienreiter! Wenn sie bei uns ein Geschäft wittern, dann werden sie kommen. Und wenn sie mit uns Geschäfte machen, dann können wir auch welche mit ihnen machen. Und falls es am Anfang doch ein paar Berührungsängste geben sollte, dann haben wir den unschätzbaren Vorteil des Glaubens.«

»Wie meinen Sie das, Bersing?« fragte der dicke Joachim Barckhan.

»Das liegt doch auf der Hand«, sagte Bersing. »Wir haben die gleiche Religion.«

»Mit diesen Ketzern?« protestierte Barckhan.

»Die Spanier sagen, daß die Niederländer Ketzer sind. Was scheren uns die religiösen Vorurteile der Spanier? Sie sind katholisch, wir sind Protestanten. Alle in diesem Raum und fast alle in der Stadt. Und was sind die Niederländer? Ebenfalls Protestanten. Wir hatten unseren Luther, sie ihren Calvin. Beide waren große Reformer, beide haben sich gegen das erstarrte System der katholischen Kirche gewandt und uns zum wahren Glauben zurückgeführt. Von seiten der Religion aus betrachtet, haben wir im Krieg auf der falschen Seite gestanden. Das ist kein Vorwurf.

Die Geschäfte gingen gut, und wir schätzen die Religionsfreiheit als hohes Gut. Also hatten wir auch die Freiheit, die Katholiken mit Waffen und Nahrung zu versorgen. Aber jetzt, im Frieden, können wir uns unseres Glaubens besinnen und aus ihm das erste Band in Richtung Niederlande winden. Und damit nicht genug. In unserer Nachbarschaft gibt es noch eine andere große protestantische Nation. Ich meine die Engländer. Mein Großvater und Ihr Vater, Geverdes, haben im Jahre 1567 zum ersten Mal versucht, die Merchant Adventurers nach Hamburg zu locken. Das soll dem Vernehmen nach eine goldene Zeit für unseren Handel gewesen sein. Sie dauerte nur zehn Jahre, weil uns Lübeck gezwungen hat, die Verträge wieder zu kündigen. Und was ist das Ergebnis? Die englischen Häfen bleiben uns verschlossen. Das ist eine so unwürdige wie unbefriedigende Situation. Ich bin nicht länger bereit, sie tatenlos hinzunehmen.«

»Ich scheine«, sagte Geverdes, »hier die Rolle des Advocatus Diaboli zu spielen. Ungewollt, Bersing, das versichere ich, denn Ihre Ideen sagen mir zu. Wir brauchen frischen Wind für unseren Handel, und was Sie vortragen, ist zwar reichlich gewagt und unorthodox, aber ich kann mich für Ihre Gedanken erwärmen. Dennoch muß ich einen Einwand vorbringen. Wir sind an die Bestimmungen und Verträge der Hanse gebunden. Die Engländer zu boykottieren ist nicht unsere Politik, es ist die Politik der Hanse. Wer sind wir, daß wir es wagen könnten, dagegen aufzubegehren?«

»Wer ist die Hanse, frage ich dagegen?« sagte Bersing voller Nachdruck. »Ein loser Bund von Städten, verstreut durch alle deutschen Lande. Was kann die Hanse tun, wenn wir unseren Hafen für die Welt öffnen? Werden sie uns mit Krieg überziehen? Lachhaft. Werden sie uns boykottieren? Sie werden sich hüten, wenn wir der wichtigste Handelsplatz an der Nordsee geworden sind. Ich denke, was wir zu erwarten haben, ist ein Protest von Lübeck. Sollen sie doch protestieren! Wir sind jetzt schon so mächtig wie Lübeck, obwohl wir noch nicht mal die Reichsfreiheit haben. In fünf Jahren werden wir mächtiger sein!«

Bersings wasserblaue Augen blitzten, er erhob sich und schaute in die Runde. »Meine sehr geschätzten Herren«, sagte er, »die Hanse hat sich politisch und wirtschaftlich überlebt. Was den Handel fördern sollte, hemmt ihn. Ich sage dennoch nicht, daß wir die Hanse verlassen sollen. Solange wir Vorteile davon haben, werden wir sie nutzen. Aber ich sage auch: Lassen wir uns nicht länger behindern durch antiquierte und wirtschaftsfeindliche Vorschriften! Treiben wir Handel mit allen, von denen wir Nutzen haben können. Öffnen wir unseren Hafen für die ganze Welt, vor allem aber für die Niederländer und für die Engländer. Und räumen wir im hintersten Winkel unseres Archivs schon mal einen Platz frei, an dem wir den Lübecker Protest säuberlich verschwinden lassen können, wenn er eingetroffen ist!«

Zwei der Ratsherren klatschten in die Hände, zwei andere klopften Beifall auf dem Eichentisch. Bersing tat, als hätten ihm alle zugestimmt. Er nickte freundlich in die Runde, setzte sich und hob den silbernen Becher an den Mund. Nach dieser Rede hatte er sich einen Trunk verdient.

Der alte Geverdes hatte sich nicht an den Beifallsbekundungen beteiligt, doch stand er, wie er gesagt hatte, Bersings Plänen nicht ablehnend gegenüber. Das hieß sechs zu vier, dachte Bersing. Angenommen. Was auch immer noch von zagenden Zweiflern vorgebracht werden würde, am Beschluß würde das nichts ändern. Hamburg würde die mächtigste Stadt an der Nordsee werden.

Zufrieden ließ er sich gegen die hohe Lehne sinken und hörte nur mit halbem Ohr zu, als einer der Bedenkenträger die große Zeit und die Macht der Hanse beschwor. Statt dessen träumte er lieber von der Zukunft. Er hörte schon das Gewirr der Sprachen im Hafen, er sah die Dreimaster aus den Niederlanden und aus England elbaufwärts fahren. Die Zukunft des Handels liegt in den überseeischen Kolonien, dachte er. Wir sind zu kurz gekommen, wir haben nicht eine einzige Kolonie. Der westindische Kontinent wird ohne uns erobert, und wo Ostindien liegt, ahnen wir nicht einmal. Wenn wir von den Schätzen beider Indien etwas abbekommen wollen, dann bleibt uns gar nichts anderes übrig, als uns mit Mächten einzulassen, die dort präsent sind. Mit den Spaniern und Portugiesen treiben wir Handel. Wir haben Niederlassungen in Lissabon, Cadix, Malaga, Livorno. Warum haben wir keine in Amsterdam und in London? Weil es uns die Hanse verbietet? Was für eine kurzsichtige Politik ist das! Nun ja, es ist eine alte, überlebte Macht. Die Hanse gibt es seit über 400 Jahren. Die Vereinigte Ostindische Kompanie gibt es erst seit einem Jahrzehnt, und dennoch ist sie die wichtigste Handelsmacht der Welt geworden. Und warum? Weil es keine Gesetze gibt, die sie behindern. Der Handel braucht Freiheit. Diese Freiheit werde ich Hamburg verschaffen. Und mir selber.

Bersing hörte wieder zu, was am Tisch gesprochen wurde. Es bedurfte seines Eingreifens nicht, sein Anhang hatte seine Argumentation übernommen. Das wunderte ihn nicht. Gute Kaufleute erkennen ihren Vorteil. Den erkannten auch die Zweifler, nur hatten sie Angst vor den möglichen Folgen einer Veränderung. Diese Angst konnte ihnen niemand nehmen. Natürlich war die Reaktion von Lübeck und den anderen Hansestädten nicht wirklich vorauszusagen. Wenn es doch Sanktionen geben sollte und nicht bloß den vorhersehbaren Lübecker Protest, dann mußte man eben mit den Folgen leben. Wer etwas gewinnen wollte, mußte auch etwas wagen.

Albrecht Geverdes beendete die Diskussion. »Die Argumente sind ausgetauscht«, sagte er. »Wollen Sie Ihren Vorschlag als Antrag einbringen, Bersing?«

»Ja«, sagte der. »Über den Winter tut sich hier ohnehin nicht viel. Ich schlage daher vor, daß wir im kommenden Frühjahr unseren Hafen für Schiffe aus aller Welt öffnen, insbesondere auch für die Niederländer und für die Engländer, und daß wir unsere letzten Fahrten in diesem Jahr dazu nutzen, dies unseren potentiellen Handelspartnern bekanntzumachen. Wer dafür ist, daß Hamburg eine weltoffene Stadt wird, den bitte ich um das Erheben der rechten Hand.«

Vier Arme schossen in die Höhe, als fünfter hob Bersing selber den Arm, als sechster der alte Geverdes. Das war ein Zeichen für die Zögernden, nach und nach hoben sich weitere Arme. Nur der dicke Barckhan überlegte noch. Die anderen blickten ihn auffordernd an, langsam wurde ihm unbehaglich, er mochte sich nicht als einziger ausschließen, an sich hatte er ja auch nichts gegen Weltoffenheit, nur glaubte er nicht, daß Engländer und Niederländer wirklich Protestanten waren wie er selber. Er hielt sie für ketzerische Abweichler, während die Katholiken zwar den falschen Ritus befolgten, aber doch wenigstens an denselben Gott glaubten. Schließlich siegten der Druck der Masse und seine kaufmännische Einsicht über die religiösen Bedenken, und zögernd erhob auch er die rechte Hand.

»Einstimmig«, stellte Geverdes fest. Alle ließen ihre Arme sinken. »Es ist gut, daß wir in einer so wichtigen Frage geschlossen auftreten«, sagte der alte Ratsherr. »Wir werden unseren Entschluß gegen die Hanse zu verteidigen haben. Und wenn ich mir eine Vorhersage erlauben darf: Das werden wir schaffen, weil wir einig sind.«

Die Herren sprachen mäßig dem Getränk zu. Noch war die Beratung nicht beendet, sie brauchten klare Köpfe.

»Eigentlich«, begann Geverdes erneut, »sollte man nach einem so prinzipiellen und wichtigen Entschluß feiern, aber ich sag's mal so: Wir werden noch feiern, wenn wir die ersten Erfolge unserer neuen Politik sehen. Ich schlage vor: heute in einem Jahr! Bis dahin liegt noch viel Arbeit vor uns. Laßt uns unverzüglich damit beginnen. Unser nächstes Thema ist die Piraterie. Barckhan, Sie wollten etwas dazu sagen.«

Der Dicke richtete sich auf und sah sich mit traurigem Blick in der Runde um. »Wie Sie alle wisen«, begann er, »habe ich in diesem Sommer zwei Schiffe an die Freibeuter verloren. Das erste wurde vor Cadix von den eingeteufelten Türken überfallen, von den mohrischen Piraten, den schnellsegelnden Korsaren Algiers. Meine Mannschaft wurde, sofern sie den Angriff überlebte, von den grausamen Christenfeinden in die härteste Sklaverei geschleppt, und es ist mir bis jetzt nicht gelungen, mit den türkischen Hunden Verhandlungen aufzunehmen. Ich fürchte, meine Männer sind für alle Zeiten verloren. Die Vorstellung, daß Christen den Ungläubigen dienen müssen, ist kaum erträglich für mich. Und die gesamte Ladung ist verloren. Als ob dieses Unglück nicht schon groß genug wäre, wurde wenig später ein zweites Schiff überfallen, nicht fern im Mittelmeer oder im Atlantik, sondern ganz in der Nähe, in der Nordsee, es hatte gerade die Elbmündung verlassen. Drei Schiffe waren es, und sie schlugen so schnell und überlegen zu, daß meine Mannschaft kaum an Gegenwehr denken konnte. Der Hulk wurde geentert, die Mannschaft ergab sich auf Gnade oder Ungnade, und wider Erwarten übten die Piraten Gnade. Nur drei meiner Leute starben bei dem Angriff, mehrere wurden verletzt, aber niemand wurde über Bord geworfen. Die Piraten räumten das Schiff aus. Der Hauptteil der Ladung, das Getreide, interessierte sie zwar nicht, aber ich hatte ungewöhnlich viel Bargeld an Bord, weil ich einen großen Kauf plante. Alles ist verschwunden, die Ausstattung des Schiffes nahmen sie auch mit, und es war nach dem Kampf fast manövrierunfähig. So lief der Hulk erst nach drei Tagen wieder im Hafen ein. Ich habe all meine Leute nach Informationen ausgehorcht, die sie über die Piraten besitzen. Viel war es nicht. Der eine Pirat war ein Deutscher, der andere ein Spanier, der dritte ein Niederländer. Sie machten gemeinsame Sache, und ich gehe davon aus, daß sie ihren Stützpunkt ganz in der Nähe haben. Der Deutsche führte das Kommando des Angriffs und schien so eine Art Oberhaupt zu sein. Wenn das wahr ist, dann sehe ich mit Grausen die Zeiten eines Störtebeker und Michels wieder auf uns zukommen, von denen unsere Sagen berichten.«

»Am Ende haben wir beide auf dem Grasbrook enthauptet«, scherzte der alte Geverdes. »Sie waren nicht unbesiegbar. Worauf wollen Sie hinaus, Barckhan?«

»Ich denke, wir müssen etwas gegen die Piraterie unternehmen. Stärkere Bewaffnung der Schiffe, und wir sollten im Konvoi fahren. Das wichtigste aber wäre, eine Expedition gegen die Piraten auszuschicken und sie gefangenzunehmen oder zu vertreiben.« Barckhan war sehr aufgeregt, seine Hände zitterten vor Erregung, und seine Stimme klang rauh und kratzig. Was er vorgebracht hatte, war vernünftig gewesen, und er war der Zustimmung der anderen sicher.

Als erster meldete sich Hinrik Bersing zu Wort. Zur großen Überraschung des dicken Ratsmannes sprach er sich gegen dessen Plan aus. »Niemand hindert Sie daran, Barckhahn, Ihre Schiffe besser zu bewaffnen, und Sie können auch Landsknechte zu deren Verteidigung anwerben, wenn Sie sich etwas davon versprechen. Das halten wir ja auch so, und ich kann Ihnen versichern, daß es hilft, wenn auch nicht in jedem Falle. Jeder von uns hat schon einmal ein Schiff verloren, manche sogar mehrfach. Glauben Sie nicht, daß ich diese Sorgen als gering ansehe. Die Piraterie ist ein Problem, und was die Anschläge direkt vor unserer Haustür betrifft, so ist die Gefahr größer als dargestellt, obwohl ihr zumindest ahnt, daß sie einen festen Stützpunkt besitzen. Wenn sie das Getreide nicht anrühren, dann sind sie hinreichend versorgt mit Nahrung. Sie besitzen also eine feste Basis, und dies in unserer Nähe. Meine Nachforschungen haben ergeben, daß nicht nur drei, sondern mindestens sechs Piraten in unserem Raum operieren, vielleicht sogar zehn. Das ist eine kleine Streitmacht, und der Vergleich mit den sagenhaften Likedeelern ist gar nicht so weit hergeholt. Sie können uns ernstlichen Schaden zufügen. Wenn es wirklich zehn oder mehr sind, dann könnten sie sogar die Stadt angreifen.«

»Sage ich doch!« unterbrach der Dicke aufgeregt. »Wir müssen etwas unternehmen!«

»Mit welchen Mitteln?« fragte Bersing und blickte ihn ernst an. »Gegen zehn Piratenschiffe helfen nur fünfzehn Kriegsschiffe. Und wieviel haben wir? Nicht eines. Sicher, wir könnten den Handel einstellen, alle unsere Schiffe sammeln, Landsknechte anwerben, Kanonen und Musketen kaufen und dann hinausfahren, in der Hoffnung, das Versteck der Seeräuber zu finden, und in der Hoffnung, daß sie sich wirklich zum Kampf stellen, anstatt uns davonzusegeln, sich zu zerstreuen und dann ein halbes Jahr später wieder hier zu sein, verstärkt um weitere Schiffe, denn wer sich so stark verteidigen kann, bei dem ist etwas zu holen. Wie lange würden wir das durchhalten? Der Handel liegt schon jetzt darnieder. Ich sage, wir können uns eine Strafexpedition derzeit nicht leisten. Ich spreche nur über die einheimischen Piraten, gegen die Barbaresken sind wir ohnehin machtlos. Auch die vorgeschlagenen Konvoifahrten nutzen wenig. Sie mögen helfen gegen ein einzelnes Schiff, aber nicht gegen die vereinte Macht der Piraten. Ein Konvoi muß groß sein, und er muß von mindestens einem Kriegsschiff eskortiert werden. Aber unser Handel ist nicht so umfangreich, daß wir riesige Konvois in dieselbe Richtung schicken könnten. Vielleicht sind wir in zehn oder zwanzig Jahren so weit, wenn wir durch den weltoffenen Handel mächtig geworden sind. Vielleicht dauert es auch noch länger. Ich bin sicher, daß es Konvois aus Hamburg geben wird, aber ich bin nicht sicher, daß ich das noch erleben werde.«

»Sollen wir denn gar nichts tun?« fragte Barckhan verzweifelt.

»Das will ich keinesfalls sagen«, beruhigte Bersing den aufgeregten Dicken. »Zum ersten sollten wir unsere Abfahrtstermine geheimhalten. Ich bin sicher, die Piraten haben ihre Spione in der Stadt. Sorgt alle dafür, daß kein Unbefugter erfährt, wann ihr in

See stecht, dann fällt es schwerer, euch abzufangen. Und seid ihr erst einmal auf dem offenen Meer, dann ist fast alles gewonnen. Die Nordsee ist groß. Wie sollen sie ein Schiff finden?«

»Das ist doch Unsinn, Bersing«, sagte Barckhan aufgebracht. »Wenn sie wirklich Spione haben, dann sehen die doch, wann wir das Schiff beladen. Und dann legen sie sich auf die Lauer und warten. Es ist gleichgültig, ob wir ganz geheim einen Tag früher oder später abfahren, sie sind schon da.«

»Das ist völlig richtig, Barckhan«, sagte Bersing ruhig. »Es erschwert den Piraten die Planung, wenn sie unsere Pläne nicht kennen, aber es ist kein sicheres Mittel. Ich hatte ja auch erstens gesagt. Es gibt also noch ein zweites, und das ist das entscheidendere Mittel. Ich habe mich, wie Sie bemerkt haben, mit dem Piratenproblem gründlicher befaßt als Sie, ich weiß vermutlich besser als jeder in diesem Raum, wie groß die Gefahr ist. Und ich bin keinesfalls gewillt, sie tatenlos als Schicksal zu akzeptieren. Ich wollte das eigentlich auf dieser Sitzung noch nicht zur Sprache bringen, da ich noch nicht alles bedacht habe, aber vielleicht hilft mir ja die Erfahrung von allen weiter. Mein Gedanke ist folgender: Da wir derzeit nicht in der Lage sind, einen großen Einsatz gegen die Piraten zu starten, und da kleine Einsätze angesichts der Übermacht unergiebig wären, da wir also, sage ich, gegen die Piraten nichts unternehmen können, sollten wir, denke ich, etwas mit ihnen unternehmen.«

Die hellblauen Augen sahen in die Runde. Alle wirkten überrascht, einige sogar schockiert.

»Mit den Piraten?« fragte Barckhan. Er konnte es nicht glauben, daß er den jungen Ratsmann richtig verstanden hatte.

»Mit ihnen!« bestätigte Bersing ungerührt. Und er erläuterte den Honoratioren seinen Plan. Der Schock legte sich, die Verwunderung ließ nach, hie und da wurde erste Zustimmung laut, und am Ende der Sitzung stimmten ihm alle zu, und selbst der dicke Barckhan war der Meinung, daß Bersing ein Genie war.

1 · Nordsee, Frühjahr 1611

Karg war die Insel und flach. Es gab keine Klippen, keine Steilküste und statt Bergen nur Hügel und Dünen. Die Gräser sahen selbst im Frühjahr eher gelblich als grün aus, und die Kiefernwälder waren kümmerlich, was vor allem am Kahlschlag lag. Denn die Insel war besiedelt. An einem Ende gab es ein Dorf, in dem Bauern und Fischer wohnten, kaum mehr als hundert Häuser und Hütten, umgeben von Feldern, auf denen die frische Saat zu sprießen begann. Und am anderen Ende der Insel, ein paar Meilen über Land, stand ein zweites Dorf, das nur wenig größer war, obwohl hier viel mehr Menschen lebten. Aus Lehm oder gar Stein gebaute Häuser waren hier nicht zu entdecken, nur mehr oder minder roh gezimmerte hölzerne Bauten, zumeist aus dem wenig bearbeiteten Holz der Kiefern, aber auch mit den Brettern und Balken ausgeschlachteter Schiffe errichtet. Das war der Schlupfwinkel der Nordseepiraten. Von den Bauern und Fischern wurden sie, nachdem die Oberen beider Seiten einen Vertrag abgeschlossen hatten, anfangs zähneknirschend geduldet, und selbst das Knirschen besorgten die Dörfler angesichts der bewaffneten Übermacht nur sehr leise. Mittlerweile, nach zwei Jahren, hatten sie das Knirschen eingestellt, denn zwischen beiden Dörfern blühte ein reger Tauschhandel, sehr zum gegenseitigen Vorteil. So hatten die Bauern denn anfangs aus Angst und Vertragstreue, später aus Bedachtsamkeit für den eigenen Nutzen strenges Stillschweigen über die andere Ansiedlung bewahrt. Die Gefahr zufälliger Entdeckung des Piratennestes war gering. Zwar gab es keine Möglichkeit, die acht Schiffe in der Bucht durch Klippen,

Hügel oder Bauten zu tarnen, doch lag diese Bucht auf der meerabgewandten Seite der Insel, und dort entlang führte keine der üblichen Schiffahrtsrouten. So mußte sich ein Segler schon verfahren haben, um den Schlupfwinkel der Piraten von See aus zufällig entdecken zu können, und das war in den vergangenen zwei Jahren noch nicht vorgekommen. Über das Land hinweg waren die Schiffe denn doch nicht zu entdecken, so breit und hügelig war die Insel immerhin.

Am frühen Morgen wirkte das Dorf wie ausgestorben. Auf Wachen hatten die Piraten verzichtet; sie fühlten sich hier sicher. Mit der friesischen Dorfgemeinschaft lebten sie in Frieden, andere Menschen waren nicht auf der Insel, und gegen eine Invasion von See her waren sie gerüstet, denn auf den Schiffen war eine Restmannschaft verblieben, und mindestens einer davon war auf jedem der Segler auch zu dieser frühen Stunde auf Posten. So rührte sich auch nach dem ersten Hahnenschrei niemand. Es gab keinen Grund, jetzt schon aufzustehen. Die meisten hörten das Krähen nicht einmal, obwohl es sehr laut und durchdringend war und ganz aus der Nähe kam. Denn sie hatten ein eigenes Gehege für mehrere hundert Hühner, und es gab auch, wie auf der anderen Seite der Insel, Getreidefelder. Dies war ein ganz normales Dorf, abgesehen davon, daß seine Bewohner nur gelegentlich auch Bauern und Fischer waren.

Der Hahn war schon heiser, als sich die ersten Männer zeigten. Müde tappten sie hinter ihre Häuser und verrichteten ihr Geschäft. Dann taumelten sie schlaftrunken auf den unbefestigten Wegen wieder in ihre Häuser zurück. Es verging noch eine Viertelstunde, ehe das Dorf tatsächlich erwacht war. Auch da bemerkte man noch wenig vom Leben und Treiben, denn das Morgenmahl wurde in den Häusern zubereitet und verzehrt. Erst danach begannen die Arbeiten im Freien, die sich kaum von denen auf der anderen Seite der Insel unterschieden. Einige Männer widmeten sich der Landwirtschaft, andere fuhren in Ruderbooten zum Fischen hinaus, wieder andere befaßten sich mit Zimmermannsarbeiten, die angesichts des dürftigen Zustands vieler Häuser und der Notwendigkeit, weitere Bauten zu errichten, besonders dringlich waren. Der einzige Unterschied zum Dorf am anderen Ende der Insel war, daß keine Frauen zu sehen waren. Dies war eine Männergemeinschaft. Auf knapp achthundert Männer kamen nur fünf Frauen, von denen zwei außer für ihre Bewacher unsichtbar waren, während die anderen drei als Huren vor allem an den Abenden sehr wohl für alle sichtbar waren, die sie sehen wollten.

Die friedliche Dorfidylle änderte sich, als einer der Männer aufgeregt die am stabilsten Haus angebrachte Glocke läutete und laut schrie. Zunächst verstand ihn niemand. Nicht, weil er so undeutlich gesprochen hätte, er brüllte nur ein Wort, und das war eigentlich ganz klar, aber unglaublich. »Mord!« schrie er. »Mord!« Und er läutete Sturm.

Wer in der Nähe war, ließ seine Arbeit ruhen und eilte herbei. Aus dem soliden Holzhaus trat ein Mann heraus. Er war etwa vierzig Jahre alt, seine dunkelbraunen Augen blickten auf eine so wilde wie melancholische Art aus dem scharfgeschnittenen, vollbärtigen Gesicht. Er trug ein Hemd aus knallblauer Seide, darüber eine Weste aus dunklem Leder, eine pludrige braune Kniehose aus flämischem Tuch, ein paar kräftige schwarze Lederstiefel. Um den Bauch hatte er einen breiten schwarzen Ledergürtel geschnallt, an dem das Gehänge für seinen Degen befestigt war. Ohne Waffe ging er nicht ins Freie, das war er seinem Rang schuldig. Sein Name war Paul Claen. Er war einer der Kapitäne und galt als das Oberhaupt dieser kleinen Gemeinschaft, denn er hatte die Niederlassung gegründet und die anderen Piraten bei sich aufgenommen.

Bei seinem Erscheinen trat Ruhe ein. Der nervöse Pirat stellte das Läuten ein, und auch die anderen verharrten schweigend. Ein paar Nachzügler kamen noch herbeigelaufen, doch deren Eintreffen wartete Claen nicht ab.

»Was ist geschehen?« fragte er mit seiner so kräftigen wie tiefen Stimme.

»Ein Mord!« brüllte der Pirat. Obwohl er schrie, war er nicht so laut wie Kapitän Claen. »Captain Bird! He is dead! Ermordet! In seiner Hutte.« Er sprach das deutsche Platt mit starkem Akzent, war aber gut zu verstehen. Die Piraten waren ein Vielvölkergemisch. Vier der Schiffe kamen aus deutschen Landen, aber es gab auch eine spanische Besatzung, eine niederländische, eine portugiesische und eine englische. Die allgemeine Verständigungssprache war Deutsch, und viele der Ausländer hatten sie über den langen Winter gelernt. So verstand jeder der Anwesenden, was der Engländer gesagt hatte. Sein Kapitän war über Nacht ermordet worden.

Aufgeregtes Stimmengewirr erhob sich. Claen sorgte für Ruhe. »Sehen wir erst einmal nach«, sagte er. »Nicht alle! Das wird zuviel. Wo ist Valten?«

»Hier«, sagte ein junger Mann und drängelte sich durch die Reihen.

»Du kommst mit. Vielleicht ist ja noch etwas zu machen.«

Valten Went nickte. Er war ein hochgewachsener, schlanker Mann mit von Natur aus sehr ernstem Gesicht. Sein dunkelbraunes Haar wallte in langen Locken herunter. Der Bart war sorgfältig gestutzt. Mit seiner sehr bürgerlichen, gutgepflegten Kleidung stach er von dem verwilderten Haufen ab. Und er war auch nicht eigentlich ein Pirat. Valten Went war der Wundarzt von Kapitän Claen. Viele Piratenschiffe hatten Ärzte oder Heilkundige an Bord; zu oft wurden deren Dienste nach Gefechten benötigt. Valten Went hatte die Heilkunde studiert, war aber zu unbemittelt, eine Niederlassung in seiner Heimatstadt Lübeck zu gründen. So hatte er sich bei einer Handelsgesellschaft verdingt und war bereit gewesen, mit einem Lübecker Schiff in See zu stechen. An Bord hatte er schnell bemerkt, daß er durch seinen Vertrag fast zu einer Art Sklave der Handelsgesellschaft geworden war. Die

Gesellschaft durfte alles, er durfte nichts. In der Nordsee war das Schiff von Piraten überfallen worden. Viele Männer starben beim Kampf. Valten geriet nicht in Gefahr, denn wenn er auch Lohnsklave der Gesellschaft war, daß er kämpfte, erwartete niemand von ihm.

Des zähen Widerstands wegen war Kapitän Claen aufgebracht und ließ einen großen Teil derer, die den Kampf überlebt hatten, über die Planke gehen. Auch Valten wäre wohl gestorben, hätte er nicht gebrüllt, er sei Arzt. Das interessierte Claen, und so stellte er ihm die Frage: Was tun Sie, wenn ich Ihnen das Leben schenke? – Ich diene Ihnen, hatte Valten erwidert. So war er zu den Piraten gekommen. Jetzt war er schon drei Jahre dabei, und er bereute es nicht. Die Kämpfe und das häufig darauffolgende blutige Gemetzel verabscheute er zwar, doch er mußte ja nicht daran teilnehmen. Nur mit den Folgen hatte er sich zu beschäftigen. Arbeit gab es reichlich, aber der Lohn war nicht schlecht. Die Beute, sofern sie nicht aus Naturalien bestand, wurde aufgeteilt. Jeder Matrose erhielt einen einfachen Anteil, der Steuermann erhielt zwei Anteile, der Kapitän vier. Ein Wundarzt war dem Steuermann gleichgestellt. Noch drei oder vier Jahre, und Valten hatte ausgesorgt und konnte, sofern er die Rückkehr ins bürgerliche Leben schaffen würde, in Lübeck seine Praxis eröffnen.

Der Engländer, Kapitän Claen und Valten Went betraten das Häuschen, in dem der englische Kapitän wohnte, wenn er an Land war. Der Haufen der anderen blieb vor der Tür zurück. Hinter dem Eingang lag gleich das größere der beiden Zimmer, der Wohnraum, karg ausgestattet mit einem Tisch, zwei Stühlen und einer großen Anzahl von Truhen. Es gab auch eine Kochstelle und ein wenig Geschirr. Ein Mensch befand sich nicht im Raum.

Der englische Matrose führte die beiden in den kleinen Schlafraum. Beim Schlafen legte Kapitän Bird Wert auf Bequemlichkeit. Es gab ein großes und offenkundig weiches, bequemes Bett, erbeutet in der Kapitänskajüte eines überfallenen Schiffes. Die dicke Decke war zurückgeschlagen. Kapitän Bird lag auf dem Rücken. Seine Augen standen offen, doch er sah nichts mehr. In seiner Brust, genau in der Gegend, wo sein Herz zu vermuten war, gab es einen Einstich. Blut war aus der Wunde getreten, hatte das weiße Wollhemd durchtränkt, aber der Fleck war nicht groß.

Claen nickte seinem Wundarzt zu, und der trat an das Bett heran und untersuchte den englischen Kapitän. Da gab es nichts mehr, was er tun konnte.

»Ein Messerstich«, sagte er. »Bird war sofort tot, wie man daran sieht, daß so wenig Blut ausgetreten ist. Eindeutig Mord. Falls er geruht hat, war keine Gegenwehr möglich, und falls er geschlafen hat, sowieso nicht. Ich denke, er ist im Schlaf gestorben. Die Augen stehen offen, weil er im Moment des Stichs erwacht ist, aber ich denke, er hat seinen Mörder nicht mehr gesehen, und falls doch, kann er uns nicht mehr sagen, wer es war. Die Haut ist kalt, die Glieder sind steif. Ich denke, er ist schon ein paar Stunden tot. Vielleicht seit Mitternacht, aber das ist eine sehr ungenaue Schätzung. Es gibt keine Spuren eines Kampfes. Ob etwas gestohlen wurde, müssen wir feststellen, vielleicht weiß ja jemand von seiner Besatzung, was für Schätze er hier gehortet hat. Aber auf den ersten Blick wurde nichts durchwühlt, die Truhen waren alle verschlossen, soweit ich eben gesehen habe. Mehr kann ich nicht sagen.«

»Das war ja schon eine ganze Menge«, sagte Claen. »Jetzt ist es an mir, etwas zu sagen. Einer von uns ist ermordet worden. Das muß aufgeklärt werden. Ich bin nicht willens, das so einfach hinzunehmen.«

»Wer soll das aufklären?« fragte Valten. »Wir haben hier weder Büttel noch Constabler, es gibt keine Gerichte.«

»Ein Gericht können wir selber bilden«, sagte Claen. »Aber erst einmal müssen wir den Täter finden. Ich rufe den Kapitänsrat zusammen, vielleicht fällt uns ja etwas ein.«

Der englische Matrose wurde angewiesen, im Haus Wache zu

halten, bis über das weitere Vorgehen entschieden war. Dann begaben sich Claen und Valten Went zurück ins Freie und liefen zurück zum Haus von Claen. Der Kapitän läutete selber die Glocke, nicht so wild wie zuvor der erregte Engländer, sondern nach einem bestimmten System. Zwei Schläge, eine Pause, drei Schläge, eine Pause, vier Schläge. Das war das Signal für die anderen Kapitäne, sich zur Beratung einzufinden. Es würde einige Zeit vergehen, denn drei von ihnen übernachteten an Bord ihrer Schiffe. Für sie gab es noch keine standesgemäßen Häuser an Land, sie waren erst im vergangenen Herbst zur Gemeinschaft gestoßen. Fünf hingegen übernachteten an Land. Seltsamerweise waren nur zwei von ihnen auf den Alarmruf hin hinausgetreten, der dritte, der niederländische Kapitän, fehlte.

»Sieh mal nach, was mit Jacobszoon ist«, forderte Claen seinen Wundarzt auf. »Der war wohl gestern betrunken, daß er so überhaupt nicht aufwacht.«

Diese Sorte von Aufträgen ärgerte Valten Went. Er war doch kein Matrose, den man für Botengänge einsetzen konnte! Aber er begehrte nicht gegen das Ansinnen seines Kapitäns auf. Claen duldete keinen Widerspruch.

Langsam schlenderte er hinüber zum kleinen Haus des Holländers. Er klopfte an die Tür, dann öffnete er sie. Drinnen sah es so ähnlich aus wie bei dem Engländer, nur daß es an den Wänden etwas mehr Zierat gab. Der Holländer war offensichtlich länger im Geschäft als der Engländer. Oder erfolgreicher.

Irgendwie hatte Valten es erwartet, was er zu sehen bekam. Kapitän Jacobszoon lag auf seinem Bett, die Decke war aufgeschlagen, in der Brust gab es einen Einstich, wenig Blut war ausgetreten, die Augen standen offen und sahen glasig aus. Der Wundarzt erschrak nicht. Er trat an das Bett heran, untersuchte die Wunde. So groß wie die andere. Möglicherweise dasselbe Messer, zumindest eines von gleicher Art. Keine Spuren eines Kampfes. Auch der Holländer war im Schlaf gestorben. Die Haut war kalt, die Totenstarre hatte bereits eingesetzt. Er ist auch um Mitternacht gestorben, schätzte Valten.

Da niemand im Haus war, sah sich Valten etwas genauer um. Er ging in den Wohnraum, versuchte, eine der Truhen zu öffnen. Sie war verschlossen, das Schloß sah unbeschädigt aus. Auch zwei weitere Truhen waren verschlossen. Die vierte hingegen ließ sich leicht öffnen. Darin lagen sehr ordentlich seidene Gewänder und einige goldene und silberne Becher. Wie es schien, war nichts gestohlen worden. Das machte den Mord sehr rätselhaft. Sorgfältig schloß Valten Went die Truhe und verließ das Haus. Er lief zurück zum Haus von Claen und teilte dem Kapitän leise mit: »Auch ermordet. Auf die gleiche Weise.«

Sein Kapitän glaubte ihm nicht und mußte es selber sehen. So gingen sie denn zum Haus des Holländers, Claen betrachtete die Bescherung, schüttelte den Kopf und kehrte versonnen zu seinem Haus zurück.

Noch immer stand der Haufen der Piraten diskutierend beieinander. Daß der Holländer auch tot war, hatte zwar niemand gehört, aber aus dem Benehmen von Claen und Went ließ es sich leicht folgern. Eine unheimliche, gedrückte Stimmung lag über dem Dorf.

Claen besann sich seiner Führungsrolle und erhob seine Stimme. »Hört her!« rief er. »Zwei Kapitäne sind heute nacht in ihren Betten erstochen worden. Ich verspreche euch, daß wir den Mörder finden und grausam bestrafen werden. Im Augenblick können wir aber nichts weiter tun. Ich werde mit den anderen Kapitänen beraten, und ihr erfahrt alles, was zu wissen nötig ist. Bis dahin kehrt an eure Arbeit zurück. Die muß getan werden, auch wenn es schwerfällt. Freut euch, daß ihr alle noch lebt, und macht etwas daraus! Einen Moment noch! Das gilt nur für die Engländer und die Niederländer! Ihr müßt einen neuen Kapitän aus eurer Mitte wählen. Wenn ihr euch beeilt, dann kann er noch an unserer Beratung teilnehmen. Alle anderen: An die Arbeit!«

Obwohl seine Stimme Gewicht hatte, dauerte es doch geraume Zeit, bis tatsächlich jeder an seine Arbeit zurückgekehrt war. Inzwischen waren schon zwei weitere Kapitäne eingetroffen, und das Boot des dritten war nur noch wenige Ruderschläge vom Strand entfernt.

Der niederländische Steuermann gesellte sich zu der kleinen Gruppe um Claen und teilte mit, die Wahl sei, wie zu erwarten, auf ihn gefallen. Von den Engländern hingegen ließ sich niemand blicken, ihnen schien die Kapitänswahl schwerer zu fallen. So waren es denn sieben Kapitäne, die das Haus von Claen betraten.

Im Unterschied zu den beiden toten Kapitänen, die nur gehaust hatten, lebte er wirklich hier. Von innen sah man nicht einmal, daß es nur eine rohe Holzhütte war. Die Wände waren mit Stoffen verkleidet, und die Dekoration wirkte überladen mit ihren silbernen Ketten, mit Goldbechern auf Borden, mit einigen erbeuteten Admirals- und Königsporträts, mit sonderbaren, fremdartigen Ziergegenständen, mit den zahlreichen, meist silberbeschlagenen Truhen, mit einem großen, dunklen Schrank und zwei kleinen, mit Silberbesteck und anderem edlen Küchengerät bedeckten Tischchen. In der Mitte des Raumes stand ein großer, massiver Tisch mit zehn Stühlen, nicht unähnlich dem, der im Tagungsraum des Hamburger Stadtrats stand, nur daß Claens Raum wesentlich reicher ausgestattet war. Dort nahmen die sieben Kapitäne Platz. Claen saß an der Stirnseite, die anderen hatten ihre Stammplätze zu beiden Seiten, und dem Niederländer wurde gezeigt, wohin er sich setzen durfte.

»Wir haben eine ernste Situation«, sagte Claen. »Die an Land waren, wissen es schon, für die anderen: Die Kapitäne Bird und Jacobszoon wurden heute nacht in ihren Betten ermordet. Beide starben durch einen Messerstich ins Herz, beide waren sofort tot, sagt mein Wundarzt. Es gab keinen Kampf, und soweit wir wissen, wurde nichts gestohlen.«

Der Spanier und der Portugiese, wiewohl der deutschen Sprache in mehr als nur den Anfangsgründen mächtig, hatten Claen nicht richtig verstanden, und er wiederholte in holprigem Spanisch, was er gesagt hatte.

»Unfaßbar!« sagte Nicolaus Jarre, einer der deutschen Kapitäne. »Wenn wir in unserem eigenen Ort unseres Lebens nicht mehr sicher sind ...« Er brach ab.

»Wir müssen etwas unternehmen«, sagte der Holländer, entschlossen, sich als Kapitän zu bewähren.

»Meine ich auch«, sagte Claen. »Und was?«

»Wir werden die Wahrheit durch Folter herauspressen.«

Claen lachte. »Wen willst du denn foltern, äh ...«

»Pelsaert«, stellte sich der Niederländer vor. »Die Schuldigen! Wen sonst.«

»Gern«, sagte Claen. »Wir müssen sie nur erst finden. Oder willst du alle unsere achthundert Leute der Reihe nach foltern? Das würden sie sich kaum gefallen lassen, und es wäre auch nicht gerecht.«

»Aber irgend jemand müssen wir foltern!« schrie Pelsaert.

»Ganz ruhig«, sagte Corazón, der Spanier, mit starkem Akzent. »Ich verstehe, du sehr erregt, war dein Capitán. Könnte auch einem anderem sein. Einem von uns. Was ist das? Revolution gegen die Obrigkeit?«

»Das werden wir herausfinden«, versprach Claen.

»Wie denn?« fragte Mantigao, der Portugiese. »Wir sind auf so etwas, wie heißt das, nicht vorgestellt ...«

»Eingestellt oder vorbereitet«, half Claen.

»Sim. Wir haben keine Polizei ...«

»Und gut so!« unterbrach Claen. »Die würde doch zuerst uns festnehmen und zum Richtblock schleifen!«

»Sim, gut so«, stimmte der Portugiese zu. »Aber was können wir tun?«

»Ich hatte auf einen Vorschlag von euch gehofft«, sagte Claen.

»Die Wahrheit findet man nun einmal durch Foltern«, sagte Hans Stoeff, einer der deutschen Kapitäne. Und er sah dabei sehr finster aus. »Daß einer von uns ermordet wird, ist schon schlimm, aber das könnte noch der Racheakt einer unzufriedenen Mannschaft sein. Wenn aber zwei von uns sterben, dann sieht das nach einer Verschwörung aus. Ich stimme Capitán Corazón voll und ganz zu. Das ist eine Verschwörung gegen die Obrigkeit. Und die ist um so unverständlicher, als es den Leuten gutgeht. Wir sind nicht so harte Herren wie die Fürsten oder die Ratsmänner in den Städten an Land. Bei uns hat niemand etwas auszustehen. Wir teilen alles gerecht auf. Bei uns kommt niemand zu kurz. Die Kapitäne bekommen etwas mehr, aber das ist nur billig und bisher von allen anerkannt worden, und so viel mehr ist es auch wieder nicht. Ich kann mir vielleicht vorstellen, daß es an Land Verschwörungen und Rebellionen gegen harte Fürsten gibt, aber ich kann mir nicht vorstellen, daß es so etwas bei uns gibt. Das macht die Morde unergründlich, ja unheimlich. Warum sollte einer unserer Leute zwei Kapitäne abstechen wie Schweine? Wir müssen es durch Folter aus den Verschwörern herausholen.«

»Stoeff«, sagte Claen, »ich wiederhole mich nur ungern, aber bei wem willst du mit dem Foltern anfangen? Wir brauchen erst einmal eine Spur. Einen der Täter müssen wir finden, und wenn wir ihn haben, dann können wir ihn nach Herzenslust foltern, bis er gesteht, vom Teufel geschickt zu sein oder wer immer ihn verleitet hat. Das Problem ist: Wie finden wir ihn?«

»Fangen wir bei den Mannschaften der Schiffe an, deren Kapitäne ermordet wurden«, schlug Lorenz Kunow vor, der vierte deutsche Kapitän. »Vielleicht bei den Engländern, die sich nicht mal über die Nachfolge einigen können. Da stimmt doch etwas nicht!«

»Und wenn es keiner der Engländer war, sondern einer der Niederländer?« fragte Claen. »Dann haben wir hundert gute Leute völlig umsonst gefoltert.«

»Dann fangen wir eben bei den Niederländern an!« brummte Kunow.

»Und wenn es keiner von denen war, sondern ein Spanier oder Portugiese? Oder wenn es gar einer von deiner Mannschaft war? Solange wir nichts wissen, können wir keine Aussagen erpressen, das ist nun einmal leider so.«

Dieser Einsicht schlossen sich nach und nach auch die anderen Kapitäne an, abgesehen von Kunow, der es vernünftig fand, erst einmal alle Niederländer und alle Engländer zu foltern. Als er erkannte, daß es keine Mehrheit für seinen Vorschlag gab, sah er seinen Irrtum zwar nicht ein, aber er bestand nicht auf seinem Verfahren und schwieg verbittert.

»Das geht also nicht«, faßte Stoeff das Ergebnis der Diskussion zusammen. »Aber irgend etwas müssen wir doch tun! Und ich habe keine Vorstellung, was das sein könnte.«

»Ich hätte da einen Vorschlag«, sagte Kapitän Claen. »Vertreter des Gesetzes gibt es hier nicht, doch uns hindert nichts daran, uns welche zu schaffen. Die Büttel und Constabler in den Städten sind meist ziemlich dumme Leute. Nichts hindert uns daran, einen Gesetzesvertreter auszusuchen, der schlau ist. Ich habe vorhin meinen Wundarzt dabei beobachtet, wie er die beiden Toten untersucht hat und wie er ganz ruhig erste Folgerungen gezogen hat, und ich weiß aus den drei Jahren, die er jetzt bei mir ist, daß er sehr klug ist und viel gebildeter als die meisten von uns. Ich schlage vor, daß wir ihn zu unserem Constabler machen oder wie immer wir das nennen wollen. Wir lassen ihn nachforschen, und wir geben dies unseren Mannschaften bekannt. Jeder ist verpflichtet, ihm umfassend Auskunft zu erteilen. Vielleicht findet er ja durch schlaues Fragen und Herumsuchen heraus, bei wem wir mit dem Foltern beginnen können.«

»Valten Went?« fragte Stoeff. »Keine schlechte Wahl, glaube ich. Ich kenne den Burschen auch ganz gut«, sagte er, an die anderen gewandt. »Mein Eindruck von ihm ist: Der Kerl ist fast zu schlau, um zu uns zu gehören. Wenn einer das Rätsel lösen kann, dann er.«

Claen sah ihn erstaunt an. So warmen Zuspruch hatte er nicht erwartet. »Woher kennst du ihn so gut?«

»Ich habe mich oft mit ihm unterhalten. Hier gibt es nicht allzu viele Leute, mit denen man auch mal über etwas anderes sprechen kann als bloß über das Rauben und Saufen. Damit will ich keinem der anwesenden Herren zu nahetreten.«

»Ich bin dafür«, sagte Pelsaert. »Wir haben keine andere Wahl, und wenn das stimmt, was Claen und Stoeff sagen, dann ist es sogar eine gute Wahl.«

»Ich kenne ihn auch«, sagte Nicolaus Jarre. »Dafür!«

Der Spanier und der Portugiese stimmten ebenfalls zu. Nur Kunow schmollte noch, aber als er sah, daß ihn alle anblickten, knurrte er: »Dafür.« Nach längerem Nachdenken war inzwischen selbst ihm klar geworden, daß man nur foltern konnte, wen man gefangen hatte.

Claen forderte die anderen auf sitzenzubleiben. Er trat vor die Tür und schickte nach seinem Wundarzt. Der war in der Nähe und traf ein, als Claen sich gerade wieder an die Stirnseite seines Eichentisches setzte.

»Valten!« sagte Claen leutselig. »Nimm Platz.«

Valten Went grüßte in die Runde und setzte sich dann auf den freien Stuhl neben dem Niederländer.

»Wir haben Großes mit dir vor«, sagte Claen und erläuterte ihm in gebotener Kürze, was von ihm erwartet wurde.

Valten Went wußte erst nicht, was er dazu sagen sollte. Daß die Herren Kapitäne ihn für geeignet hielten, die Untersuchung eines Doppelmordes zu leiten, schmeichelte ihm, doch zweifelte er daran, dieser Aufgabe gewachsen zu sein. Er war Arzt, kein Constabler. Er konnte Wunden untersuchen, konnte sie mit heilenden Salben bestreichen, konnte Verbände anlegen, konnte Arme oder Beine amputieren und schmerzlindernde Getränke brauen und verabreichen. Das alles hatte er oft genug getan, um zu wissen, daß er ein guter Wundarzt war. Aber unter diesem wilden Haufen herumzulaufen und allen Fragen zu stellen, das lag ihm nicht. Würden ihm überhaupt die richtigen Fragen einfallen? Würde er vernünftige Antworten bekommen? Der Täter – falls es denn nur einer war – würde ihn sicher belügen. War er in der Lage, eine Lüge zu erkennen?

Lange schwieg er, die Kapitäne wurden schon ungeduldig. Man erwartete ein Wort von ihm, doch war er noch nicht bereit, es zu sprechen.

Valten Went überlegte. Er fand es nicht richtig, daß Männer in ihren Betten ermordet wurden. Schon gar nicht der immer lustige Jacobszoon, den er besser gekannt hatte als den steifen Engländer Bird. Der Mord mußte aufgeklärt werden. Und wer kam dafür in Frage? Allmählich wurde ihm klar, daß Claen – von dem der Vorschlag gekommen sein mußte, das verstand sich von selbst – die richtige Wahl getroffen hatte. Vielleicht war er unfähig, das Verbrechen aufzuklären, aber er war vermutlich von allen am geeignetsten dafür. Und es konnte nie verkehrt sein, neue Erfahrungen zu machen.

Valten Went blickte in die Runde und sagte: »Ich mache es.«

»Gut«, sagte Claen. »Wie willst du anfangen?«

»Nun, einen Augenblick muß ich schon darüber nachdenken«, sagte Valten überrumpelt. »Das kann ich nicht aus dem Ärmel schütteln. Also erst einmal muß allen bekanntgegeben werden, daß ich die Untersuchung führe und sie mir Rede und Antwort zu stehen haben.«

»Ist uns klar«, sagte Claen. »Das haben wir bereits beschlossen.«

»Danke. Als nächstes: Das sind nun mal ziemlich rauhe Burschen, und ich bin kein Kämpfer. Wenn mir jemand eine feuert, falle ich um. Es könnte schon sein, daß einige etwas gegen meine Fragen haben werden. Darum hätte ich gern zwei Leute zu meiner

Unterstützung. So eine Art Leibwache. Sie sollen nicht selber ermitteln, nur mich beschützen.«

Heiter sagte Claen: »So besorgt um das eigene Wohl? Aber das ist kein Problem. Ich gebe dir meine beiden übelsten Schläger.«

»Danke. Als nächstes brauche ich die volle Unterstützung aller Kapitäne. Wenn ich die Untersuchung führen soll, dann ohne Ansehen der Person. Auch ihr, die ihr hier im Raum sitzt, müßt mir alle Fragen beantworten, falls ich welche an euch habe.«

»Denkst du denn, es war einer von uns?« fragte Stoeff beleidigt.

»Im Augenblick denke ich noch gar nichts«, erwiderte Valten. »Ich habe ja noch gar nicht angefangen mit den Ermittlungen. Ich bereite mich nur auf alle Möglichkeiten vor, und ich bin sicher, genau das habt ihr gewollt, als ihr mir den Auftrag gegeben habt.«

»Ja, schon«, sagte Stoeff, »aber einer von uns?«

»Nicht alle, mit denen ich spreche, sind verdächtig«, beruhigte ihn Valten. »Im Gegenteil, die meisten, ja fast alle sind es nicht. Aber trotzdem muß ich doch mit allen reden. Vielleicht hat jemand etwas beobachtet, oder er hat eine interessante Vermutung. Also noch einmal: Ich muß mit allen ohne Ansehen der Person reden dürfen.«

»Das untergräbt unsere Autorität«, sagte Claen. »Ich weiß nicht recht, ob das wirklich notwendig ist.«

»Wir sprechen doch sonst auch miteinander, ohne daß eure Autorität untergraben wird. Und es hebt mein Ansehen bei der Mannschaft, wenn sie sieht, daß ich auch eure Autorität genieße. Ich habe die Autorität nicht von Gesetzes wegen oder durch Verdienst, sondern nur deshalb, weil ihr sie mir verleiht.«

»Stimmt«, sagte zu aller Überraschung der finstere Kunow. »Mich kannst du fragen. Leider weiß ich nichts über die Morde, aber ich habe keine Hemmungen, dir das mitzuteilen, und diese Hemmungen sollte keiner von uns haben. Das wäre ja noch schöner!«

Claen verständigte sich mit den anderen durch Blicke, die meisten nickten, also sagte er: »Einverstanden. Ohne Ansehen der Person. Als Ermittler bist du einem Kapitän gleichrangig. Noch etwas?«

»Ja«, sagte Valten Went. »Ich habe meine erste Frage an die gesamte Runde. Gestern früh gab es eine Besprechung aller Kapitäne. Das ist ja nichts Seltenes, es gibt Zeiten, da kommt das jede Woche vor. Üblicherweise wird das Ergebnis der Beratung im Laufe des Tages bekanntgegeben, und wenn nicht, so ist bisher doch immer etwas durchgesickert vor der Bekanntgabe. Gestern wurde nichts bekanntgegeben. Nun kann es natürlich sein, daß das Gerücht über den Inhalt der Beratung nicht bis zu mir gelangt ist. Falls es also bekannt ist, worüber beraten wurde, dann würde ich es gern auch erfahren. Und falls es geheim ist, würde ich es erst recht gern wissen. Also, worum ging es bei der gestrigen Beratung?«

Die Kapitäne sahen sich an. Valten versuchte die Blicke zu deuten. Einige schüttelten den Kopf. Claen hingegen sah indifferent aus, aber er war es, der schließlich sprach.

»Worum es bei unserer gestrigen Konferenz ging, sollte im Detail geheim bleiben. Ganz allgemein gesagt haben wir Pläne für dieses Jahr besprochen. Mehr brauchst du darüber nicht zu wissen. Ich versichere dir – im Namen aller?« Er blickte in die Runde. »Ja, im Namen aller kann ich dir versichern, daß die Besprechung mit den Morden nichts zu tun hat.«

Pelsaert sah ein wenig verwirrt aus. Am Vortag war er noch nicht Kapitän gewesen. Aus diesem Grund ahnte er genauso wenig wie Valten, worüber gesprochen worden war. Doch er ließ es auf sich beruhen.

Valten hingegen hakte noch einmal nach. Es war zwecklos, mehr erfuhr er nicht. Die erste Kraftprobe mit den Kapitänen war zu seinen Ungunsten ausgegangen. Sie hatten ihm volle Kooperation zugesichert und schon bei der ersten Frage gekniffen. Das

Ermitteln würde schwerer werden, als er vermutet hatte – und er hatte es sich nicht leicht vorgestellt.

»Dann war es das erst einmal«, sagte Valten. »Jetzt muß nur noch bekanntgegeben werden, daß ich die Ermittlung leite, dann kann ich anfangen. Und, ach ja, ich brauche meine Leibgarde. Vielleicht Klapmütz und Schotte, würde ich vorschlagen.«

»Eine gute Wahl«, sagte Claen jovial.

Es klopfte an die Tür, und herein trat ein hochgewachsener, sehniger, klapperdürrer, rothaariger Engländer. Über die linke Wange zog sich eine große, häßliche Narbe. Seine Kleidung war einfacher als die der anderen Kapitäne, aber inzwischen war auch er einer von ihnen, wie er ohne jede Schüchternheit sofort sagte: »Mein Mannschaft hat mir zum Captain gewahlt. Ich gehore jetzt zu die Rat.«

Und er setzte sich auf den freien Stuhl am unteren Ende der Tafel, genau gegenüber von Claen. Der mochte nicht gleich mit einem Streit über die Etikette beginnen und duldete es unkommentiert. Der Neue würde schon noch merken, was sich schickte und was hier üblich war.

»Du bist Murdock«, stellte Pelsaert fest.

»Ja, bin ich. Falls mich nicht alle naher kennen: Ich hatte schon mal Kommando, habe aber gegen Ubermacht meine Schiff verloren und dem gesamten Mannschaft. Aber ich bin aus spanischer Gefangenschaft gefluchten, und Bird hat mir genommen auf seine Schiff. Zwar war ich bei ihm nur eine Matrose wie viele andere, aber ich habe ihn sometimes vertreten, und ich bin so gute Kampfer, daß mir meine Mannschaft gewahlt und nicht die Steuermann.«

»Gut, Captain Murdock«, sagte Claen. »Willkommen im Kapitänsrat. Für die heutigen Beschlüsse bist du allerdings zu spät gekommen.«

»Ihr werdet mir erzahlen?«

»Werden wir«, sagte Claen.

»Ihr habt lange miteinander beraten über die Nachfolge«, sagte Valten zu Murdock. »Gibt es unter der Mannschaft Vermutungen, wer Kapitän Bird ermordet haben könnte?«

»Wir stehen vor eine Ratsel«, sagte Murdock. Dann blickte er Valten erstaunt an. »Ist er auch eine Captain?« fragte er. »Ich dachte, er ist Doctor.«

»Ab heute ist er mehr als das«, sagte Claen. »Er wird in unser aller Auftrag und mit unserer uneingeschränkten Unterstützung ermitteln, wer die beiden Kapitäne ermordet hat.«

»Eine Doctor?« fragte Murdock.

»Sagen wir so«, antwortete Claen. »Valten Went ist gebildet und sehr klug. Wir alle hier sind der Überzeugung, für die vor uns stehende Aufgabe ist er unser bester Mann!«

Die Kapitäne nickten, Valten Went fühlte sich großartig, und Murdock akzeptierte, was die anderen beschlossen hatten.

Valten stützte den Kopf auf die Hände und dachte nach. Wenn es auch mit der Unterstützung der Kapitäne nicht weit her war, so hatte er doch einen erstaunlichen Aufstieg geschafft, und das, ohne sich darum bemüht zu haben. Unter den Piraten war er, obwohl er nicht kämpfen konnte, zu jemandem geworden, dem Ansehen zugebilligt werden mußte. Aufgrund einer Fähigkeit, von der er gemeint hatte, sie sei unter Piraten wenig gefragt: des Denkvermögens. Mehr konnte er in dieser Gesellschaft nicht erreichen. Jetzt brauchte er bloß noch den Mörder zu finden, dann war alles in Ordnung.

2

Als Valten Went ins Freie trat, war ihm mulmig zumute. Er brauchte den Zuspruch eines Freundes. Die Auswahl war nicht groß. Zwar war er, soweit er wußte, mit niemandem verfeindet. Dafür gab es keinen Anlaß, er tat Gutes im Interesse der Gemeinschaft und war zu allen gleichermaßen freundlich. Doch die Unbildung der meisten Freibeuter verhinderte den Austausch auf gleicher Ebene. Mit einigen der Kapitäne konnte er reden, mit Stoeff, mit dem lustigen Jacobszoon, gelegentlich sogar mit seinem eigenen Kapitän, doch Freunde waren sie nicht. Eigentlich gab es nur einen, der tatsächlich das Prädikat Freund verdiente. Das war Asmus, der Geistliche der Piraten.

Zunächst einmal hatten sie ein ähnliches Schicksal. Asmus stammte aus dem Pommerschen und war im Kloster Hilda Mönch gewesen. Aus Not, nicht aus Leidenschaft. Und schließlich hatte er es nicht mehr ausgehalten. Die Tage verliefen einförmig und ohne jeden Reiz. Streng waren sie durch Gebete geregelt, das erste wurde schon im Morgengrauen gesprochen, wenn er noch zu müde war, auch nur den Mund zu bewegen. Er war ein junger, kräftiger Mann, er wollte mehr von der Welt sehen als nur die Mauern der strengen Klausur. Nach langem Überlegen war er entlaufen. Da es auf eine Sünde mehr oder weniger auch nicht mehr ankam, hatte er aus dem Klosterschatz einige Münzen entwendet, nur so viel, daß er über die erste Zeit hinwegkommen würde. Er besorgte sich bürgerliche Kleidung, die Tonsur versteckte er unter einem großen Hut, und so schiffte er sich in Stralsund ein, um die Neue Welt zu erreichen und dort ein neues Leben beginnen zu können. Weit kam er nicht. Im Ärmelkanal schlugen die spanischen Freibeuter des Capitán Corazón zu. Beim Kampf war Asmus der Hut vom Kopf geflogen. Corazón bemerkte seine Tonsur – noch waren die Haare kaum gewachsen. Er stellte ihn vor die Alternative, über die Planke ins Meer geworfen zu werden oder der Kaplan der Piraten zu werden. Obwohl Asmus nie wieder Mönch sein wollte, fiel ihm die Wahl nicht schwer. Er entschied sich für das Leben. Schor sich regelmäßig die Tonsur und betete für die Piraten. Wenig später machten sie Jagd auf einen Hulk, der gleichzeitig von einem anderen Piratenschiff verfolgt wurde, dem des Kapitäns Claen. Nach dem gemeinsamen Sieg über das niederländische Schiff war die Situation zwischen den Piraten gespannt, bis sich die Kapitäne einigten. Claen wollte eine Seemacht in der Nordsee schaffen, und der Spanier ließ sich für die Idee begeistern und schloß sich dem Friesen an.

So kam Asmus auf die Insel. Schnell stellte sich heraus, daß das Bedürfnis aller Piraten nach den Tröstungen der Religion groß war. Bei den nicht seltenen Seebestattungen sprachen die Kapitäne ein Gebet. Das reichte den meisten Männern nicht. Sie verlangten, vor allem wenn sie tatenlos an Land saßen, nach Gottesdiensten. Und sie waren pragmatisch genug, diese auch von einem Papisten abhalten zu lassen. Die Spanier und Portugiesen waren katholisch, die Deutschen mehrheitlich Lutheraner, die Niederländer Calvinisten und die Engländer Anglikaner. Auf der Insel verwirklichte sich so etwas wie eine Utopie. Alle besuchten denselben Gottesdienst. Asmus predigte und betete deutsch, flocht für die Katholiken ein paar lateinische Brocken ein, wie sie es gewohnt waren, und in zahllosen Gesprächen mit den Männern ergründete er deren Vorstellungen von Gott und dem Dienst am Herrn, um niemanden versehentlich in seinen Gefühlen verletzen zu können. Daß er niemals das fünfte und das siebte Gebot erwähnen durfte, verstand sich von selbst. Es war nutzlos, ausgerechnet Freibeutern beibringen zu wollen, daß sie nicht töten und nicht stehlen sollten. Das war schließlich ihr Beruf. Sah man davon ab, dann war die Gemeinde so fromm, wie sich das ein Pfarrer nur wünschen konnte. Allerdings war zum Ausgleich Asmus kein sonderlich frommer Seelsorger. Noch immer träumte er von der großen Welt da draußen, von der er auf der Insel nicht mehr sah als einst im Kloster Hilda. Wenigstens waren die Tage nicht so streng geregelt, er konnte ausschlafen, und wirklich gefordert wurde er nur an Sonntagen. Da predigte er, wenn alle Schiffe in der Bucht vor Anker lagen, vor fast achthundert Männern, und dies im Freien, denn noch gab es keine Kirche, die groß genug war, um alle zu fassen. In den hinteren Reihen verstand man ihn trotz seiner kräftigen Stimme kaum, vor allem nicht bei heftigem Wind, doch wichtiger für alle war das Gemeinschaftserlebnis der Religion. Am liebsten sangen sie gemeinsam, die Melodien der Kirchenlieder ähnelten sich, die Spanier konnten die Töne ihrer niederländischen Erbfeinde mitbrummen, die sprachbegabten Niederländer sangen bei den Engländern mit, und die Deutschen waren so zahlreich, daß sie allein laut genug waren. So disharmonisch das auch klang, an solchen Tagen gaben die meisten ihrer Lebensweise eine Zukunft. Was sie taten, schien richtig zu sein.

Das Haus von Asmus diente als Kapelle für die Andachten kleiner Gruppen, und wer es unbedingt wollte, konnte dort auch beichten. Das nahmen nur die Katholiken in Anspruch, doch deren Bedürfnis zum Beichten war nicht sehr groß. Wahrscheinlich waren die meisten davon überzeugt, ein gottgefälliges Leben zu führen. So war Asmus, wenn er sich nicht gerade auf der Suche nach neuen Liedern oder feinen Nuancen der verschiedenen Konfessionen unter das Volk begab, meist allein, oder er teilte seine Zeit mit Valten. Gemeinsam träumten sie von den fernen Ländern, die sie, wie sie befürchteten, nie zu Gesicht bekommen würden.

Valten fand Asmus in dessen kleinem Haus. Der Vorraum war mit Beutestücken zu einer nicht unansehnlichen kleinen Kapelle hergerichtet worden. Darin lagen die beiden toten Kapitäne auf mit Brettern und Tüchern improvisierten Bahren. Vergeblich hatte Asmus versucht, ihnen die Augen zu schließen. Es schien, als wäre er ins Gebet vertieft, doch als sein Freund den Raum betrat, blickte er sofort auf und begrüßte ihn freudig. Bei dem Volksauflauf am Morgen hatten sie sich nur von weitem gesehen.

Die Kapitäne waren in ihre Paradegewänder gekleidet, Wunden sah man nicht, und hätten die glasigen Augen nicht offengestanden, könnte man meine, daß sie schliefen. Ein friedlicher Anblick. Valten, obwohl Protestant, schlug ein Kreuz bei dem Anblick, er meinte, das dem Ort schuldig zu sein.

Asmus war in seinem Alter, aber viel kleiner und dicker. Er trug eine mit einem Strick gegürtete Kutte, weil das seine Herde von ihm erwartete. Daß die Kutte ebenso wie das diamantenbesetzte Kreuz auf dem Altar und die anderen religiösen Gegenstände zusammengeraubt waren, belastete das Gewissen der Piraten nicht. Auch Asmus scherte sich nicht darum. Er hatte gelernt, mit seiner Gemeinde zu leben.

»Ich habe ein Problem«, begann Valten.

»Nur heraus damit«, sagte Asmus fröhlich.

»Hier?« fragte Valten.

»Die Herren können uns nicht mehr hören. Man erwartet von mir, daß ich die Totenwache halte.«

»Machst du immer, was dir gesagt wird?«

»Genau wie du«, erwiderte der Mönch. »Ich nehme doch an, du bist jetzt unser Constabler?«

»Ich bevorzuge das Wort Ermittler, um nicht mit einem städtischen Büttel verwechselt zu werden. Woher weißt du das? Es soll erst mittags bekanntgegeben werden. In einer halben Stunde, wenn sowieso fast alle hier sind.«

»Ich kann es mir denken. Du hast die Toten untersucht und bist dann vor den hohen Rat zitiert worden. Claen ist nicht dumm. Er wird wissen, daß du der Beste für die Aufgabe bist.«

»Genau das ist das Problem«, sagte Valten. »Wahrscheinlich bin ich wirklich der Beste, aber ich bin nicht gut genug. Ich habe keine Ahnung, was ich tun soll. Ich habe so etwas noch nie gemacht.«

Asmus schenkte den beiden Toten noch einen Blick, dann zog er Valten zur ersten Stuhlreihe der kleinen Kapelle. Nebeneinander nahmen sie Platz.

»Ich weiß auch nicht, wie man so etwas macht«, begann Asmus. »Man stellt Fragen und beobachtet die Antworten, denke ich. Die Fragen sind gar nicht so wichtig. Wesentlicher ist das genaue Beobachten. Wie klingt die Stimme? Blinzeln die Augen nervös? Was machen sie mit den Händen? Und halte niemanden von vornherein für unschuldig. Was ich im Beichtstuhl zu hören bekomme, nimmt mir noch die letzten Illusionen über die Natur des Menschen. Auf den ersten Blick sind wir eine ideale Gemeinschaft. Alle sind gleich, nur die Kapitäne sind ein wenig gleicher, aber nicht so viel, daß es unangenehm auffällt. Es gibt nicht mehr Streit untereinander als allerorten. Leute unterschiedlicher Religionen und Muttersprachen kommen miteinander aus. In kaum mehr als zwei Jahren ist hier ein Dorf entstanden, sogar eine eigene Landwirtschaft haben wir. Die konstruktiven Kräfte dieses wilden Haufens sind groß. Der Besitz ist relativ gleichmäßig verteilt, und das Schönste: Untereinander brauchen wir ihn nicht. Niemand muß hungern oder betteln. Wir leben Ideale, die andere nicht einmal zu träumen wagen. Aber was steckt hinter den Fassaden? Die schmutzigsten Begierden, die bittersten Eifersüchteleien. Es ist erschreckend, was ich während der Beichte zu hören bekomme. Ich glaube kaum, daß ihr Protestanten besser seid. Ihr erzählt es mir nur nicht so unumwunden. Am schlimmsten ist die Gewalt. Die im Kampf, vor allem aber die nach dem Kampf. Da werden Gefangene gefoltert, um Aussagen zu erpressen. Andere werden über Bord geworfen und ertrinken. Du weißt es selber, du warst ebenso dabei wie ich. Aber was du wahrscheinlich nicht weißt, ist, daß einige Lust dabei empfinden. Sie töten gern, selbst wenn sie wissen, daß es eine Sünde ist. Sie fühlen sich großartig als Herren über Leben und Tod. Ich erschrecke vor ihrer Grausamkeit, und ich erschrecke vor mir, weil ich sie losspreche. Was ich dir damit sagen will: Du kannst jedem alles zutrauen. Jemanden zu töten ist für viele ein Genuß und für die anderen keine größere Sache, als morgens ein Ei in die Pfanne zu hauen. So freundlich die Leute im privaten Umgang auch sein können: Es sind Bestien. Und nicht nur, weil sie Piraten sind. Ähnliche Beobachtungen habe ich auch schon in Greifswald gemacht, als ich ein Jahr in einer öffentlichen Kirche tätig war, unter ganz gewöhnlichen Bürgern. Der Mensch ist eine Bestie. Das darfst du keinen Augenblick vergessen.«

»Ich weiß, daß es Bestien sind«, sagte Valten. »Und ich traue keinem, nicht mal den Kapitänen. Weißt du auch etwas Konkreteres?«

»Woher denn?«

»Aus der Beichte vielleicht?«

»Wenn es so wäre, dann dürfte ich es dir nicht sagen. Aber heute war noch niemand beichten. Ich weiß genauso wenig wie du.«

Die Tür wurde aufgerissen, und herein traten zwei wilde Gestalten. Beide waren sehr groß und sahen sehr kräftig aus. Ihre dunklen Haare und die Bärte waren lang und ungepflegt. Sie waren bunt gekleidet, sahen fast so bunt aus wie südamerikanische Papageien. Das lag daran, daß sie sich mit Beutestücken extra fein gemacht hatten, denn sie kamen in offiziellem Auftrag. Es waren Klapmütz und Schotte.

Klapmütz war fünfundvierzig Jahre alt, durch sein Haar zogen sich die ersten grauen Fäden. Auffällig war seine zur Seite gebogene Nase – kein Geburtsfehler, sondern die Folge eines unbehandelten Nasenbeinbruchs. Er war schon sehr lange Pirat, sein ganzes erwachsenes Leben lang, er hatte als einfacher Matrose begonnen und war das geblieben, obwohl er einer der besten Kämpfer in der Mannschaft von Claen war. Zuschlagen konnte er, das war alles. Die Fähigkeiten für ein Kommando fehlten ihm. Er war ein gutmütiger Totschläger.

Schotte hingegen war kaum älter als zwanzig, er stand noch am Anfang seiner Karriere, und da er nicht nur zuschlagen, sondern auch reden konnte, waren seine Aussichten auf ein Kommando in späteren Jahren wesentlich besser als die seines minderbemittelten Kumpans.

Die beiden stutzten beim Anblick der Kapitäne, verharrten, schließlich verbeugte sich Schotte vor den Toten, und Klapmütz ahmte ihn nach. Dann wandten sie sich zu Valten um.

»Ich dachte mir, daß wir dich hier finden«, sagte Schotte.

»Meine Leibgarde«, erklärte Valten seinem Freund Asmus.

»Du bist jetzt unser Kommandeur, hat Kapitän Claen gesagt. Aber was wir tun sollen, das hat er nicht gesagt«, fuhr Schotte fort.

»Ihr sollt mich beschützen.«

»Wovor denn?«

»Setzt euch einen Augenblick zu uns«, forderte Valten die beiden Schläger auf. Zögernd setzten sie sich auf die Stühle. Zwar gingen sie, wie alle, zu den sonntäglichen Gottesdiensten, doch in der relativ prunkvoll wirkenden Kapelle waren sie noch nie gewesen, und angesichts der aufgebahrten Kapitäne war ihnen unbehaglich zumute.

»Paßt auf«, sagte Valten. »Ich soll den Tod der beiden Kapitäne untersuchen und bin für diese Zeit einem Kapitän gleichgestellt. Das wird am Mittag offiziell bekanntgegeben. Ich werde also herumlaufen und vielen Leuten viele Fragen stellen. Ein paar werden vielleicht genervt sein, wenn nicht gar wütend, und da kommt ihr ins Spiel. Wenn sie mich angreifen, dann werdet ihr mich verteidigen. Aber ich denke, wenn sie euch sehen, wird ihnen die Lust zu Angriffen vergehen. Ich nehme euch wegen der abschreckenden Wirkung mit. Versteht ihr das?«

»Ist ja nicht schwer«, sagte Klapmütz grinsend.

»Schön«, sagte Valten. »Dann fange ich bei euch gleich mal an. Wie war deine heutige Nacht, Schotte?«

»Wie meinst du das?« fragte der junge Schläger zurück.

»Hast du ruhig geschlafen? Bist du mal aufgewacht? Bist du vielleicht hinters Haus zum Pinkeln gegangen?«

»Hatte gestern zuviel getrunken«, sagte Schotte. »Bin einmal aufgewacht und rausgegangen.«

»Wie spät war es?«

»Keine Ahnung. Ich habe keine Uhr wie die Kapitäne. Es war dunkel. Überall Wolken, kein Mond zu sehen.«

»Ist dir dabei etwas aufgefallen? Hast du draußen noch jemanden gesehen?«

»Ich habe die Augen kaum aufbekommen. Ich glaube, da war niemand.«

»Hast du etwas gehört? Ein ungewöhnliches Geräusch oder auch ein gewöhnliches, Schritte zum Beispiel?«

Man sah es Schotte an, daß er sehr ernsthaft nachdachte. Dann schüttelte er bedauernd den Kopf. »Da war nur der Wind und das Rauschen der Wellen.«

»Kanntest du die beiden Kapitäne?«

»Natürlich. Die kannte doch hier jeder.«

»Hast du mal mit ihnen gesprochen?«

»Worüber denn? Gab keinen Grund dafür.«

»Hattest du vielleicht eine Wut auf die beiden oder auf einen der beiden?«

Schotte blickte Valten argwöhnisch an. Er war intelligent genug, um mitzubekommen, daß jetzt nach ihm als möglichem Täter gefragt wurde. »Was soll die Frage?« knurrte er aggressiv.

»Die stelle ich jedem«, versuchte Valten ihn zu beruhigen. »Ein paar von meinen Fragen klingen unangenehm, das ist mir klar. Deshalb habe ich euch ja angefordert. Es kann leicht passieren, daß mir jemand eine aufs Maul haut, wenn ich etwas wissen will, was den anderen beleidigt. Jetzt, während ich mit dir spreche, beschützt mich Klapmütz. Das machst du doch, nicht wahr?«

»Dafür bin ich hier«, versicherte Klapmütz gutmütig.

»Und nachher, wenn ich Klapmütz frage, wirst du mich beschützen, Schotte. Und wenn ich mit euch beiden fertig bin, dann werdet ihr mich alle beide beschützen. Das ist euer Auftrag, und den habt ihr doch verstanden!«

»Klar«, sagte Schotte, »aber es klingt wirklich so, als ob du mich verdächtigst. Ich war es nicht. Mit den beiden Kapitänen hatte ich gar nichts zu tun. Sie haben mir nichts getan und ich ihnen auch nicht.«

»Das wollte ich hören«, versicherte Valten. »Ich denke doch nicht, daß ihr es wart, sonst hätte ich euch nicht angefordert. Aber ich darf auch nichts auslassen. Ich werde mit allen sprechen, die heute nacht an Land waren, und wenn das nichts bringt, auch mit denen, die auf See waren. Wir haben an den nächsten Tagen viel zu tun! Machen wir weiter. Du hattest also keine Wut auf die Kapitäne. Kennst du jemanden, der Wut auf die beiden hatte?«

»Ich würde doch keinen verpfeifen!« sagte Schotte.

»Also ja!« konstatierte Valten. »Und was heißt verpfeifen? Unter uns läuft ein Mörder herum. Den willst du doch wohl nicht schützen!«

»Natürlich nicht«, sagte Schotte. »Aber ich weiß nichts Genaues. Ich habe nur mitbekommen, daß die Engländer nicht sehr gut auf ihren Kapitän zu sprechen waren, weil sie bei zwei Überfällen Pech hatten und abgeschlagen wurden. Mit einem anderen Kapitän wäre das nicht passiert, haben sie gemeint. Aber Wut würde ich das nicht nennen. Sie haben gemurrt.«

»Und was ist mit Jacobszoon?«

»Da habe ich nie etwas gehört. Die Niederländer waren ganz zufrieden mit ihm, und er war ja auch allgemein beliebt, weil er so lustig war. Der hat sogar mal mit mir gesprochen, nichts Wichtiges, nur ein Witz im Vorbeigehen, aber Jacobszoon war sich nicht zu fein, mit einem einfachen Matrosen zu reden. Ganz anders als dieser steife Stinkstiefel Bird.«

»Erstochen wurden sie beide, der unbeliebte und der beliebte Kapitän«, konstatierte Valten. »Was redet man denn so in der Mannschaft? Gibt es Vermutungen oder Gerüchte, wer das getan haben könnte?«

»Hab noch nichts gehört«, sagte Schotte.

»Na, irgend etwas wird doch wohl geredet werden!« drängelte Valten.

»Ja, schon. Daß es schlimm ist, daß wir hier nicht mehr sicher sind und daß wir uns alle gegenseitig nicht mehr über den Weg trauen, wenn hier ein Mörder herumläuft, der Kapitäne in den Betten absticht. Einige meinen, daß sie es den Engländern zutrauen, aber die meisten halten das für Quatsch, weil ja auch der Niederländer tot ist. Wir haben keine Erklärung. Nicht mal eine Vermutung. Es ist ein Rätsel.«

»Für mich auch«, gab Valten zu. »Aber ich will versuchen, es zu lösen. Weißt du noch etwas, das ich nicht gefragt habe? Etwas, das du mir unbedingt sagen willst?«

»Nein«, sagte Schotte, ohne nachzudenken.

»Dann ist jetzt Klapmütz dran.«

Das Gespräch mit dem einfältigen Schläger war noch unergiebiger. Er hatte durchgeschlafen, nichts gesehen, nichts gehört, er kannte die Kapitäne nicht und hatte keine Meinung über sie, nicht mal eine gute. Sie waren ihm gleichgültig, weil er nie mit ihnen zu tun hatte. Von Gerüchten und Vermutungen wußte er gar nichts. So etwas interessierte ihn nicht.

Asmus hatte die beiden Befragungen schweigend beobachtet. Er sagte nichts, doch als Valten ihn anblickte, nickte er ihm aufmunternd zu. Du packst die Sache richtig an, sollte der Blick bedeuten, und so verstand ihn Valten auch.

Der Ermittler zog seine Taschenuhr, auch ein Beutestück, versteht sich, blickte darauf und stellte fest, daß jetzt gleich Mittagszeit war.

»Bis später«, verabschiedete er sich von Asmus und ging mit seinem Gefolge zum Haus von Claen hinüber. Dort würde gleich die Glocke geläutet werden, als Zeichen für alle, daß es Mittag gab. Das wurde von den Schiffsköchen für alle zubereitet und auch an alle ausgegeben. Meist gab es selbstgefangenen Fisch mit unterschiedlich zubereiteten Getreideprodukten, aber dank der guten Beziehungen zu den Bauern am anderen Ende der Insel wurden gelegentlich auch Kühe und Schweine aufgetafelt. Besonders abwechslungsreich war das Essen nicht, aber sie kannten es nicht anders und waren meist zufrieden.

Claen läutete eigenhändig die Glocke und gab bekannt, daß Valten die Todesfälle untersuchen und viele Fragen stellen werde und daß er das Recht dazu habe und jeder verpflichtet sei, ihm zu antworten und ihm Achtung zu erweisen wie einem Kapitän.

Beifälliges Gemurmel ertönte, und Valten war froh darüber. Man kannte und respektierte ihn. Das war erfreulich und ließ hoffen.

Am Abend war seine Euphorie verflogen. Er hatte mit fast vierzig Leuten gesprochen. Bei dreien war es gut gewesen, daß er eine Leibgarde bei sich hatte, denn sie wurden ausfällig, als er ihnen mit seinen Fragen zu nahe rückte. Herausgekommen war bei keinem der Gespräche etwas. Niemand hatte etwas gesehen, niemand etwas gehört, und niemand hatte einen konkreten Verdacht. Am Abend, seine Leibgarde hatte er bereits entlassen, sprach er unter vier Augen noch einmal mit Claen. Er fragte den Kapitän nach der Geheimsitzung, doch der blieb verschlossen. Was Valten darüber wissen mußte, das wußte er bereits, alles andere ging ihn nichts an.

Frustriert ging Valten zu seinem Freund Asmus, und die beiden leerten gemeinsam eine Flasche Wein. Sie träumten von einem Leben ohne die Gesellschaft der Piraten, fern von hier, am liebsten im Süden des neuen Kontinents, wo es keine Gewalt gab, sondern Frieden, Wärme und Behaglichkeit. Über den Fall sprachen sie nicht.

3

Valten Went würgte einen trockenen Fladen hinunter und trank dazu Wasser. Er fühlte sich benommen. Das lag nicht am Wein, den er am Abend vorher getrunken hatte, eine halbe Flasche regte ihn eher an, als daß sie ihn müde machte. Es lag daran, daß er nicht weiterwußte. Heute würde er sechzig oder noch mehr Leute befragen, und es würde wieder nichts herauskommen, das war ihm klar. Nach einem einzigen Tag zäher Ermittlungen war er bereits am Ende. Was half ihm seine von ihm selbst und den Kapitänen hochgeschätzte Intelligenz, wenn er nicht die richtigen Fragen an die richtigen Leute stellte? Wie sollte er kombinieren, wenn er absolut nichts wußte?

Das stürmische Läuten der Glocke erlöste ihn von seinen pessimistischen Grübeleien. Er sprang sofort auf und rannte hinüber zu dem Haus von Claen, vor dem sich nach und nach die gesamte Meute versammelte. Diesmal war es ein Deutscher, der läutete, doch was er rief, war genau dasselbe, was der Engländer am vergangenen Morgen gebrüllt hatte: »Mord! Mord!«

Valten war der Ermittler, also wartete er nicht ab, was geschah. Er stellte sich neben den Mann, legte ihm die Hand auf die Schulter, um ihn zu beruhigen, und als der endlich das Läuten einstellte, fragte er ihn: »Wer ist es?«

»Mein Kapitän!« schrie der Pirat erregt.

Nun trat auch Claen aus seinem Haus und gesellte sich zu den beiden, doch überließ er das Fragen seinem Ermittler.

»Wer ist dein Kapitän?« fragte Valten.

»Er ist tot!« brüllte der Pirat.

»Wer ist tot?« wiederholte Valten seine Frage.

»Mein Kapitän! Nicolaus Jarre!«

»In seinem Haus? In seinem Bett?«

»Er ist tot!«

Claen gab mit der Glocke das Zeichen für die Kapitänsversammlung, dann folgte er Valten und dem verwirrten Matrosen zum Haus von Jarre. Valten fiel sofort der Schaden an der Tür auf, doch beachtete er ihn nicht weiter, denn der Mensch ging vor. Dem allerdings war nicht mehr zu helfen. Er lag mit dem Rücken quer auf seinem Bett, die Beine hingen herunter auf den Boden, die Fußspitzen waren zu beiden Seiten verdreht. In der rechten Hand hielt er seinen Degen, der mit der Spitze auf dem Boden stand. Er hatte in den Kleidern geschlafen. Sein Wams war blutig, die glasigen Augen standen offen. Valten stellte den Tod fest, dann untersuchte er die Wunde.

»Was ist?« fragte Claen.

»Er ist tot«, antwortete an Valtens Stelle der Matrose. »Es ist furchtbar. Ich kam herein, und da lag er. Ganz steif und tot. Es ist furchtbar.«

Valten bewegte einen Arm der Leiche, tastete die Haut ab. Sehr genau betrachtete er auch den Degen. Dann ging er zurück zur Tür und besah den Schaden. Ein Schloß gab es nicht, doch anders als in den Häusern der beiden anderen Mordopfer war diese Tür von innen mit einem Querbalken versperrt gewesen. Der allerdings war nicht sehr stabil, er war eher dafür gedacht, die Tür am Aufschlagen im Wind zu hindern, nicht dazu, sie zu verbarrikadieren. In der Gemeinschaft hatte es noch nie Diebstähle gegeben. Untereinander waren die Piraten ehrlich.

Claen folgte seinem Ermittler schweigend und beobachtete ihn, und der Matrose hatte sich beruhigt, zumindest hatte er sein stumpfsinniges Gerede eingestellt. Valten untersuchte auch noch die Truhen, dann wandte er sich seinem Kapitän zu.

»Die Tür wurde aufgebrochen. Das war nicht schwer. Es reichte, sich mit Wucht dagegenzuwerfen. Das allerdings machte ein Geräusch. Wenn wir Glück haben, hat es jemand gehört. Auf jeden Fall hat Jarre es gehört. Er ist aus seinem Bett gesprungen und hat nach seiner Waffe gegriffen. Eine schnelle Reaktion für einen vermutlich schlaftrunkenen Mann. Aber nicht schnell genug für seinen Mörder. Der stand schon vor ihm und hat sofort zugestochen. Genau ins Herz. Diesmal nicht mit einem Messer, sondern mit einem Degen. Die Wunde ist größer als bei den anderen, hat auch stärker geblutet. Es ist unwahrscheinlich, daß Jarre zur Gegenwehr kam. Falls doch, dann war sie nicht sehr wirkungsvoll. Sein Degen ist blank, also hat er seinen Mörder nicht getroffen. Ich denke, er war schon tot, ehe er begriff, was ihm geschah. Ansonsten ist es wie bei den anderen. Auf den ersten Blick wurde nichts gestohlen. Wahrscheinlich geschah der Mord gegen Mitternacht.«

Claen nickte, doch schwieg er zum Bericht des Ermittlers. Voll finsterer Entschlossenheit stapfte er aus dem Haus und vergaß sogar, dem Matrosen den Auftrag zu geben, bei dem Toten Wache zu halten. Das erledigte Valten. Dann folgte er seinem Kapitän.

Lange hatte die Untersuchung nicht gedauert. Noch waren die drei Kapitäne, die auf See übernachteten, nicht an Land gelangt. Claen war in seinem Haus verschwunden, und so übernahm es Valten, die versammelten Mannschaften vom Mord an Kapitän Jarre zu unterrichten. Unruhiges Gemurmel setzte ein. Valten brachte sie durch Gesten zum Schweigen.

»Der Türbalken ist gebrochen!« rief er, so laut er konnte. »Das Geräusch war in der Nacht sicher zu hören, vor allem in den daneben stehenden Häusern. Wer also etwas gehört oder gar gesehen hat, melde sich bei mir. Auch die harmloseste Beobachtung kann wichtig sein.«

Er überlegte, ob es noch etwas mitzuteilen gab. Ihm fiel ein, daß er in seiner Funktion für die Einhaltung aller Gesetze zuständig war. »Die Mannschaft von Nicolaus Jarre muß einen neuen Kapitän wählen!« rief er. »Alle anderen sollten wieder an ihre Arbeit gehen.«

Er wartete nicht darauf, daß sich die Versammlung auflöste. Die drei Kapitäne von See waren eingetroffen. Er folgte ihnen in das Haus von Claen. Wie selbstverständlich nahm er seinen Platz am Beratungstisch ein.

Claen überblickte die Runde finster. »Es ist wieder einer von uns tot!« sagte er. »Das können wir nicht hinnehmen! Es könnte jeden von uns treffen. Valten, wer war es?«

»Das weiß ich nicht«, gab der zu.

»Ich erwarte Ergebnisse!« polterte der Kapitän.

Am Tisch entstand Unruhe. Der Portugiese hatte mal wieder

nicht verstanden, was passiert war, und ließ es sich von seinem Nebenmann erläutern.

Valten wartete, bis sich die Unruhe gelegt hatte, dann sagte er: »Wenn der Täter nicht beim Mord selber ertappt wird, dann kann so eine Untersuchung Tage dauern, vielleicht sogar Wochen oder Monate. Bis jetzt gibt es keine Anhaltspunkte oder Zeugen. Ich hoffe, daß sich das heute ändert, aber ich weiß es nicht mit Sicherheit. Ich habe aber ein paar Maßnahmen vorzuschlagen, die weitere Morde erschweren oder verhindern können. Erstens sollte jeder Kapitän sich ab sofort rund um die Uhr bewachen lassen, vor allem auch während der Nacht. Zweitens schlage ich vor, daß wir auch hier an Land über Nacht Wachen durch das Dorf patrouillieren lassen. Solange wir nicht wissen ...«

Die Tür wurde aufgerissen. Herein trat ein junger Mann von gerade fünfundzwanzig Jahren, mittelgroß, aber sehr stämmig, mit verwildertem Haar und Bart, so papageienhaft gekleidet, wie es die Piraten liebten. Er stellte sich als Hinrich Schut vor, der neue Kapitän von Jarres Schiff, und wurde aufgefordert, sich an den Tisch zu setzen. Er nahm neben dem dürren, rothaarigen Murdock Platz, der inzwischen begriffen hatte, daß ihm der Platz am unteren Ende der Tafel nicht zustand, und sich, ohne dazu aufgefordert worden zu sein, an die Querseite des Tisches gesetzt hatte.

»Gibt es Vermutungen und Hinweise aus der Mannschaft?« fragte ihn Valten sofort.

»Nur Wut und Rachsucht!« sagte Schut.

»Das hilft uns jetzt auch nicht weiter. Zu deiner Information: Ich schlage vor, daß jeder Kapitän sich ab sofort bewachen läßt. Im Dorf brauchen wir über Nacht eine Patrouille. Solange wir nicht wissen, wer hinter den Morden steckt, müssen wir auch dabei Umsicht walten lassen. Es könnte ja sein, daß die Morde von einer Mannschaft ausgehen, und wenn wir ausgerechnet die mit der Wache beauftragen, könnte sie ungestört weitermorden. Darum sollte die Wache aus verschiedenen Mannschaften zusammengestellt werden. Dann kontrollieren die Posten nicht nur das Lager, sondern auch sich selbst.« Valten überlegte. Mehr fiel ihm im Augenblick nicht ein, also schwieg er.

»Das klingt vernünftig«, sagte Stoeff. Die anderen nickten. Valten hatte zwar noch nichts herausgefunden, doch mit seinen Vorschlägen hatte er die Stimmung zu seinen Gunsten beeinflußt.

Nur Claen sah unzufrieden aus, und das äußerte er auch. »Ich erwarte Ergebnisse von dir«, sagte er. »Drei Morde, und du hast nicht mal eine Ahnung. Das ist mir zuwenig. Auf die Wachen wären wir auch allein gekommen. Du bist nicht hier, um die Leitung unserer Gemeinschaft zu übernehmen, sondern um uns den Täter zu liefern.«

»Ich arbeite daran«, verteidigte sich Valten und ging dann zum Angriff über. »Ergebnisse werde ich nur haben können, wenn mich wirklich alle unterstützen. Auch die hier anwesenden Kapitäne. Ich brauche sämtliche Informationen, die verfügbar sind. Ich muß jeden Verdacht überprüfen, bestätigen oder ausräumen können. Was hatten die drei Toten gemeinsam? Sie waren Kapitäne. Und die Kapitäne haben sich vor zwei Tagen zu einer Besprechung zusammengefunden, über die nichts bekannt ist. Ich muß wissen, was dort Thema war. Ansonsten komme ich nicht weiter.«

»Die Besprechung hatte mit den Morden nichts zu tun«, sagte Claen.

»Das würde ich gern selbst beurteilen«, erwiderte Valten.

»Das Einverständnis der anderen vorausgesetzt« – Claen blickte in die Runde, vier der Kapitäne nickten, die drei neuen Kapitäne hatten selbst keine Ahnung und blickten ihn gespannt an –, »das Einverständnis vorausgesetzt, werde ich dir sagen, worum es ging. Obwohl ich es für nutzlos halte. Vor kurzem erreichte uns ein Angebot des Rates von Hamburg. Gegen Zahlung einer gewissen Summe sollten wir uns dazu verpflichten, von nun an alle hamburgischen Schiffe ungeschoren zu lassen. Wohlgemerkt: nur die Schiffe aus Hamburg selber, nicht die Schiffe anderer Nationen oder Städte, die mit Hamburg Handel treiben. Das Angebot war vertraulich zu behandeln, vor allem durfte es nicht in anderen Hansestädten bekannt werden. Deshalb unsere Verschwiegenheit, die auch dann honoriert wird, wenn wir nicht auf den Vorschlag eingehen. Mir schien das ein vernünftiger Vorschlag zu sein. Leider gab es im Kapitänsrat keine Mehrheit dafür. Das ist schon alles. Nichts daran ist geeignet, Morde zu begründen.«

»Kann sein«, sagte Valten, »kann auch nicht sein. Ich muß noch wissen, wie die Kapitäne abgestimmt haben. Es ist ja immerhin möglich, daß ein Befürworter des Vertrags dessen Gegner beseitigt hat – oder ein Gegner dessen Befürworter.«

»Warum sollte das jemand tun?« fragte Claen. »Wir hatten hier schon oft Meinungsverschiedenheiten. Ich halte das für völlig normal. Zwar bin ich das Oberhaupt der Gemeinde, aber ich bin kein König. Jeder Kapitän hat das gleiche Mitspracherecht. Noch nie hat es deshalb böses Blut zwischen uns gegeben.«

»Wie wurde abgestimmt?« beharrte Valten.

»Mir war gestern schon klar, daß es keine Verbindung zu unserer Beratung geben konnte, obwohl es da immerhin noch möglich gewesen wäre«, gab Claen endlich Auskunft. »Denn Bird und Jacobszoon waren beide gegen den Vorschlag. Seit heute wird auch dem Dümmsten offenbar, daß es keine Verbindung gibt. Jarre nämlich war dafür.«

»Ich bin dagegen«, sagte Stoeff. »Wir liegen hier vor den Toren Hamburgs. Weshalb sollten wir ausgerechnet die Schiffe verschonen, um derentwillen wir hergekommen sind? Sie wollen uns bezahlen, aber das können sie gar nicht. Zwei gelungene Überfälle, und wir haben bereits mehr, als die Knauser uns bieten. Wenn sie uns wenigstens Kaperbriefe ausstellen würden. Dann könnten wir von Hamburg aus operieren, und unsere Lage würde sich wesentlich verbessern. Aber so weit gehen sie nicht. Also bin ich dagegen.«

»Das brauchen wir jetzt nicht noch einmal zu diskutieren«, würgte Claen den Beitrag ab. »Wir sind nicht zusammengekommen, um über das Hamburger Angebot zu sprechen. Das ist erst einmal vom Tisch. Wir wollen die Mordserie beenden.«

»Meinst du, das weiß ich nicht?« murrte Stoeff.

»Wir wollen endlich Ergebnisse!« polterte Kunow. »Ich will dieses Schwein zwischen meine Finger bekommen! Ich werde ihn eigenhändig foltern!«

»Die Geheimberatung war eine Sackgasse«, gab Valten zu. »Dann muß es eine andere Verbindung zwischen den Kapitänen geben.«

»Was könnte das sein?« fragte Stoeff.

»Haben die drei mal etwas gemeinsam unternommen?« fiel Valten ein. »Ich glaube mich zu erinnern, daß sie vor kurzem zusammen ausgefahren sind.«

»Das ist richtig«, sagte der dürre Murdock. »Wir hatten zweimal keine Gluck bei unsere Ausfahrten, weil der Gegenwehr zu stark war. Unsere Captain Bird schloß sich zusammen mit zwei andere Captains. Mit die Herren Jacobszoon und Jarre. Das war vor zwei Wochen.«

Pelsaert und Schut, die beiden anderen neuen Kapitäne, nickten. Genauso war es gewesen.

»Was ist bei der Ausfahrt vorgefallen?« fragte Valten.

»Nichts Besonderes«, sagte Murdock.

»Ich möchte es trotzdem ganz genau wissen«, drängte Valten. »Jede Einzelheit. Vielleicht ist es wichtig, und wenn nicht, dann schadet es doch nichts.«

»Wir stießen auf zwei Franzosen«, berichtete der Engländer. »Beide drehten ab, als sie gewissen ... gewußt, wer wir sind. Aber einer Schiff war naher. Jacobszoon hat gemacht einer Jagd auf den anderen, doch der ist entkommen. Bird und Jarre haben die andere Franzose gestellt, es gab eine kurze, schnell Kampf. Wir haben geentert, und dann kam auch Jacobszoon dazu. Da hatten wir schon die Victory, aber er wurde an die Beute beteiligt.«

»Was war das für eine Beute?« fragte Valten.

»Vor allem Tuche. Sehr vielen. Das haben wir geladen heruber. Auch Geld und anderes von Wert. Und naturlich Ausrustung fur unsere Dorf hier. Nichts Besonderes.«

»Wie wurde mit der Mannschaft und dem Schiff verfahren?«

»Ihr wißt ja, Jacobszoon war keine Freund von Gemetzel. Die Franzosen hatten zwanzig oder dreißig Tote, aber der Rest blieb auf die Schiff. Es war stark beschadigt, wir konnten es nicht gebrauchen. Wir haben sie lassen fahren. Ich denke, sie haben es bis an Land geschafft.«

»War das wirklich alles?« fragte Valten. »Soweit ich weiß, habt ihr Gefangene gemacht.«

»Das ist richtig«, bestätigte Murdock ohne Zögern. »Sie hatten Passagieren an Bord. Eine reiche franzosische Adelsfraulein und ihre Zofe. Meine Captain hat gedacht, sie bringt eine gute Losegeld, die Dame, nicht die Zofe, und hat die beiden Fraulein genommen an Bord.«

»Sie sind jetzt auf der Insel, wenn ich das richtig mitbekommen habe.«

»Ja«, sagte Murdock.

Valten wandte sich an die ganze Runde. »Ich denke, das ist nicht für alle interessant. Nur, wenn es tatsächlich zu einer Spur führt. Ich möchte mich gern unter vier Augen mit den Kapitänen Murdock, Pelsaert und Schut unterhalten. Natürlich nacheinander. Es ist nicht an mir, diese Zusammenkunft zu beenden, aber ich habe nichts weiter mitzuteilen im Augenblick.«

Claen war noch nicht bereit, das Schlußwort zu sprechen. Die Details der Wachdienste und einige andere Fragen waren zu klären, doch mußten Valten und – wen auch immer er als ersten sprechen wollte, Murdock? – auch Murdock nicht unbedingt dabei sein. Die beiden verließen also das Haus von Claen und gingen zum Haus von Valten. Unterwegs schlossen sich ihnen Klapmütz und Schotte an.

Da es im Augenblick keine Schwerverletzten oder Schwerkranken auf der Insel gab, wohnte Valten allein. Nach verlustreichen Gefechten hatte er gelegentlich schon mehr als zwanzig Leute aufgenommen, sein Haus war zugleich das Lazarett, dies aber nur bei Bedarf. Zu viert betraten sie den großen Vorraum, in dem sechs Betten standen und Platz für viele Notaufbettungen war. Es gab nur einen Stuhl, so daß sie sich auf die Betten setzten. Murdock war ein wenig erstaunt, daß an dem Vieraugengespräch auch die beiden Schläger teilnahmen, doch Valten bestand auf der Anwesenheit seiner Leibwächter.

»Die beiden wissen, daß sie nichts von dem, was sie hören, weitererzählen dürfen. Und ich fühle mich in ihrer Gegenwart sicherer.«

»Du wirst doch nicht mich verdachtig machen!« sagte Murdock empört.

»Im Augenblick verdächtige ich alle und keinen«, wich Valten aus.

»Warum mich?« beharrte Murdock.

»Bei einem Mord muß man sich immer fragen, wem er nutzt. Die Wahl hat zwar lange gedauert, aber dann ist sie auf dich gefallen. War das zu erwarten?«

»Ich hatte es erwarten.«

»Das dachte ich mir. Wie viele Anteile hast du vor Birds Tod bekommen?«

»Nur einen.«

»Und jetzt bekommst du vier. Die Beförderung hat sich gelohnt.«

»Das war bei Pelsaert und Schut ganz ebenso!« protestierte Murdock.

»Richtig«, sagte Valten. »Ihr drei seid auf den ersten Blick die einzigen, die vom Tod der Kapitäne profitiert haben.«

»Das ist eine Beleidigung!« brüllte der sehnige Murdock und griff zur Seite, wo meist sein Entermesser steckte, doch zur Beratung war er unbewaffnet erschienen. Zornig ballte er die Fäuste.

Klapmütz und Schotte richteten sich auf und sahen den englischen Kapitän drohend an. Der ließ die Fäuste sinken, sah aber sehr wütend aus. Die große Narbe auf der linken Wange schimmerte in kräftigem Rot.

»Ganz ruhig«, sagte Valten. »Ich spreche nur über eine Möglichkeit. Du bist nicht hier, weil ich dich verdächtige, sondern weil ich etwas über eure letzte Ausfahrt hören möchte.«

»Dann hore auf mit diese Beleidigungen!«

»Nein«, sagte Valten. »Das werde ich nicht. Ich kann den Mörder nur finden, wenn ich ohne Ansehen der Person jede Frage stelle und auch auf jede Frage eine Antwort bekomme. Ich habe fest vor, den Mörder zu fassen. Davon wird mich nichts abbringen, auch nicht die Aussicht, daß ich hinterher nicht mehr so viele Freunde haben werde wie jetzt. Ich werde mich unbeliebt machen, aber die Klügeren unter uns werden mich verstehen. Ich hoffe, du gehörst zu den Klügeren. Sonst hätten sie dich doch nicht zum Kapitän gewählt.«

Das war fast schon eine Schmeichelei gewesen, Murdock beruhigte sich wieder, nur seine Narbe glomm weiterhin rot. »Stelle deine Fragen«, sagte er, doch blieb er sehr wachsam, wie sein Blick verriet.

Auch Schotte und Klapmütz blieben angespannt sitzen. Sie wußten nicht, ob ihr Eingreifen noch gebraucht wurde, und sie genossen es, daß sie in ihrer jetzigen Position straflos sogar mal einen Kapitän verprügeln durften, wenn es not tat.

Valten erfragte noch einmal die Details des Überfalls, und immer wieder brachte er Murdock durch Rückfragen dazu, noch genauer zu berichten. Beim Überfall selber war nichts geschehen, was sich von anderen Überfällen unterschied. Das französische Schiff war gut bewaffnet gewesen, doch Bird gelang es, ihm eine volle Breitseite zu verpassen. Jarre hatte sich derweil von hinten genähert, und Jarres Mannschaft war auch als erste an Bord gegangen. Die Kämpfe an Deck hatten die Franzosen daran gehindert, sich weiterhin mit ihren Kanonen zu verteidigen, und so war Bird längsseits gegangen, und seine Mannschaft hatte das Schiff ebenfalls geentert. Angesichts der Übermacht kapitulierte der französische Kapitän. Dann kam auch noch Jacobszoon mit seiner Mannschaft hinzu. Verluste hatte es auf beiden Seiten gegeben. Mehr als zwanzig Franzosen waren durch die Kanonade und beim Entern umgekommen. Jarre hatte beim Entern drei Leute verloren, einen so gründlich, daß er nicht mal gefunden wurde. Ins Meer gefallen und ertrunken, vermuteten sie. Bird hatte nur einen Mann verloren. Bei Jacobszoon gab es natürlich keine Verluste. Ernstlich Verletzte gab es nur auf französischer Seite. Sie hatten sich dann vom französischen Kapitän durch das gesamte Schiff führen lassen und dabei die beiden jungen Damen entdeckt. Die Aristokratin war sehr arrogant und drohte mit der Vergeltung durch ihre einflußreiche Familie. Sofort entschloß sich Bird, sie gefangenzunehmen. Eine einflußreiche Familie, so dachte er, war auch reich an Besitztümern und würde eher zahlen, als Piraten anzugreifen. Jacobszoon und Jarre hielten das für eine gute Idee.

Das Schiff wurde gründlich ausgeplündert. Sie beeilten sich, weil sie befürchteten, es könnte sinken, doch als sie es verließen, schwamm es noch immer. Und in der Ferne sahen sie auch die Mastspitze des anderen Franzosen, der offenbar in der Nähe abwartete, wie der Kampf ausging. Sie überlegten, auch auf ihn Jagd zu machen, gaben sich dann aber mit dem Erfolg zufrieden. Der zweite Franzose war einfach zu schnell für sie. Wenn sie seine Mastspitze sahen, dann sah er auch die ihren und würde ihren Abzug bemerken. Es war anzunehmen, daß er dem Schwesterschiff zu Hilfe geeilt war.

Die Frauen wurden auf die Insel geschafft, eine kleine, gerade fertiggestellte Hütte wurde für sie freigeräumt, und dort saßen sie nun seit vierzehn Tagen und zeigten sich nicht im Lager, aus Angst, von den Männern vergewaltigt zu werden. Direkt bewacht wurden sie nicht, von der Insel konnten sie ohnehin nicht entkommen. Aber Kapitän Bird oder auch Murdock suchten sie regelmäßig auf, und einige Matrosen waren zu ihrer Versorgung abgestellt, so daß es doch fast so etwas wie eine Bewachung, auf jeden Fall aber eine regelmäßige Kontrolle gab. Nein, nicht in der Nacht. Aber Murdock glaubte nicht, daß die beiden Mädchen die Morde begangen hatten, sie waren ja unbewaffnet. Die junge Aristokratin hatte einen Brief an ihre Eltern geschrieben, in dem stand, was Bird, Jacobszoon und Jarre ihr diktierten. Eine Bitte um Hilfe, die Höhe der geforderten Summe, der Ort, an dem sie übergeben werden sollte. Der Brief war bis jetzt aber noch nicht abgeschickt worden, es hatte keine Möglichkeit dazu gegeben. Falls die Erpressung überhaupt einen Erfolg hatte, so sicher erst in einem halben Jahr. Als Bird das klar wurde, hatte er mörderisch geflucht. Sollte er die Weiber den ganzen Sommer über am Hals haben, vielleicht sogar noch länger? Doch Nahrung gab es genug auf der Insel, da fielen zwei Esser mehr oder weniger nicht auf, es gab also keine Unkosten. Vielleicht wurde es ja doch noch ein profitables Geschäft.

»Sind die Damen vergewaltigt worden?« fragte Valten.

»Und wenn?« fragte Murdock zurück.

»Dann hätten sie auch ein Motiv für die Morde«, sagte Valten. »Man sollte niemals eine gedemütigte Frau unterschätzen, schon gar keine französische Aristokratin. Also?«

»Ich weiß es nicht«, sagte Murdock. »Die Lady war einiger Zeit allein in Birds Kabine. Was dort passiert ist – keine Ahnung. Ich war nicht dabeigewesen. Die Zofe ist auch eine niedliche Ding. Ich hatte sie und noch zwei von uns. Aber es sein ... waren nicht sehr schon, weil sie so steif lag. Unsere Huren sind besser.«

»Und die anderen Kapitäne? Waren sie mal mit der, wie du sagst, Lady allein?«

»Nicht auf See. Moglicherweise an Land. Aber ich glaube nicht. Um die Versorgung der Fraulein hat sich nur unsere Captain gekümmert. Und Leute von meine Schiff.«

Mehr bekam Valten aus dem neuen englischen Captain nicht heraus. Er ließ sich das Haus zeigen, in dem die beiden Gefangenen wohnten, dann entließ er ihn und suchte nacheinander die Kapitäne Pelsaert und Schut auf. Sie bestätigten, was er von Murdock erfahren hatte, soweit sie davon Kenntnis hatten. Ob eines der beiden Mädchen vergewaltigt worden war, wußten beide nicht. Und sie glaubten auch nicht, daß ihre inzwischen verstorbenen Kapitäne irgendwann der jungen Aristokratin zu nahe getreten waren.

Trotzdem war Valten nicht unzufrieden. Er hatte das Gefühl, daß sich endlich etwas bewegte. Die Spur war noch sehr vage, aber es war eine Spur. Er konnte sich vorstellen, daß eine rachsüchtige Frau ihren Peiniger ermordete. Ein solcher Fall kam ja sogar schon in der Bibel vor. Judith hatte Holofernes getötet und galt seitdem als Volksheldin. Soweit es Bird betraf, hatte die junge Dame ein Motiv. Doch wenn seine Informationen stimmten, dann waren die anderen beiden Kapitäne ihr nie zu nahe getreten. Warum sollte sie auch Jarre und Jacobszoon töten? Oder war es ganz anders gewesen? Handelte es sich um ein Eifersuchtsdrama unter Kapitänen? Wenn eine Frau ins Spiel kam, war alles möglich. Es war an der Zeit, daß er den beiden Gefangenen einen Besuch abstattete.

4

»Ihr bleibt draußen«, sagte Valten Went zu seinen Leibwächtern.

»Wie sollen wir dich da beschützen?« fragte Klapmütz besorgt.

»Ach«, erwiderte Valten, »ihr sollt ja vor allem die Leute einschüchtern. Und ich denke doch, daß ich zwei Mädchen auch ohne eure Hilfe einschüchtern kann.«

»Frauen sind gefährlich«, wußte Klapmütz.

»Wenn ich in Not gerate, rufe ich ganz laut«, sagte Valten mit einem Augenzwinkern. Aber Klapmütz nahm es dennoch ernst und nickte gewichtig. Schotte hingegen grinste. Seine Furcht vor Frauen war nicht so ausgeprägt.

Valten klopfte an die Tür. Es gab keine Reaktion, er wartete einen Augenblick, dann entschloß er sich und trat ein.

Die winzige Hütte war kärger eingerichtet als seine eigene. Sie hatte nur einen einzigen Raum. Ein leeres Faß ersetzte den Tisch, zwei lehnenlose Hocker dienten als Stühle, am Boden lagen zwei Matratzen, die als Ruhestätte dienten. Zwei Truhen enthielten wohl die persönlichen Sachen der Gefangenen, und auf einer umgedrehten Kiste stand Geschirr neben einigen Utensilien, die den Frauen zur persönlichen Pflege dienten. Einige Gegenstände unbekannter Bestimmung waren unter Decken und Tüchern versteckt. Eine Kochstelle gab es nicht, die Damen wurden verpflegt. Der Raum wirkte sehr ordentlich; allerdings wäre es auch schwer gewesen, mit so wenigen Gegenständen Unordnung zu machen.

Die jungen Frauen saßen an ihrem improvisierten Tisch und blickten ihn ernst an. Valten konnte auf den ersten Blick nicht sehen, wer die Herrin war und wer die Dienerin. Beide mochten etwa zwanzig Jahre alt sein. Sie hatten langes, dunkles Haar, das ohne jeden Schmuck herunterwallte, und waren ungeschminkt. Vermutlich hielten sie das Beachten modischer Vorschriften in einem Piratenlager nicht für erforderlich. Ihre Kleider hingegen entsprachen der französischen Mode, wahrscheinlich hatten sie keine anderen. Beide waren bis fast zu den Schultern dekolletiert. Sie trugen helle, mit Gold und Silber bestickte, geschlossene Unterkleider, darüber dunkle Roben, die so lang waren, daß sie hinter den improvisierten Sitzgelegenheiten auf dem Boden lagen. Die Taillen waren schmal geschnürt. Schmuck trugen sie nicht.

Beide waren sehr hübsch, soweit sich das im Halbdunkel erkennen ließ. In den anderen Häusern wurden in der wärmeren Jahreszeit die Fensterläden tagsüber und im Sommer auch nachts geöffnet; mangels Scheiben konnte jeder von draußen hereinblikken. Hier waren die Läden, bis auf einen Spalt zur Belüftung, geschlossen. Das Licht kam von zwei Kerzen, die auf dem Faßtisch blakten.

Valten hatte es nicht ernst gemeint, daß er die Frauen einschüchtern wollte, und als er sie nun sah, wußte er, daß er mit ihnen sehr schonend umgehen würde, selbst dann, wenn sie die Mörderinnen sein sollten. Auf den ersten Blick gefielen ihm beide, doch während die eine nur ansehnlich war, versetzte der Anblick der anderen ihm einen Stich. Ihm schien, als hätte er noch nie eine so schöne Frau gesehen. Dieses zarte Gesicht, der melancholische Blick und ihre Grazie rührten ihn.

Nach einem ziemlich langen Moment des Schweigens verbeugte er sich und begrüßte die Damen. Die Schöne rührte sich nicht, die Hübsche hingegen sagte etwas auf französisch, was Valten nicht verstand. Über das Problem der Verständigung hatte Valten überhaupt noch nicht nachgedacht. Er hatte vorausgesetzt, daß sie Deutsch sprachen. Aber Kommunikation mußte möglich sein. Captain Bird hatte sich schließlich auch mit ihnen verständigt. Natürlich war nicht auszuschließen, daß der zu seinen Lebzeiten im Unterschied zu Valten Französisch sprechen konnte.

Valten war noch nicht viel herumgekommen in seinem Leben. Bei seinem medizinischen Studium hatte er etwas Latein gelernt, und da er vorhatte, in den Süden des neuen Kontinents auszuwandern, hatte er in Lübeck die Anfangsgründe des Spanischen erlernt, was ihm der Lateinkenntnisse wegen nicht schwerfiel. Außerdem war er sprachbegabt, er hatte im Piratendorf auch mühelos einige englische Brocken aufgeschnappt, und als ein Spanier, dem er ein Bein amputieren mußte, über einen Monat im Lazarett gelegen hatte, nutzte er jede Gelegenheit, mit seinem Patienten Spanisch zu sprechen. Das tat beiden gut. Den Beinamputierten hielt es bei Laune, und Valten konnte seine Sprachfertigkeit beträchtlich verbessern. Auch später hatte er jede Gelegenheit genutzt, seine Sprachkenntnisse zu schulen. Würde es reichen, um eine Konversation mit den Damen zu führen? Und würde es nutzen? Verstanden sie überhaupt Spanisch?

»Hablamos español?« fragte er.

»Sí«, bestätigte die hübsche Dame, während die melancholische Schönheit weiter schwieg.

»Das freut mich«, sagte Valten auf spanisch, »denn ich würde mich gern mit Ihnen unterhalten.«

»Ich kann Sie nicht daran hindern«, antwortete die junge Dame abweisend. »Leider«, fügte sie höflich hinzu, »kann ich Ihnen keinen Platz anbieten. Sie sehen ja, daß wir derzeit eingeschränkt sind.«

»Ich kann stehen«, sagte Valten. »Zunächst einmal möchte ich mich vorstellen. Mein Name ist Valten Went. Ich bin Wundarzt, und zur Zeit vertrete ich auf dieser Insel das Gesetz.«

»Das Gesetz!« wiederholte die junge Frau ironisch. »Da haben Sie sicher viel zu tun, mit dieser Piraterie fertig zu werden.«

»Nun«, sagte Valten etwas verlegen, »ich untersuche, um genau zu sein, einige Verstöße gegen Gesetze auf dieser Insel.«

Die Damen schwiegen. Valten machte einen neuen Anfang. »Es wäre mir eine Ehre«, drechselte er, »wenn Sie mir Ihre Namen mitteilen würden, auf daß ich weiß, mit wem ich es zu tun habe.«

»Das wissen Sie nicht?« fragte die junge Frau erstaunt. »Ich bin Madeleine de Marcillac, und das ist meine Zofe Marie.«

»Sehr erfreut, Ihre Bekanntschaft zu machen«, sagte Valten. Er unterdrückte sein Erstaunen, daß die umwerfende Schönheit die Zofe war.

»Unter anderen Umständen würde ich antworten: Die Freude ist ganz auf meiner Seite«, sagte Madeleine de Marcillac. »Ich denke, wir haben der Höflichkeit jetzt in höherem Maße Genüge getan, als dies unter Piraten üblich ist. Und ich muß zugeben, daß es mich überrascht, jemanden wie Sie an diesem Ort anzutreffen. Vielleicht sollte ich Ihnen doch einen Platz anbieten. Marie?«

Die Zofe erhob sich, ging zur Wand und schob eine Truhe an den Faßtisch. »Bitte schön, Monsieur«, sagte sie. Ihre Stimme, die Valten jetzt zum ersten Mal hörte, klang dunkel und angenehm. Allerdings gefiel ihm auch die glockenhelle Stimme der Herrin. Es waren zwei wirklich sehr angenehme junge Frauen, und er hoffte sehr, daß sie nicht die Mörderinnen waren.

Valten setzte sich auf die Truhe. Sie war etwas niedriger als die Hocker, er blickte von unten zu den beiden Mädchen auf. Das verunsicherte ihn.

»Ich wollte mit Ihnen über Ihre Gefangennahme sprechen«, begann er. »Wie sind Sie behandelt worden?«

»Was glauben Sie?« fragte Madeleine zurück.

»Zuvorkommend«, vermutete Valten.

»So würde ich das nicht nennen. Wir sind Gefangene. Wir wagen uns nicht vor die Tür. Wenn jemand den Raum betritt, zukken wir zusammen. Aber hier hat uns noch niemand etwas getan. Das schlimmste ist der Stumpfsinn. Wir starren den ganzen Tag die kahlen Wände an, ohne jede Ablenkung, und wir fragen uns, womit wir das verdient haben. Welches Verbrechen haben wir begangen, daß wir so grausam bestraft werden?«

»Nun«, sagte Valten tröstend, »vielleicht hat das ja irgendwann ein Ende. Ihre einflußreichen Verwandten werden für Sie ein Lösegeld zahlen, und Sie werden befreit und vergessen diese dunkle Episode.«

»Ha!« sagte Madeleine. »Einflußreiche Verwandte! Das habe ich doch nur so gesagt, um die Piraten davon abzuschrecken, mir etwas zu tun. Das war ein großer Fehler, wie ich inzwischen weiß. Bird hat es geglaubt und mich gerade deshalb als Geisel genommen. Für mich wird niemand etwas bezahlen. Ich werde bis an mein Lebensende Gefangene bleiben.«

»Heißt das, Ihre Familie ist gar nicht ...? Erzählen Sie mir bitte etwas über Ihre Familie.«

»Das habe ich alles schon Bird erzählt, aber der wollte es nicht glauben. Wo steckt er eigentlich?«

»Dazu kommen wir später. Bitte erzählen Sie mir etwas über Ihre Familie!« sagte Valten.

»Da gibt es nicht viel zu erzählen«, sagte Madeleine. »Wir tragen einen guten Namen, aber wir sind nicht reich. Mein Vater war Offizier in der Armee unseres Königs Henri IV., aber er wurde in einem Gefecht so schwer verletzt, daß er den Dienst quittieren mußte. Die Einkünfte aus unserem kleinen Gut waren so kärglich, daß wir nur mit Mühe in der Lage waren, standesgemäß aufzutreten. Dann starb auch noch meine Mutter, die alles ordnend zusammengehalten hatte, und es ging uns noch schlechter. Mein Vater wandte sich an den König mit der Bitte um Unterstützung, doch ehe der König etwas entscheiden konnte, wurde er ermordet. Das war im vergangenen Jahr, und seitdem sitzt ein Kind auf dem Thron von Frankreich, das nichts von den Verdiensten unserer Familie weiß. Und die Mutter des Königs, die katholische Maria, wird sich hüten, ausgerechnet einem Hugenotten eine Rente auszusetzen. Ich habe zwei ältere Brüder, die ebenfalls im Heer gedient hatten, aber sie waren inzwischen auch wieder zu Hause und verdienten kein Geld. Wir waren finanziell am Ende. In seiner Verzweiflung verkaufte mich mein Vater, anders kann ich es nicht nennen. Er lernte einen reichen Kaufmann aus Danzig kennen, brachte ihn mit in unser Schloß – so nennen wir es nur, es ist eher ein nicht einmal sonderlich großes Gutshaus –, brachte ihn mit in das Haus, und der sah mich und wollte mich haben. Das macht etwas her in Danzig, eine französische Aristokratin, dachte er, und vielleicht gefiel ich ihm ja wirklich. Er bot Geld. Mein Vater widerstand, und der Kaufmann reiste ab, aber es ließ ihm keine Ruhe, er schickte ein noch besseres Angebot, und angesichts der Situation unserer Familie und seiner Schulden konnte mein Vater nicht wiederstehen, und ich war bereit, das Opfer für meine Familie zu bringen. Meine Brüder und ich schifften uns ein und fuhren gen Danzig. Wer soll jetzt für mich bezahlen? Mein Vater würde den letzten Sous für mich hergeben, das weiß ich, aber er hat nichts als Schulden, noch hat der Kaufmann ja nicht gezahlt. Und der Kaufmann? Soll er meinen Vater bezahlen und auch noch die Piraten? Wird er das tun für ein Mädchen, das er nur ein einziges Mal gesehen hat? Ich glaube es nicht, aber es ist meine einzige Hoffnung. Sie ist sehr vage.«

»Was ist bei dem Überfall mit Ihren Brüdern geschehen?« fragte Valten.

»Nichts. Sie waren ja nicht dabei.« Auf Valtens erstaunten Blick hin erklärte sie: »Wir waren mit zwei Schiffen unterwegs. Aus Platzgründen waren Fernand und Henri auf dem anderen untergebracht, das den Piraten entkommen ist.«

Sie unterhielten sich so ruhig, daß es Valten fast so vorkam, als würde er einfach nur Konversation treiben mit dieser reizenden Dame in Gesellschaft der in seinen Augen überirdisch schönen Zofe, die leider überhaupt nichts sagte, obwohl sie, wie er aus ihren Blicken schloß, dem Gespräch folgen konnte. Er war auch erstaunt, wie mühelos es ihm gelang, ein so langes Gespräch auf spanisch zu führen. Der Beinamputierte war ein sehr guter Lehrer gewesen, und die braunen Augen der beiden jungen Frauen spornten Valten zu Höchstleistungen an. Längst hatte er auch nicht mehr das Gefühl, daß Madeleine ihn als Feind betrachtete, obwohl er zu den Piraten gehörte. Wahrscheinlich hatte sie in den letzten beiden Wochen mit niemandem außer vielleicht ihrer Zofe ein niveauvolles Gespräch führen können. Aber Valten war auch bewußt, daß er hier nicht als verliebter junger Privatmann herumsaß. Er hatte eine Ermittlung zu führen. So unangenehm es ihm auch war, er mußte ein paar peinliche Fragen stellen.

»Wie standen Sie zu Kapitän Bird?« fragte er.

»Standen?« fragte Madeleine.

»Nun ja, meine Frage bezieht sich auf die letzten beiden Wochen«, wich Valten aus.

»Er ist mein Kerkermeister. Wie soll ich zu ihm stehen?«

»Ist er Ihnen zu nahe getreten?« fragte Valten.

Madeleine lief rot an und schwieg.

»Auf dem Schiff?« fragte Valten und ließ seine Stimme so weich wie möglich klingen.

»Ja«, sagte Madeleine. Mehr mochte sie darüber nicht sagen.

An ihrer Stelle ergriff zum ersten Mal Marie das Wort. »Mich haben sie auch vergewaltigt«, sagte sie in flüssigem Spanisch. »Gleich drei Männer. Sie waren wie die Tiere. Es war das Schlimmste, was ich je erlebt habe. Wenn Sie hier der Vertreter des Gesetzes sind, dann bestrafen Sie sie dafür!«

»Das liegt nicht in meiner Macht«, sagte Valten beschämt. »Ich kann und will das nicht verteidigen, aber so etwas geschieht nun einmal unter Piraten. Es geschieht auch unter Soldaten. Ich glaube, das geschieht überall, wo viele Männer lange Zeit nur unter Männern sind, wo sie ihr Leben riskieren oder Leben nehmen im Kampf. Es scheint so etwas wie ein natürliches Gesetz zu sein. Meine Aufgabe ist es nicht, die Gesetze der Piraten anzuzweifeln. Ich achte darauf, daß sie die Gesetze untereinander einhalten. Und das auch erst seit gestern. Vorher habe ich ausschließlich Verletzte verarztet.«

»Ich verstehe Sie nicht«, sagte Madeleine. »Sie scheinen ein Mensch von Bildung und Umgangsformen zu sein. Wie können Sie sich mit diesen Menschen gemein machen?«

»Ich begreife, daß Sie verbittert sind, Sie haben jedes Recht dazu«, sagte Valten. »Aber ich denke nicht so gering von den Piraten. Ich habe mir die Gesellschaft nicht freiwillig ausgesucht, das müssen Sie mir glauben, ich war zuerst auch kaum etwas anderes als ein Gefangener. Für ihre Bluttaten habe ich nach wie vor nichts übrig. Allerdings weiß ich auch, daß so etwas allerorten geschieht. Ihr Vater und Ihre Brüder waren Soldaten. Haben sie da nicht auch Menschen getötet? Sie taten es für König, Gott und Vaterland, aber sind das wirklich so viel bessere Gründe, jemanden zu ermorden, als wenn man es tut, weil man dem eigenen Elend entkommen will? Ich bin gegen das Töten und Vergewaltigen, wer immer es tut, aber eines muß ich doch zur Verteidigung meiner Gesellschaft anführen. Nach außen hin sind die Piraten aggressiv und wehrhaft, aber untereinander leben sie, leben wir, muß ich sagen, in einer idealen Gesellschaft. So etwas gibt es nirgendwo anders auf der Welt. Im alten Griechenland soll es das einmal gegeben haben. Man nannte es Demokratie. Bei uns gibt es keine Herren oder Knechte. Wir sind alle gleich. Es gibt eine demokratische Vertretung, die die Schicksale der Insel lenkt. Das ist der Kapitänsrat. Die meisten Kapitäne wurden von ihren Mannschaften gewählt. Und wenn ein Kapitän sich als unfähig erweist, dann bleibt er nicht Kapitän, sondern er wird von seiner Mannschaft abgewählt. Das ist allen bekannt, also vertreten sie tatsächlich die Interessen der Gemeinschaft. In einer solchen Gesellschaft zu leben hat auch seine unbestreitbaren Vorzüge.«

»Es fällt mir schwer, die Vorzüge der Gesellschaft zu erkennen, wenn diese wunderbaren demokratischen Gesetze nicht auch mich schützen«, sagte Madeleine. »Aber Ihre Utopie scheint einen kleinen Schönheitsfehler zu haben, sonst müßten Sie nicht über die Einhaltung der Gesetze wachen. Gestern scheint etwas geschehen zu sein, das die Gemeinschaft erschüttert hat, und da Kapitän Bird uns gestern und heute mit Besuchen verschonte, nehme ich an, es hat mit ihm zu tun. Hat er gegen Ihre prachtvollen Gesetze verstoßen?«

»Ich sage Ihnen gleich, was geschehen ist. Nur ein paar Fragen noch. Hassen Sie Kapitän Bird?«

»Allerdings!« sagte Madeleine und hob stolz den Kopf. »Er hat mich gedemütigt wie noch nie ein Mensch zuvor. Meine Religion sagt mir, ich darf keinen Menschen hassen, aber bei Bird hilft sie mir nicht weiter. Ich wünschte, er wäre tot!«

»Und wie stehen Sie zu Jacobszoon und Jarre?«

»Wer ist das?« fragte Madeleine.

»Die Kapitäne der beiden anderen Schiffe«, erklärte Valten.

»Ich habe sie gesehen, als ich gefangengenommen wurde, aber sie haben kein Wort mit mir gewechselt und wurden mir auch nicht vorgestellt. Ich hatte immer nur mit Bird zu tun. Die beiden anderen sind mir nie zu nahe getreten, wenn man davon absieht, daß sie am Überfall beteiligt waren.«

»Wissen Sie, wo Bird gewohnt hat?«

»Woher soll ich das wissen? – Gewohnt hat?« fragte sie gedehnt.

»Und die anderen beiden Kapitäne?«

»Langsam verstehe ich die Fragen nicht mehr. Man hat doch für mich keine Führung durch euer Lager veranstaltet! Wir wurden am späten Abend in diese Hütte geschafft und haben sie seitdem nicht verlassen. Gesehen hat uns fast niemand, und wir haben seitdem auch nur Bird zu Gesicht bekommen, außerdem ein paar Piraten, die uns das Essen bringen, und manchmal noch den finsteren Murdock.«

»Ich bin gleich fertig«, versicherte Valten. »Haben Sie eine Waffe?«

»Sehen Sie eine?«

»Ein Messer kann man verstecken, und in die Truhe, auf der ich sitze, paßt vielleicht sogar ein Säbel.«

»Sie können ja nachsehen«, sagte Madeleine ein wenig beleidigt.

»Das könnte ich, aber ich vertraue Ihrem Wort«, versetzte Valten so ritterlich wie möglich. »Haben Sie eine Waffe?«

»Nein.«

»Können Sie damit umgehen?«

»Mit einem Degen. Mein Vater hat mir die Grundbegriffe des Fechtens beigebracht.«

»Und noch eine vielleicht etwas peinliche Frage. Sie sagen, daß

Sie seit vierzehn Tagen diese Hütte nicht verlassen haben. Das kann nicht stimmen. Dann würde es hier drinnen ärger stinken. Wo verrichten Sie Ihre Notdurft?«

Mit einem Blick delegierte Madeleine die Frage an ihre Zofe weiter. Über etwas so Profanes mochte sie sich nicht äußern.

»Tagsüber benutzen wir einen Eimer«, sagte Marie. »Und nachts, wenn alles schläft, gehen wir hinaus. Aber nie sehr weit weg von der Hütte, dazu haben wir viel zuviel Angst.«

»Reicht das?« fragte Madeleine. »Sie sind ein merkwürdiger Mensch, Valten Went. Sie stellen Ihre Fragen so, als ob Sie tatsächlich das Gesetz vertreten würden. Sagen Sie uns jetzt, worum es geht?«

»Ich glaube, Sie können es sich denken.«

»Da Sie von Bird immer in der Vergangenheitsform sprechen, nehme ich an, ihm ist etwas zugestoßen.«

»Ja«, sagte Valten. »Ihr Wunsch ist in Erfüllung gegangen. Kapitän Bird ist tot. Er wurde ermordet.«

»Ich kann nicht behaupten, daß ich darüber traurig bin«, sagte Madeleine und warf den Kopf zurück, so daß ihre langen, dunklen Haare wehten.

Valten sah ihr direkt in die Augen, als er sie fragte: »Haben Sie es getan?«

»Leider nicht«, sagte Madeleine. Sie erwiderte Valtens Blick, und er hatte den Eindruck, daß sie die Wahrheit sprach.

»Wie ist es passiert?« fragte sie. »Hat er gelitten?«

»Nein. Ein Messerstich ins Herz. Er war sofort tot.«

»Dann wird Gott ihn strafen.«

»Die anderen beiden Kapitäne wurden ebenfalls ermordet«, teilte Valten ihr mit.

»Und das halten Sie für eine ideale Gesellschaft?« fragte Madeleine ironisch.

»Morde gibt es überall. Sogar in Frankreich«, sagte Valten. »Es ist noch nicht einmal vierzig Jahre her, da wurden in Paris mehrere tausend Hugenotten ermordet. Ja, von der Bartholomäusnacht haben wir sogar im fernen Lübeck gehört. Und danach gab es diese dauernden Kriege. Nicht gegen ausländische Feinde, sondern Franzosen haben Franzosen getötet. Am Ende haben Franzosen sogar ihren eigenen König abgestochen. Ist das eine idealere Gesellschaft?«

»Sicher nicht«, sagte Madeleine ernst. »Aber ich habe sie auch nie verherrlicht.«

»Das ist wahr«, gab Valten zu. Gern wäre er noch geblieben, aber da er, wie er fühlte, eine blinde Spur verfolgt hatte, mußte er sich anderenorts um seine Untersuchung kümmern. Er mußte, bewacht von seinen Leibwächtern, durch das Lager gehen und allen Männern immer wieder dieselben Fragen stellen. Hatten sie etwas gesehen oder gehört? Hatten sie etwas beobachtet? Hatten sie einen Groll auf die Kapitäne? Kannten sie jemanden, der einen Groll auf die Kapitäne hatte? Der Kapitänsrat erwartete Ergebnisse von ihm. Seufzend erhob er sich. »Meine Damen«, sagte er, »es war mir sehr angenehm, mit Ihnen zu plaudern. Leider muß ich Sie jetzt verlassen. Die Pflicht ruft. Ich kann nur hoffen, daß Ihre Gefangenschaft hier nicht allzu lange dauert. Ach ja« – er setzte sich wieder hin –, »eine Frage noch, die Ihre Situation betrifft. Wenn ich Murdock richtig verstanden habe, dann haben Sie einen Brief an Ihren Vater geschrieben wegen Ihres Freikaufs?«

»Das ist richtig. Bird hat ihn mir diktiert.«

»Aber Ihr Vater ist doch außerstande, das Lösegeld zu zahlen.«

»Ja. Er müßte sich an seine Freunde wenden oder nach Danzig schreiben.«

»Wäre es dann nicht klüger, den Brief direkt nach Danzig zu richten? Das liegt auch näher, es würde schneller gehen.«

»Ich möchte meinen künftigen Mann nicht um Geld anbetteln. Das wäre würdelos.«

»Können Sie sich in Ihrer Situation Würde leisten?«

»Das ist das einzige, das mir geblieben ist!« sagte Madeleine de Marcillac stolz.

»Da haben Sie vielleicht nicht unrecht«, sagte Valten nachdenklich. Er erhob sich, verneigte sich vor Madeleine und auch ihrer Zofe und verabschiedete sich.

Während er schon zur Tür ging, sprach ihn Madeleine noch einmal an. »Haben Sie das ernst gemeint, oder war es nur eine Floskel?«

»Was?« fragte Valten.

»Daß es Ihnen angenehm war, mit mir zu plaudern.«

»Können Sie daran zweifeln? So ideal meine Gemeinschaft auch ist, geistig ist mir hier kaum jemand gewachsen. Da war es für mich wie ein Wunder, auf zwei so wunderschöne Damen zu treffen und mit einer ein so anregendes Gespräch führen zu dürfen. Ich bedanke mich dafür, daß ich in Ihrer Gesellschaft sein durfte.«

»Nun übertreiben Sie mal nicht«, sagte Madeleine trocken. »Aber ich empfand Ihren Besuch auch als anregend. Obwohl Sie zu diesen Leuten gehören, möchte ich Ihnen sagen, daß ich mich freuen würde, wenn Ihre Pflicht es zuläßt, daß Sie mal wieder bei uns vorbeischauen.«

»Das werde ich tun«, versprach Valten.

Er verbeugte sich noch einmal, wandte sich um und ging zur Tür hinaus. Das helle Licht des Tages blendete ihn, er kniff die Augen zusammen. Dann erkannte er Klapmütz und Schotte, die neben der Hütte auf ihn gewartet hatten. Klapmütz sah besorgt aus, weil es so lange gedauert hatte. Schotte hingegen wirkte nur gelangweilt. Valten trat auf die beiden zu. »Gehen wir an unsere Arbeit«, sagte er zu ihnen. »Folgt mir.«

Seine Leibwächter sahen ihn mit großen Augen an. Sie hatten ihn nicht verstanden, denn er hatte Spanisch gesprochen.

5

Fast hatte Valten Went es erwartet. Die Überraschung war nicht groß, als auch der nächste Morgen mit der Alarmglocke eingeläutet wurde, diesmal allerdings vor seinem Frühstück. Er war noch nicht einmal richtig angekleidet. Hastig fuhr er in die Stiefel, zog sich das Wams über und rannte hinaus. Er war so schnell, daß er als einer der ersten auf dem Platz vor Kapitän Claens Haus anlangte.

Der Pirat an der Glocke war barfuß und in hellen Untergewändern. Offenbar hatte er sein Morgengeschäft verrichten wollen und dabei etwas bemerkt. Als er Valten sah, hörte er mit dem Läuten auf.

»Wer?« fragte Valten.

»Die Wachen«, sagte der Pirat.

»Wo?«

»Da drüben.« Er zeigte unbestimmt an den Rand der Siedlung.

»Bleib hier und informiere die anderen«, wies Valten ihn an und rannte los. Die Wachen hatten sich vermutlich im Freien aufgehalten, also würde er sie wohl sehen, auch wenn der Fingerzeig nicht sonderlich präzise gewesen war.

Tatsächlich, da lagen sie, direkt vor der kleinen Hütte der beiden gefangenen Frauen. Drei Männer, alle aus der Mannschaft von Claen. Also war sein Vorschlag, gemischte Streifen aus verschiedenen Besatzungen zusammenzustellen, nicht angenommen worden. Er beugte sich über sie. Alle drei waren erstochen worden, dem Anschein nach durch einen Degen. Sie waren gar nicht dazu gekommen, ihre Waffen zu ziehen. Das bedeutete, es mußten mehrere Täter gewesen sein. Die Wachen waren zweifellos überrumpelt worden, und wäre es nur ein Täter gewesen, dann hätte er zwar einen Wächter überrumpeln können, doch der zweite oder wenigstens der dritte Wächter hätte noch Anstalten zur Verteidigung getroffen. Als Valten die Toten genauer untersuchte, stellte er fest, daß die Leichen noch warm waren. Aus einer der Wunden rann sogar noch etwas Blut. Das bedeutete, es war gerade eben geschehen, vor wenigen Minuten. Denn nach dem Herzstillstand stoppt die Blutung schnell, vor allem dann, wenn der Einstich vorn ist und die Toten auf dem Rücken liegen. Alle drei Stiche hatten präzise das Herz getroffen. Das ist, wie Valten wußte, gar nicht so einfach, vor allem nicht bei vermutlich beweglichen Zielen, also mußte es sich um sehr erfahrene Kämpfer handeln, die hier am Werk gewesen waren.

Auf der Kleidung eines Toten entdeckte er Blutspritzer, die nicht aus dessen eigener Wunde stammten. Was bedeutete das? Hatte er seinen Mörder vor dem Tod doch noch verletzen können? Recht unwahrscheinlich ohne Waffe. Ein weiteres der Rätsel, vor denen Valten stand.

Ein Gedanke durchfuhr ihn, er richtete sich auf. Die Toten lagen vor der Hütte der Gefangenen. Er mußte nach ihnen sehen. Valten rannte zur Tür, klopfte an, wartete keine Antwort ab, stürmte hinein. Die Sachen waren alle noch da, doch die beiden jungen Frauen waren verschwunden.

Er raste zurück zu Claens Haus. Inzwischen waren fast alle eingetroffen, die auf der Insel schliefen. Es herrschte eine große Unruhe, selbst Claen gelang es nicht, die Meute zu beschwichtigen. In jeder Nacht wurden Menschen ermordet, und dies auf der Insel, auf der sie sich bisher sicher gefühlt hatten. Die Meute dürstete nach Blut.

Valten sprang auf eine Kiste, die auf dem Platz lag, um von allen gesehen zu werden und alle zu sehen.

»Ruhe!« brüllte er und hob beide Arme. »Ruhe!«

Diejenigen, die in seiner Nähe standen, wurden tatsächlich still, doch die anderen grummelten weiter. Valten mußte noch einige Male brüllen und mit den Armen beschwichtigende Zeichen geben, bis sie endlich so still waren, daß er eine Chance hatte, verstanden zu werden.

»Der Mord an der Wache ist eben erst geschehen!« schrie er. »Die Gefangenen der Engländer sind verschwunden. Vielleicht wurden sie von den Mördern mitgenommen, um auf eigene Rechnung verkauft zu werden. Ich denke, sie sind noch auf der Insel, da sie ja schwerlich unseren Hafen benutzen können. Und darum ordne ich an, auf der Stelle die Insel abzusuchen. Bringt mir die Mörder auf jeden Fall lebend. Wir müssen auch die anderen Morde aufklären. Und jetzt los! Beeilung! Ihr müßt rennen, dann holt ihr sie noch ein. In vier Gruppen. Nach allen Seiten. Worauf wartet ihr? Beeilung!«

Endlich setzte sich die träge Masse in Bewegung. Gerade die Hälfte war bereits völlig angekleidet, doch die anderen dachten gar nicht daran, ihre Kleidung zu vervollständigen oder sich zu bewaffnen. Zum ersten Mal seit drei Tagen konnten sie etwas tun gegen ihre Hilflosigkeit. Sie jagten davon, wurden immer schneller, patschten barfuß durch den Sand, schnitten sich die Zehen an den harten Gräsern auf, scherten sich nicht darum. Auch die spontane Aufteilung in vier Gruppen funktionierte erstaunlich gut. Es mochten tatsächlich jeweils um die einhundertfünfzig Mann sein, die jeweils eine der vier Richtungen einschlugen. Und daß sie den Strand erreichen mußten, wußten sie von allein. Dies war eine Insel, man konnte sie nur über das Meer verlassen.

Valten wäre gern bei der Gruppe gewesen, die die Mörder fand, um Ausschreitungen zu verhindern. Doch wußte er ja nicht, welche Erfolg haben würde. Er wußte nicht einmal, ob eine Gruppe überhaupt Erfolg haben würde.

Der Ermittler gesellte sich zu Claen und Stoeff, die vor der Tür von Claens Haus standen. Sechs weitere Piraten drückten sich unauffällig in der Nähe herum; das war wohl die Leibgarde. Die anderen Kapitäne, soweit sie an Land waren, hatten sich vermutlich an der Verfolgung beteiligt.

»Gute Arbeit«, lobte Claen. »Schnell, präzise und überlegt. In dir steckt die Fähigkeit, Kapitän zu werden!«

Was sollte Valten darauf erwidern? Er fand sich auch prima, aber die Bescheidenheit verbot ihm, dem Kapitän zuzustimmen. Also schwieg er. Alle drei blickten durch das Dorf den Männern hinterher.

»Wenigstens hat es diesmal keinen von uns getroffen«, sagte Stoeff.

»Meinst du, wir sind mehr wert?« fragte Claen ironisch.

»Allerdings«, sagte Stoeff ohne jeden Humor. »Wir sind schließlich die Kapitäne!«

»Nun«, sagte Claen, »meine Leute scheint es erwischt zu haben. Es waren doch meine Leute?«

»Ja«, bestätigte Valten. »Weshalb wurden eigentlich keine gemischten Streifen angeordnet?«

»Das erschien uns unnötig«, sagte Claen. Einen längeren Kommentar war ihm die Sache nicht wert.

»Sind eigentlich wirklich alle Kapitäne hier?« fragte Valten. »Corazón, Mantigao und Stoeff übernachten auf ihren Schiffen, äh, Moment, wieso bist du eigentlich hier?« fragte Valten den Kapitän Stoeff. »So schnell kannst du gar nicht übergesetzt haben, als die Alarmglocke ertönte. Da hinten kommen der Spanier und der Portugiese in ihren Booten – jetzt erst. Weshalb warst du so schnell?«

»Ich konnte nicht schlafen«, sagte Stoeff. »Habe mir Sorgen um unsere Gemeinschaft gemacht. Und da ich ohnehin wach war, habe ich mich beim ersten Sonnenstrahl übersetzen lassen, um hier nach dem Rechten zu sehen. Wie sich zeigte, war meine Sorge begründet.«

Valten hielt es nicht für übermäßig glaubwürdig, daß ein Piratenkapitän, von Sorgen um die Gemeinschaft gefoltert, nicht schlafen konnte, doch ließ er das einstweilen auf sich beruhen. Er verfolgte einen anderen Gedanken.

»Murdock, Pelsaert und Schut, die neuen Kapitäne, habe ich vorhin gesehen. Nicht aber Kunow. Nun kann es natürlich sein, daß ich ihn in der Menschenmenge einfach nicht bemerkt habe, doch ein ungutes Gefühl sagt mir, daß wir mal in seinem Haus nachsehen sollten.«

»Meinst du wirklich?« fragte Claen.

»Wenn er nicht da ist – um so besser! Wir haben ohnehin im Augenblick nichts zu tun, als auf den Erfolg der Suchmannschaften zu warten. Besuchen wir Kapitän Kunow.«

Claen nickte und gab seinen Leibwächtern einen Wink, ihm zu folgen. Stoeff und seine drei Wächter schlossen sich ihnen an. Wo sind eigentlich meine beiden Wächter? dachte Valten. Sie nehmen ihre Pflichten nicht ernst genug, wenn sie sich an der Verfolgung beteiligen. Ich lasse sie im Hospital schlafen, wenn wir heute nicht den Durchbruch erzielen, beschloß er.

Die Leibwächter wurden vor der Tür zurückgelassen. Die beiden Kapitäne und ihr Ermittler traten ein.

Kunows Haus glich einem Schlachtfeld. Im Wohnraum lagen drei tote Piraten. Auch sie hatten ihre Waffen nicht gezogen, waren also überrumpelt worden. Valten sah auf den ersten Blick, daß die Mörder hier nicht so präzise vorgegangen waren wie beim Mord an den Wachen. Einer hatte nur einen Einstich ins Herz, der zweite hingegen hatte drei Einstiche, der dritte zwei, und außerdem war ihm mit dem Degen seitlich gegen die Halsschlagader geschlagen worden. Er hatte viel Blut verspritzt, ehe er gestorben war. Der Tisch, der Boden, sein Gewand und auch die Kleidung der beiden anderen Piraten waren von seinem Blut durchtränkt. Valten beugte sich über die Toten, um sie genauer zu untersuchen, da rief ihn Claen in den Schlafraum.

Kapitän Kunow lag auf seinem Bett. Der Überfall im Vorraum mußte trotz seiner blutigen Gewalt so schnell und lautlos erfolgt sein, daß er davon nicht aufgewacht war. Seine Augen waren geschlossen. Er war nicht einmal bei dem tödlichen Stich in sein Herz erwacht.

Valten untersuchte die Leiche. »Degenstich ins Herz«, sagte er.

»Die Glieder sind noch nicht steif, das heißt, der Mord geschah später als die an den anderen Kapitänen. Vielleicht vor zwei oder drei Stunden. Das Gemetzel im Wohnraum ist zur gleichen Zeit geschehen.«

Er wandte sich wieder den drei Toten im Vorraum zu und untersuchte auch sie so gründlich, wie dies ohne Hilfsmittel möglich war.

Stoeff war sehr beunruhigt und blickte zur Tür hinaus, ob seine Leibwächter noch lebend davorstanden. Er informierte sie sogar über das Gemetzel, ehe er wieder in den Raum zurücktrat. Der Anblick selber machte ihm nichts aus. Bei seinem Gewerbe hatte er schon Schlimmeres gesehen.

Claen hingegen ließ sich keine Gefühlsregung anmerken. Finster schweigend beobachtete er seinen Ermittler. Was auch immer er dachte, man sah es ihm nicht an.

Stoeff hingegen schwätzte in seiner Erregung drauflos. »War doch keine so gute Idee, das mit den Wachen. Nun haben wir sieben Tote auf einmal, nicht, wie sonst, nur einen. Die meisten Gefechte sind weniger verlustreich. Unser Gegner muß nahezu übermächtig sein. Die Wachen auszuschalten, die eigens dazu da sind, um seine Anschläge zu verhindern. Was geht hier vor?«

Valten beendete seine Untersuchung und erhob sich. »Nun«, sagte er, »zumindest mit Kunows Wachen war es nicht so schwer. Sie durften sich ja nicht unterhalten, um ihren Kapitän nicht zu stören. Sie saßen im dunklen Zimmer, vielleicht war eine Kerze an, zumindest steht hier eine, die völlig heruntergebrannt ist, aber sonderlich hell wird es dadurch nicht. Ich denke, sie sind eingeschlafen, es war ja früh am Morgen, nicht sehr lange vor dem Morgengrauen. Aber daß die Streife nichts davon bemerkt hat, ist schon erstaunlich. Die wurde nämlich erst später ermordet, war also beim Anschlag auf Kunow auf jeden Fall noch unterwegs. Es erfordert eine ungewöhnliche Unverfrorenheit, durch das Dorf zu schleichen, in ein Haus einzudringen, vier Männer abzustechen und ungesehen und ungehört zu verschwinden. Das alles, während da draußen drei Männer Wache stehen, die eigens auf so etwas achten sollen. Sicher waren sie gerade am anderen Ende des Dorfes, aber der Überfall hat trotz seiner Geschwindigkeit ein paar Minuten gedauert, da hätten sie inzwischen in der Nähe sein können. Beide Überfälle, die auf Kunow und die auf die Streife, sind ohne Geräusch abgelaufen. In beiden Fällen gab es keinen Kampf, kein Säbelklirren, kein Geschrei, sonst wäre der Alarm viel früher erfolgt, weil jemand aufgewacht wäre.«

»Gespenster«, sagte Stoeff.

»Ich denke, daß Gespenster keine Säbel, Degen oder Messer brauchen, um jemanden zu töten«, widersprach Valten. »Das waren Menschen. Mehrere Menschen. Sie verstehen etwas von Waffen und vom Töten. Das trifft auf fast jeden in unserer Gemeinschaft zu. Es waren also Menschen wie wir. Keine Gespenster.«

Stoeff zweifelte an der rationalistischen Auskunft, obwohl sie ihm eingeleuchtet hatte. Was Claen dachte, war ihm noch immer nicht anzusehen. Das Oberhaupt der Insel verharrte in finsterem Schweigen. So war es an Valten, das Gespräch fortzusetzen.

»Wir müssen die Toten bestatten«, sagte er. »Die beiden ersten werden schon stinken. Gestern haben wir es verschoben, weil es einen neuen Toten gab. Ich denke, egal, wie viele noch sterben, wir müssen einen Termin festsetzen.«

»Morgen«, entschied Claen und verfiel wieder in sein brütendes Schweigen.

Valten zuckte die Achseln. Der Geruch würde Asmus belästigen, doch er war außerstande, das zu ändern. Er sah sich im Raum um. Auch diesmal war, soweit er feststellen konnte, nichts durchwühlt oder gestohlen worden. Die meisten Truhen von Kunow waren fest verschlossen, und der Inhalt der offenen Truhen befand sich in ordentlichem Zustand. Auf einem Wandbord standen zwei goldene, mit Edelsteinen besetzte Becher. Auch einige andere Wertgegenstände lagen im Raum. Niemand hatte sie angerührt.

Von draußen hörte er Stimmengewirr. Er trat vor die Tür. Eine der Gruppen kehrte zurück, die Freibeuter schienen bester Stimmung zu sein. Als sie näher kamen, sah er, daß sie vier Gefangene mit sich führten. Zwei Frauen und zwei Männer. Die Frauen waren Madeleine und ihre Zofe Marie. Die Männer kannte er nicht. Die Kleidung der Gefangenen war durchnäßt. Auch etliche der Piraten waren naß.

Die Ankömmlinge bemerkten Valten, Claen und Stoeff und hielten direkt auf sie zu. Angeführt wurde die Truppe von Pelsaert. Er war es auch, der ungefragt Bericht erstattete.

»Wir haben sie erwischt!« verkündete er, was alle sahen. »Sie saßen in einem Ruderboot, hatten gerade abgestoßen. Wir sind ins Wasser gelaufen und haben deren Boot umgekippt. Dann haben wir sie herausgefischt. Ohne Verluste auf unserer Seite. Und sie sind auch unversehrt, so wie du es gewollt hast«, sagte er Valten. »Obwohl es uns schwergefallen ist, als wir die Mörder in unseren Fingern hatten.«

»Ich muß sie vernehmen«, sagte Valten.

»Sofort?«

»Natürlich. Wann sonst?«

Den beiden Frauen konnte Valten nicht in die Augen sehen. Er ahnte, wer die beiden Männer waren, und fast tat es ihm leid, daß er durch sein entschlossenes Handeln die Flucht von Madeleine und Marie vereitelt hatte. Andererseits drängte es ihn, die Verbrechen aufzuklären. Zehn Morde an nur drei Tagen durften nicht ungesühnt bleiben. Er ordnete an, daß die Frauen in ihre Hütte zurückgebracht werden sollten. Mit den Männern wollte er in seinem Lazarett sprechen. Sie mußten natürlich gefesselt werden – zur wilden Verfolgungsjagd am Morgen waren die Piraten ohne Stricke aufgebrochen.

Claen widersprach nicht, und auch die anderen Kapitäne hielten sich mit Äußerungen zurück. Stoeff war immer noch verwirrt. Corazón und Mantigao, die inzwischen von See her eingetroffen waren, besichtigten unter Stoeffs Führung die Toten in Kunows Haus. Als sie wieder herauskamen, waren auch sie verwirrt.

Endlich ließ sich auch Claen hören. »Ich denke, das ist ein Freudentag«, sagte er. »Auch wenn er so traurig begonnen hat. Wir haben die Täter gefangen, und es ist nicht, wie zu befürchten war, jemand von uns. Ab jetzt sind wir wieder sicher. Da das Frühstück für die meisten von uns ausgefallen ist, schlage ich vor, daß wir uns heute ein festliches Mahl leisten. Ich fordere unsere Köche auf, sich besonders ins Zeug zu legen. Geht zu den Bauern und kauft ihnen sechs Ochsen ab. Sagt das auch denen, die nicht hier sind. Wir werden unseren Sieg feiern!«

Seine Worte wurden mit allgemeinem Jubel aufgenommen. Weniger deshalb, weil ein üppiges Mahl bevorstand – so schlecht war ihre Verpflegung auch sonst nicht –, sondern weil allen eine Last von der Seele fiel. In ihrem Gewerbe war der Tod allgegenwärtig und konnte auch sie täglich treffen, aber in einem ehrlichen Gefecht Schiff gegen Schiff und Mann gegen Mann. Die schleichenden, heimtückischen Morde hatten an ihren Nerven gezerrt. Zuerst hatte es die Kapitäne getroffen, dann waren die Mannschaften an die Reihe gekommen. Daß Kunow und seine Leibgarde auch tot waren, erfuhren sie erst jetzt; es konnte ihre Freude über den Sieg nicht trüben.

Nach und nach trafen auch die anderen Gruppen ein, die bei ihrer Suche keinen Erfolg gehabt hatten. Sie stimmten in die allgemeine Freude ein. Klapmütz und Schotte gesellten sich schuldbewußt zu Valten. Ihnen war klar, daß sie ihn im Übereifer im Stich gelassen hatten. Aber ihm war ja nichts passiert während ihrer Abwesenheit.

Nach und nach fanden sich auch alle Kapitäne ein. Claen lud sie für den Mittag zu einem Festmahl in sein Haus. Dabei könnte man das Notwendigste besprechen, und Valten könnte ihnen die Einzelheiten des Falles berichten, den er bis dahin geklärt haben würde. Das hielten alle für eine gute Idee.

Es geschah, wie Valten angeordnet hatte. Die beiden Frauen wurden in ihre Hütte gebracht, die beiden Männer gefesselt und Valtens Leibwächtern übergeben. Valten wollte dringend allein mit ihnen sprechen. Er fürchtete, daß einer der Kapitäne oder gar mehrere beim Verhör dabeisein wollten; die meisten waren recht erpicht darauf, jemanden zu foltern. Doch als er mit Klapmütz, Schotte und den Gefangenen zu seiner eigenen Hütte ging, blieben sie bei Claen stehen. Offenbar vertrauten sie seinen Fähigkeiten als Ermittler. Er hatte an diesem Morgen schließlich bewiesen, daß er sein Geschäft verstand. Leider, soweit es die Frauen betraf, dachte Valten Went. Aber dann war er doch wieder froh über seinen Erfolg. Vielleicht gelang es ihm ja tatsächlich, die Mordserie zu beenden.

Zwar waren die Hände der Gefangenen inzwischen hinter deren Rücken gebunden, aber Klapmütz und Schotte waren doch sehr aufmerksam und blieben ganz in der Nähe, um bei einem plötzlichen Befreiungsversuch sofort zur Stelle zu sein. Immerhin hatten die beiden zehn Menschen ermordet, also waren sie sehr gefährlich.

Valten betrachtete seine Gefangenen gründlich. Der eine mochte dreißig Jahre alt sein, der andere fünfundzwanzig. Sie sahen sich so ähnlich wie Brüder. Beide waren groß und schlank. Sie hatten schwarzes Haar, das feucht an ihren Köpfen klebte. Kinn und Oberlippe waren mit langen Bartstoppeln bedeckt; offenbar waren sie normalerweise bartlos, aber in den letzten Tagen nicht zum Rasieren gekommen. Sie trugen spitzenbesetzte Hemden, darüber einen engen Überrock, der Ältere einen blauen, der Jüngere einen braunen. Sie trugen Kniehosen und hohe schwarze Stiefel. Die Kleidung klebte am Körper und war durch die Nässe derangiert. Ein eher elender Anblick, vor allem wegen der resignierten, müden Blicke.

Valten deutete auf die Matratzen, auf denen nach Gefechten die Patienten verarztet wurden. Die beiden jungen Männer setzten sich ohne Widerspruch, da sie erschöpft waren. Valten blieb vor ihnen stehen, und auch seine Leibwächter verschmähten die Sitzplätze. Wenn sie standen, konnten sie schneller eingreifen.

»Können Sie mich verstehen?« fragte Valten. Keine Reaktion. Er wiederholte die Frage auf spanisch. Wiederum keine Reaktion.

»Ich denke, daß Sie mich verstehen können«, fuhr Valten auf spanisch fort. »Ihre Schwester jedenfalls spricht fließend Spanisch. Madeleine ist doch Ihre Schwester?«

»Nun töten Sie uns schon«, sagte der Ältere auf spanisch. »Was soll das Gerede? Tun Sie nicht höflich. Ihr Urteil steht fest, und es geht nur noch darum, ob Sie uns zum Vergnügen foltern oder gleich abstechen.«

»Ich tue nicht höflich«, widersprach Valten, »ich bin es. Die beiden Männer« – er deutete mit den Augen auf seine Leibwache –, »können uns nicht verstehen. Wir sind sozusagen ganz unter uns. Ich möchte gern wissen, was geschehen ist. Ich vertrete hier auf der Insel das Gesetz, und solange ich etwas zu sagen habe, wird hier nicht gefoltert. Jedenfalls nicht, wenn Sie frei heraus mit mir sprechen. Das kann ich Ihnen zusichern. Mehr allerdings nicht. Als Sie hier an Land kamen, gerieten Sie in den Geltungsbereich unserer Gesetze. Die werden jetzt auch auf Sie angewendet. Der Kapitänsrat wird ein Urteil fällen, und es wird vollstreckt werden. Aber das Urteil wird nicht gesprochen, ohne daß wir Sie angehört haben.«

»Ich wußte gar nicht, daß es so eloquente Piraten gibt«, sagte der Ältere mit grimmigem Humor.

»Es wird auch noch andere Dinge geben, die Sie nicht über uns wissen«, versetzte Valten. »Aber vielleicht beginnen wir damit, daß wir uns gegenseitig vorstellen. Ich bin Valten Went, Wundarzt und Ermittler.«

»Eine interessante Kombination«, sagte der Ältere. »Ich bin Fernand de Marcillac.«

»Henri de Marcillac«, sagte der Jüngere. »Nun haben Sie ja die ganze Familie in Ihrer Gewalt.«

Valten überging die Bemerkung. »Wie sind Sie auf die Insel gekommen?« fragte er.

»Mit einem Boot. Anders war es ja nicht möglich«, antwortete Fernand.

»Ja, das dachte ich mir«, sagte Valten. »Ich meinte eigentlich eher, wie Sie uns gefunden haben. Bis heute dachten wir, daß unser Versteck sicher ist.«

»Ach, was ist heute schon sicher«, sagte Fernand.

»Wie haben Sie es geschafft?« beharrte Valten auf seiner Frage.

Fernand, nun hatte er nichts mehr zu verlieren, antwortete tatsächlich. Er konnte sich der bestimmten Freundlichkeit Valtens nicht entziehen. »Das war nicht schwer«, sagte Fernand. »Sie haben einen Ihrer Leute bei dem Überfall zurückgelassen. Er lag unter dem Leichenhaufen und wurde erst entdeckt, als unser Schiff das andere wieder erreicht hatte nach dem Überfall. Er war schwer verletzt, aber nicht tot. Wir mußten ihn nicht einmal bedrängen, damit er redete. Er war ein Feigling. Als wir ihm die Instrumente zeigten, redete er um sein Leben. Gott und sein Vaterland hatte er sowieso schon verraten, nun verriet er auch noch die Lage der Insel. Leider war unser Kapitän auch ein Feigling. Er wollte den Angriff auf die Insel nicht riskieren, er war nicht einmal bereit, den nächsten Hafen anzulaufen, das wäre wohl Hamburg gewesen. Er wollte nur weiter nach Danzig, und das um so dringender, als er die überlebende Besatzung des anderen Schiffes aufnehmen mußte, denn das drohte zu sinken. Alles, was wir bekamen, war ein Beiboot des sinkenden Schiffs und etwas Proviant und Wasser.«

»Das war vor vierzehn Tagen«, sagte Valten. »Weshalb haben Sie so lange gebraucht, uns zu finden?«

»Wir sind keine Seeleute«, sagte Fernand mit traurigem Lächeln. »Wir sind nicht in der Lage, uns auf dem Meer zu orientieren. Zwar wurden wir in der Nähe abgesetzt, aber es war die falsche Insel, die wir ansteuerten. Sie war ziemlich groß, es dauerte drei Tage, bis wir sicher wußten, daß wir uns geirrt hatten. Dort wohnten friedliche Bauern und Fischer, bei denen wir gastfreundlich aufgenommen wurden, obwohl wir uns kaum verständigen konnten. Auf der zweiten Insel gab es dieselbe Enttäuschung, auch nur Bauern, keine Piraten. Gestern früh landeten wir hier, und diesmal war es die richtige Insel.«

»Gestern?« fragte Valten.

»Ja«, bestätigte Fernand. »Wir gingen gleich in die richtige Richtung und entdeckten das Piratenlager. Natürlich konnten wir nichts unternehmen, es herrschte zuviel Geschäftigkeit. Und es war wesentlich größer, als wir angenommen hatten. Acht Schiffe haben wir gezählt, das heißt, es müssen so an die sechshundert Leute sein.«

»Fast achthundert«, sagte Valten. »Und weiter?«

»Wir haben uns versteckt und abgewartet. Am Abend wurde es ruhig, aber wir wußten ja nicht, ob unsere Schwester überhaupt hier war, und wenn ja, wo sie gefangengehalten wurde. Doch dann hatten wir Glück. Es war Vollmond, man konnte alles recht gut erkennen. Zwei Frauen kamen aus einer kleinen Hütte, die ziemlich am Rande stand. Wir waren zu weit entfernt, um ihre Gesichter zu erkennen, aber wir wußten dennoch, das waren Madeleine und ihre Zofe. Wir wollten zu ihnen laufen, doch das ging nicht. Es gab eine Streife, drei Männer waren es, sie sahen die Frauen auch und riefen ihnen derbe Worte in einer Sprache zu, die wir nicht verstanden. Die beiden Frauen verschwanden schnell im Haus. Die Männer lachten häßlich und gingen davon, doch waren sie sehr aufmerksam. Später wurden sie durch drei andere Männer abgelöst. Auch die zweite Streife war sehr aufmerksam. Sie hatten ihre Waffen gezogen, achteten auf jedes Geräusch. Wir waren inzwischen näher herangeschlichen. Fast hätten sie uns entdeckt. Zwar wären wir mit ihnen fertig geworden, doch dann hätten wir das gesamte Lager geweckt, denn es wäre nicht ohne Kampf abgegangen. Wir waren schon fast verzweifelt, da wurden sie durch eine dritte Streife abgelöst. Die war viel nachlässiger. Anfangs trugen sie ihre Waffen zwar auch blank, aber sie drehten nicht so große Runden, und sie verschwanden öfter zwischen den Häusern, so daß wir uns schon ganz nah an die Hütte herangearbeitet hatten. Wir mußten uns beeilen, der Morgen war nicht mehr fern. Als wir uns zum Handeln entschlossen und schon am Haus angelangt waren, kamen sie uns auf einmal entgegen. Sie sprachen miteinander, paßten nicht auf, und die Waffen hatten sie auch weggesteckt. Was blieb uns übrig? Gleich würden sie uns trotz ihrer Unaufmerksamkeit entdecken. Wir sprangen auf und überrumpelten sie. Es ging ganz schnell. So schnell, daß selbst der dritte keine Zeit mehr für einen Schrei hatte. Dann rannten wir ins Haus, weckten Madeleine und Marie, sie kleideten sich an und folgten uns, ohne Fragen zu stellen. Dafür war auch keine Zeit. Es dämmerte, irgendwo krähte ein Hahn. Wir rannten davon, so schnell die Frauen konnten. Leider verloren wir die Richtung, es dauerte einige Zeit, bis wir unser Boot gefunden hatten. Als wir drinsaßen, dachten wir, wir wären gerettet. Aber wir waren zu langsam gewesen. Eine Horde Piraten tauchte am Ufer auf, rannte ins Wasser und kippte uns um. Nicht einmal wehren konnten wir uns. Das ist die ganze Geschichte. Was haben wir dafür verdient, daß wir unsere Schwester retten wollten? Den Tod. Etwas anderes erwarten wir von Piraten nicht.«

Valten war verwirrt. Der Mann hatte die Wahrheit erzählt, das fühlte er. Hatten sie etwa die anderen Morde nicht begangen? Wenigstens mußte er danach fragen.

»Ich weiß nicht, wie der Kapitänsrat entscheiden wird«, sagte er, »aber ich denke schon, daß die Strafe für Mord der Tod ist. Das ist nicht nur unter Piraten so, sondern überall auf der Welt. Nach Ihrem eigenen Eingeständnis haben Sie die drei Wachen abgestochen, ohne daß die Männer eine Chance zur Gegenwehr hatten. Das ist Mord. Ich kann Ihre Motive sehr gut verstehen, Ihre Schwester ist es wert, befreit zu werden, aber es bleibt trotzdem

Mord. Eine höhere Strafe als den Tod können Sie nicht bekommen. Sie können also, ohne Ihre Strafe zu verschärfen, die anderen Morde auch gestehen.«

»Welche Morde?« fragte Henri.

»Sie sind schon seit drei Tagen auf der Insel und haben die drei Kapitäne, die an dem Überfall beteiligt waren, einen nach dem anderen in ihren Betten abgestochen. Und heute nacht auch noch einen Kapitän, der mit der Entführung gar nichts zu tun hatte, nebst dreien seiner besten Leute.«

»Was reden Sie für einen Blödsinn?« fragte Henri. »Ich kann Ihnen nicht folgen. Wen sollen wir umgebracht haben?«

Valten wiederholte es noch einmal etwas ausführlicher. Die beiden Gefangenen sahen ihn erstaunt an.

Schließlich sagte Fernand: »Bis jetzt hatte ich Sie für intelligent gehalten. Warum sollten wir so etwas tun? Uns ging es nur darum, unsere Schwester zu befreien. Das hätten wir doch mit solchen sinnlosen Morden unnötig erschwert! Nein, Herr Wundarzt und Ermittler, Ihren Mörder müssen Sie schon woanders suchen, auch wenn es schwerfällt.«

»Ja«, sagte Valten Went. »Das glaube ich auch.«

6

Der schwere Eichentisch war mit einem damastenen Tuch bedeckt. Silberne Teller und Schüsseln standen darauf, außerdem goldene und silberne Becher und silbernes Besteck. Die Köche – zwei von ihnen hatten die Bedienung übernommen – tafelten auf, was sie in der kurzen Zeit, die ihnen zur Verfügung gestanden hatte, gekocht und gebraten hatten. Die frischgeschlachteten Rinder waren natürlich noch nicht gar, sie brutzelten im Freien an Spießen, und die Mannschaft würde sich erst abends die Bäuche vollschlagen können. Aber sie hatten den Bauern auch Schweinefleisch abgekauft, und das war jetzt das Hauptgericht – als im Grapen, einem eisernen Topf, geschmortes, zerstückeltes Fleisch. Dazu gab es Gemüse, Kraut, Brot, Speck, Eier, Butter, Petersilie und eine Frucht, die die Spanier aus Südamerika eingeführt hatten, ein relativ geschmackloses, aber sättigendes Gemüse, das in geschältem Zustand gelblichweiß aussah. Die Spanier nannten es Batata oder Patata, ein deutsches Wort gab es dafür noch nicht. Portugiesen und Spanier waren so versessen darauf, daß sie vor einigen Wochen sogar ein Feld damit bestellt hatten; sie wollten die Knollen bis zum Herbst vermehren.

Auch Wein gab es reichlich, Kapitän Claen hatte vor einiger Zeit ein Schiff aufgebracht, das ihn, in Flaschen abgefüllt, als wichtigste Ladung mit sich führte, und zur Feier des Tages ließ er sich nicht lumpen. Vor jedem der Kapitäne und auch vor Valten standen jeweils drei Flaschen. Alle sprachen den Getränken reichlich zu, nur Valten hielt sich zurück. Ihm war bewußt, daß er in wenigen Augenblicken allen die Stimmung verderben würde.

Es waren wieder acht Kapitäne, denn auch Kunow hatte inzwischen einen Nachfolger gefunden, seinen blassen und etwas schüchtern wirkenden Steuermann, der sich in dieser Runde wohl fehl am Platze fühlte; sehr steif saß er am Tisch und sprach nur, wenn er dazu aufgefordert wurde. Er hieß Peter Roever und stammte aus Hamburg; mehr wußten die anderen nicht über ihn, denn vorher war er niemals durch besondere Taten oder Leistungen aufgefallen.

Während des Essens wurde zwar geredet, doch besprachen sie nichts Wichtiges. Sie erzählten lustige Geschichten aus ihrem Leben oder würdigten die Qualität der Speisen. Von Valten abgesehen, hatte jeder schon mindestens eine Flasche geleert, als auch der letzte der Kapitäne gesättigt war. Die Köche räumten die Tafel ab und zogen sich auf einen Wink von Claen hin aus dem Haus zurück. Der Kapitänsrat war unter sich, und Valten wußte, daß jetzt die Stunde der Wahrheit gekommen war. Und tatsächlich, sofort erteilte Claen ihm das Wort.

»Ich habe eine gute Nachricht«, begann Valten, »aber auch mehrere schlechte Nachrichten. Ich beginne mit der guten. Drei der Morde sind aufgeklärt. Die beiden Männer, die wir heute morgen gefaßt haben, sind die Brüder der gefangenen französischen Adligen. Sie haben versucht, ihre Schwester zu befreien, und unsere Wachen getötet, als sie dabei überrascht wurden. Es war eher Selbstverteidigung als Mord. Auf ihr Konto gehen ausschließlich die drei Wächter. Mit der Mordserie in unserem Dorf haben sie nichts zu tun. Sie haben weder einen der Kapitäne noch die drei Leibwächter getötet.«

Unruhiges Gemurmel unterbrach ihn. »Du hast es nur nicht aus ihnen herausbekommen!« rief Stoeff. »Wir müssen sie mit härteren Mitteln zum Geständnis bringen!«

Auch einige der anderen Kapitäne forderten die Folter. Als es wieder ruhiger geworden war, sagte Valten: »Natürlich könnten wir sie foltern, aber was sollte uns das einbringen? Sie wollten ihre Schwester befreien. Da wird man doch nicht tagelang vorher auf sich aufmerksam und das ganze Lager rebellisch machen, indem man Kapitäne ermordet. Sie wußten ja nicht einmal, welche Kapitäne an dem Überfall auf das Schiff ihrer Schwester beteiligt waren, sie waren nicht dabeigewesen.« Er erzählte ihnen kurz die Geschichte der Brüder Marcillac und schloß mit den Worten: »Daß sie die Mörder der Kapitäne sind und durch diese sinnlosen Aktionen ihr eigentliches Ziel, die Befreiung der Mädchen, erschwerten, widerspricht dem gesunden Menschenverstand. Was sie getan haben, das geben sie unumwunden zu. Die anderen Taten gehen nicht auf ihre Kappe!«

»Was heißt das?« brüllte Mantigao.

»Daß die wirklichen Mörder noch immer frei unter uns herumlaufen«, sagte Valten. »Das ist die erste schlechte Nachricht.«

»Der Mörder sein noch frei?« fragte Mantigao.

Valten wiederholte seine schlechte Nachricht auf spanisch, für den Fall, daß der Kapitän ihn nicht richtig verstanden haben sollte.

»Das heißt, die Mordserie kann weitergehen?« fragte Mantigao auf spanisch zurück.

»Sim«, bestätigte Valten.

Der Portugiese verstummte, stützte einen Ellenbogen auf den Tisch und legte das Kinn auf die Handfläche. Einen Augenblick lang herrschte Schweigen. Auf einmal sprang Kapitän Mantigao auf, brabbelte ein paar Worte in seiner Muttersprache, die niemand verstand, und verließ den Raum.

»Wohin?« rief Claen ihm hinterher. Mantigao warf die Tür hinter sich zu und verschwand. Claen zuckte die Achseln.

»Was sollen wir denn jetzt tun?« fragte Stoeff. »Die Wachen verdoppeln?«

»Ja«, sagte Valten. »Und diesmal sollten tatsächlich gemischte Streifen zusammengestellt werden. Ich habe nämlich noch eine zweite schlechte Nachricht. Es ist nur ein Verdacht, den ich nicht hinreichend beweisen kann, aber die Wahrscheinlichkeit ist groß, daß er den Tatsachen entspricht. Wilhad, das ist einer der toten Wächter, hatte Blut auf seiner Kleidung, das nicht von ihm stammte. Ein ziemlich deutlicher Schwapp. Da die beiden Franzosen unverletzt sind, kann es nicht von ihnen stammen. Hartken, einem der Leibwächter von Kunow, wurde die Halsschlagader durchtrennt. Dabei spritzte das Blut in hohem Bogen heraus auf alle, die daneben standen, und auch auf seinen Mörder. Wir haben uns gefragt, weshalb die Wache nichts bemerkt hat vom Mord an Kunow und seinen Leuten. Sie haben nichts bemerkt, weil sie ihn selbst begangen haben. Unsere Wachen sind heute nacht von den beiden Franzosen genau beobachtet worden. Die ersten beiden Streifen nahmen ihre Aufgabe sehr genau, waren so wachsam, daß sich die Franzosen nicht ins Lager wagten. Sie hatten ihre Waffen gezogen und achteten auf jedes Geräusch. Die dritte Streife hingegen war sehr schludrig. Anfangs hatten auch sie die Waffen gezogen, dann verschwanden sie zwischen den Häusern, und später schlenderten sie einfach nur noch herum. Die Waffen hatten sie weggesteckt. Sie fürchteten keinen Überfall und hatten auch sonst keine Angst. Wen sollten sie auch fürchten, wenn sie selbst die Mörder waren? Und nur weil sie keinen Angriff befürchteten, konnten sie so mühelos von den beiden Franzosen überwältigt werden. Ich würde fast sagen, die Franzosen haben ein gutes Werk getan, aber ich bedaure, daß ich den drei Toten keine Fragen mehr stellen kann. So bleibt die vollständige Gewißheit aus.«

Zum ersten Mal sah Valten seinen Kapitän Claen fassungslos. Er erbleichte und rang nach Worten. »Das ist nicht ... nicht möglich«, stammelte er. »Es waren meine ... meine besten Leute. Warum sollten sie so etwas ... Warum?«

»Das weiß ich auch nicht, und wie schon gesagt, wir können sie nicht mehr danach fragen.«

»Aber dann ist der Fall doch gelöst!« rief Pelsaert.

»Das wünschte ich mir auch«, sagte Valten, »aber ich glaube es nicht. Ich kannte die drei Männer ziemlich gut, sie waren ja von meinem Schiff. Wilhad war ein primitiver Schlagetot, der noch nie in seinem Leben einen selbständigen Gedanken gefaßt hat. Die beiden anderen waren nicht viel besser. Weshalb sollten sie die Kapitäne ermorden? Ich kann mir sehr gut vorstellen, daß sie es getan haben, und bei Kunow bin ich mir fast sicher. Aber sie haben es sich nicht selbst ausgedacht, das entspricht nicht ihren Fähigkeiten. Es muß einen Hintermann geben, der sie zu den Taten angestiftet hat. Und dieser Hintermann ist noch unter uns.«

»Blödsinn!« brüllte Claen, der sich wieder einigermaßen gefangen hatte. »Meine Leute lassen sich von niemandem etwas sagen, außer von mir, und ich habe sie ganz gewiß nicht angestiftet. Du irrst dich, Valten Went!«

»Nun«, widersprach Valten, »auf dem Schiff und im Kampf mag es stimmen, daß sie nur deine Befehle ausführen. Aber alle drei waren ziemlich geldgierig. Der großmäulige Weber kannte außer Weibern und Töten nur ein Thema, über das er längere Zeit hintereinander zusammenhängend reden konnte, und das war der Reichtum, den er eines Tages besitzen würde. Wir alle hier im Raum wissen, daß es schwerer ist, in unserem Gewerbe zu Reichtum zu kommen, als man anfangs denkt. Die Ladungen sind oft von der Art, daß wir wenig damit anfangen können. Wir sind ja schließlich keine Zwischenhändler für Tuche, Kupfer und Getreide. Ich kann mir also vorstellen, daß jemand Weber, Wilhad und Mergel bei ihrer empfindlichsten Stelle gepackt hat. Wenn man ihnen Reichtümer versprach, waren sie zu allem bereit.«

»Wer hat denn hier so viel Geld, daß er sie damit bestechen könnte?« murrte Claen. »Doch nur wir Kapitäne! Willst du damit sagen, daß einer von uns hinter den Morden steckt?«

»Nein«, sagte Valten, »das will ich damit nicht sagen. Ich kann es nicht ausschließen, aber ich halte es nicht für sehr wahrscheinlich, daß ein Aufstand gegen Kapitäne ausgerechnet von einem Kapitän ausgeht. Es könnte fast jeder andere der Hintermann sein. Wissen wir, ob wirklich alle die Beute zur ehrlichen Teilung abgeliefert haben? Vielleicht hat sich jemand etwas ins eigene Wams gesteckt. Außerdem ist es nicht mal wichtig, ob der Hintermann wirklich Schätze besaß. Wichtig war nur, daß unsere drei Schläger es glaubten.«

Die Auskunft beruhigte Claen für den Augenblick, er lehnte sich zurück und dachte nach.

»Ich bin noch nicht uberzeugt«, sagte der finstere Murdock. »Blutspritzer sollen eine Beweis sein? Die kann eine Pirat von eine Kampf behalten haben auf seine Wams. Wir haben nun mal eine blutige Job.«

»Du vergißt, daß ich Arzt bin.« Valten fixierte den Engländer, hob sogar einen Finger. »Ich kann frisches Blut sehr wohl von angetrocknetem altem Blut unterscheiden. Es war noch nicht völlig getrocknet. Auf der ganzen Insel gab es heute nacht nur eine einzige Wunde, die diese Spritzer verursacht haben kann, das war die geöffnete Halsschlagader von Hartken. Hätte es noch eine andere schlimme Verletzung gegeben, dann hätten wir es inzwischen erfahren. Also war Wilhad entweder der Mörder von Hartken, oder er stand neben Hartken, als ihm der Mörder die Ader öffnete.«

»Das ist richtig«, gab Murdock zu.

Auch die anderen Kapitäne waren jetzt überzeugt. Einige blickten Claen an. Sie erwarteten einen Vorschlag von ihrem Anführer, wenigstens eine Erklärung. Doch Claen war dazu nicht fähig. »Ich verstehe es nicht«, sagte er. »Meine eigenen Leute! Wer kann uns so sehr hassen, daß er meine eigenen Leute gegen mich aufwiegelt? Wie können wir noch sicher sein, wenn sich die eigene Mannschaft verschwört?«

»Gegen dich haben sie sich gar nicht verschworen«, sagte Pelsaert. »Du lebst ja noch. Und da fällt mir noch etwas ein. Wir wissen natürlich nicht, wie viele Handlanger der Hintermann hatte, nehmen wir mal an, es waren nur die drei, vielleicht auch mehr, aber gewiß nicht die ganze Mannschaft. Es ist schon ein eigenartiger Zufall, daß du ausgerechnet die drei Mordgesellen zur Wache eingeteilt hast!«

Stimmt, dachte Valten, darauf hätte ich eigentlich auch kommen können.

»Ich habe sie doch gar nicht eingeteilt«, sagte Claen. »Weber war eine Art Unterführer bei mir. Den habe ich beauftragt, noch zwei Mann für die Wache auszusuchen. Das heißt, er hat seine Spießgesellen ausgewählt.«

Das konnte der Wahrheit entsprechen, dachte Valten. Er hatte sich schon immer darüber gewundert, daß der kluge Claen ausgerechnet einem Blödkopf wie Weber Verantwortung übertrug. Sicher deshalb, weil er Männer brauchte, die handeln konnten; das Denken besorgte er allein. Das war nun die Quittung für das unangebrachte Vertrauen.

»Ich denke, daß auch Kapitän Claen gefährdet ist«, ließ sich Valten vernehmen. »Das sind möglicherweise alle hier im Raum, obwohl ja nun …«

»Ich nicht gefährdet!« sagte Capitán Corazón. »Ich sicher auf mein Schiff. Meine Mannschaft gut.«

»Das mag stimmen«, gab Valten zu. »Auf den Schiffen ist bisher nichts passiert. Doch solange wir nicht wissen, wer hinter den Morden steckt, und keine Ahnung von den Motiven haben, würde ich auch dort vorsichtig sein. Ich wollte sagen, drei der vermutlichen Handlanger des Mörders sind tot. Aber wir wissen nicht, wie viele er hat oder noch gewinnen kann. Wir müssen also wachsam bleiben. Laßt euch bewachen, sucht die Leute sorgfältig aus. Ich werde weiterermitteln, und ich werde den Hintermann finden, das verspreche ich. Heute bin ich ja schon ein beträchtliches Stück vorangekommen bei der Suche.«

»Aber nicht weit genug«, kritisierte Claen. »Der Mörder läuft nach wie vor frei unter uns herum. Von wem soll ich mich denn bewachen lassen, wenn meine eigenen Leute vom Bösen angesteckt sind? Wem kann ich noch trauen? War das jetzt wenigstens alles an schlechten Nachrichten?«

»Noch nicht ganz«, sagte Valten. »Die schlechteste habe ich mir für den Schluß aufgehoben. Unsere Insel ist verraten.«

»Was?« fragte Claen und erbleichte. Die Piratenrepublik auf der Insel war sein Lebenswerk. Sollte das jetzt auch gefährdet sein? »Wer hat uns verraten? Woher weißt du das?«

»Verraten hat uns einer von Jarres Männern«, sagte Valten.

»Von meinen Leuten?« fragte Schut, Jarres Nachfolger. Als neuer Kapitän hatte er sich bisher zurückgehalten mit Äußerungen, doch das ging zu weit. »Meine Männer sind keine Verräter!« trumpfte er auf.

»Nicht deine Männer«, korrigierte Valten, »einer von Jarres Männern.«

»Das ist dasselbe«, sagte Schut.

»Nicht ganz. Es geschah zu der Zeit, als Jarre noch Kapitän war. Vor zwei Wochen, um genau zu sein. Murdock hat mir erzählt, und du hast es bestätigt, daß beim Überfall auf den französischen Segler einer eurer Männer spurlos verschwunden ist. Ihr dachtet, er sei ertrunken. Das war er nicht. Er lag unter ein paar toten Franzosen und lebte noch. Als ihr davongesegelt wart, haben sie ihn gefunden. In seiner Todesangst hat er alles verraten. Dank seiner Beschreibung haben die beiden Franzosen die Insel gefunden.«

»Dann müssen wir sofort weg hier!« rief Pelsaert. »Auf der Insel erwischen uns die Hamburger, ohne daß wir uns ernstlich verteidigen können!«

»So schnell wird es nicht gehen«, beruhigte ihn Valten. »Die Franzosen sind nach Danzig weitergesegelt. Aber ich halte es für sehr wahrscheinlich, daß sie eine Nachricht an den Stadtrat von Hamburg aufsetzen. Diese werden sie entweder unterwegs einem Schiff mitgeben, indes, das ist auch nicht wahrscheinlich, ich glaube, sie machen um alle Schiffe einen großen Bogen, ich denke eher, daß sie die Nachricht von Danzig aus auf den Weg bringen. Aber irgendwann in den nächsten Wochen oder Monaten werden die Hamburger erfahren, wie nahe wir vor der Stadt liegen. Es wäre nicht das erste Mal, daß sie eine große Flotte auf See schicken, um Piraten zu vernichten.«

»Dann müssen wir die Siedlung aufgeben«, sagte Pelsaert.

»Früher oder später ja«, bestätigte Valten.

»Nein!« sagte Claen. »Nein, nein und nochmals nein! Wir stehen hier erst am Anfang unserer Gemeinschaft. Wir haben gerade erst damit angefangen, uns zu einer großen und mächtigen Piratenrepublik zusammenzuschließen. Mein Traum ist, daß wir die stärkste Seemacht in der Nordsee werden. Ich bin nicht bereit, ihn so einfach aufzugeben! Wir hatten ein paar Rückschläge, die Morde und nun den Verrat. Für die Morde ist unser Valten zuständig, er wird sie schon aufklären, da habe ich großes Vertrauen. Und gegen den Verrat gibt es auch ein Mittel. Vor ein paar Tagen haben wir in diesem Rat über das Angebot der Hamburger gesprochen, gegen Zahlung einer zugegeben nicht allzu beträchtlichen Summe ihre Schiffe fortan zu verschonen. Die meisten waren dagegen, unklugerweise, wie ich meine, aber wir haben bisher nicht geantwortet. Es wäre ja auch Blödsinn, ihnen eine Kriegserklärung zu schicken. Aber was, wenn wir ihnen jetzt ein Friedensangebot unterbreiten? Wenn wir auf ihren Vorschlag eingehen? Dann wären wir fast so etwas wie Verbündete. Ich weiß, daß sie keine Kaperbriefe ausstellen, noch nicht. Wenn sich das Bündnis bewährt, werden sie es eines Tages aber tun, dessen bin ich gewiß. Und selbst, wenn nicht, so haben wir doch Vorteile davon. Wenn wir hier nicht alles aufgeben wollen, bleibt uns gar keine andere Wahl. Ihre Vertragspartner werden sie nicht angreifen. Warum sollten sie das tun, wenn sie vor uns sicher sind?«

Es zeigte sich wieder einmal, daß Claen nicht ohne Grund das Oberhaupt der Gemeinschaft war. Zwar gab es noch einige Bedenken, doch war zu erkennen, daß er die meisten auf seine Seite gebracht hatte. Er konnte eine Abstimmung riskieren.

»Wer ist dafür, daß wir den Hamburger Vorschlag annehmen?«

Stoeff und Murdock hoben sofort die Hände, Claen selber schloß sich an, dann gingen auch die Arme von Schut und Roever in die Höhe. Schließlich hob auch der Spanier Corazón seinen Arm. Nur Pelsaert schüttelte seinen Kopf.

»Ich bin dafür, daß wir die Insel aufgeben«, sagte der Holländer. »Es war eine schöne Zeit, doch nun ist sie vorbei. Ich sehe natürlich, daß ich mit meiner Auffassung in der Minderheit bin. Ich muß darüber nachdenken, ob ich unter den neuen Umständen noch hierbleiben kann. Richtig ist aber, daß wir, wenn wir hierbleiben, den Hamburger Vorschlag annehmen müssen. Ich weiß noch nicht, wie ich mich entscheiden werde, und denke auch, daß ich das mit meiner Mannschaft besprechen werde. Für den Fall, daß wir bleiben, bin auch ich für den Vorschlag.« Er hob seinen Arm.

»Einstimmig«, stellte Claen fest. »Nun müssen wir nur noch Mantigao fragen. Wo steckt er eigentlich?«

Niemand wußte es. Pelsaert ging zur Tür und schaute hinaus. Der Portugiese war nicht zu sehen. Der Niederländer wollte schon wieder ins Haus zurückgehen, als sein Blick über die Bucht schweifte. Er rieb sich die Augen, weil er nicht glaubte, was er sah. Doch, es stimmte, er hatte sich nicht getäuscht. Er wandte sich um und betrat erregt den Raum. »Mantigao setzt Segel!« sagte er.

»Warum?« fragte Claen. »Ohne uns ein Wort zu sagen? Das kommt mir verdächtig vor. Können wir ihn noch erreichen?« Er sprang auf und schaute selbst aus der Tür. »Wahrscheinlich nicht«, schätzte er ein. »Aber wir müssen es wenigstens versuchen!«

Er rief zwei Leute herbei und rannte mit ihnen zum Strand. Sie sprangen in ein Ruderboot, und die Leute legten sich in die Riemen. Die Kapitänsgesellschaft blieb in seinem Haus zurück. Es war ja noch genügend Wein auf dem Tisch, und es gab keinen Grund, ihn in den Flaschen zu belassen. Nur Pelsaert und Valten verfolgten von der Tür aus Claens Anstrengungen, den Portugiesen vor dem Auslaufen noch zu erreichen. Es sah so aus, als würde er es nicht mehr schaffen, das Segelschiff setzte sich bereits in Bewegung, doch dann hatte man an Bord offenbar Claen erkannt, das Hauptsegel wurde gerefft, der Portugiese drehte bei. Eine Strickleiter wurde herabgelassen, und Claen ging an Bord. Was er dort tat, konnten sie nicht sehen. Sie kehrten in das Haus zurück und setzten sich an den Tisch.

Alle wollten über die Morde sprechen. Valten erzählte ihnen noch einmal ausführlicher, was er herausgefunden und was er gefolgert hatte. Obwohl der Mörder noch immer frei herumlief, vertrauten sie ihm, das war offenkundig. Zwar war er kein Kapitän, aber er gehörte ohne Zweifel auf einmal zu den wichtigsten Personen der Piratenrepublik. Er hatte jetzt Macht, die er zwar nie angestrebt hatte, doch konnte er nicht sagen, daß es ihm mißfiel. Vielleicht konnte er diese Macht sogar dazu einsetzen, das Schicksal der Gefangenen zu lindern. Wenn er nur lange genug nachdachte, würde ihm sicher eine Lösung dafür einfallen.

Endlich kehrte Claen zurück. Er stapfte mit seinen schweren Stiefeln durch den Raum, ließ sich auf seinen Stuhl an der Stirnseite fallen und leerte seinen goldenen Becher mit einem tiefen Zug. Dann schenkte er sich Wein nach und trank noch einmal. Alle blickten ihn gespannt an. Er schüttelte den Kopf und blickte traurig in die Runde. »Da war nichts zu machen«, sagte er. »Mantigao hat Angst, ermordet zu werden. Das sagt er wenigstens. Er fühlt sich nicht mehr sicher bei uns. Und er ist noch nicht so lange hier, daß er wirklich heimisch geworden wäre. Mit der Beute ist er auch nicht zufrieden. In der Neuen Welt ist mehr zu holen, sagt er. Zu kalt ist es ihm hier auch. Ich habe mit Engelszungen auf ihn eingeredet. Ich habe ihn gefragt, ob er nicht wenigstens den Teil seiner Beute mitnehmen will, der an Land gelagert ist. Er blieb taub dafür. Das meiste klang in meinen Ohren wie Ausreden. Ich bin nicht sicher, ob er mir den wirklichen Grund überhaupt mitgeteilt hat. Sicher ist nur, daß unsere Gemeinschaft geschrumpft ist. Die Portugiesen haben uns verlassen.«

Die Kapitäne schwiegen und starrten ihre Becher an, einige tranken. Alle waren sehr nachdenklich.

»Wir kommen auch ohne sie aus«, sagte Claen aufmunternd. »Wenn wir jetzt fest zusammenhalten, bleiben wir stark. Wir sollten viel mehr gemeinsam unternehmen! Welcher Kaufmann kann sich schon gegen sieben Schiffe behaupten? Wir werden ihnen unsere Zähne zeigen, und wir werden beweisen, wie scharf sie sind. Hamburg hat seinen Hafen für Schiffe aus aller Welt geöffnet. Für uns brechen goldene Zeiten an, auch wenn wir die Hamburger Schiffe verschonen. Meine Informationen besagen, daß in drei oder vier Wochen die ersten Niederländer und Engländer erwartet werden, und andere Nationen werden folgen. Das Abwarten auf der Insel wird ein Ende haben. Wir werden gemeinsam in den Kampf ziehen!«

Die meisten Kapitäne ließen sich von seiner Vision mitreißen. Nur Pelsaert blieb skeptisch, doch sagte er nichts.

»Und du wirst uns den Mörder fangen, Valten Went«, sagte Claen heiter zu seinem Ermittler; offenbar hatte er sich wieder gefangen. Auch in Krisenzeiten blieb er das Oberhaupt der Gemeinschaft.

»Das werde ich«, versprach Valten. »Es ist jetzt nur ein wenig schwerer geworden. Bei meinen Ermittlungen habe ich noch nicht mit einem einzigen Portugiesen gesprochen, und das ist nun auch nicht mehr möglich. Vielleicht wußte einer von ihnen etwas, das mir weitergeholfen hätte. Zu spät.«

»Und wenn es einer von denen war?« fragte Stoeff.

»Dann sind wir sie los«, sagte Valten. »Und das wäre ja auch schon ein Erfolg.«

7

Den beiden jungen Frauen stand die Verzweiflung ins Gesicht geschrieben. An sich war das Valten klar gewesen, doch hatte er es sich nicht so schlimm vorgestellt. Madeleine blickte nur kurz auf, als er den Raum betrat, und sackte dann wieder in sich zusammen. Sosehr sie sich am Vortag Gespräche mit ihm gewünscht hatte, im Augenblick stand ihr der Sinn überhaupt nicht danach. Marie, ihr Mädchen, hielt sich aufrecht, doch wirkte auch sie sehr gedrückt. Valten fühlte sich schuldig. Seine Aufgabe war es, die Gesetze der Gemeinschaft durchzusetzen. Zu dieser Aufgabe stand er, doch mehrten sich die Zweifel. Wenn sie so viel Elend auslösten, stimmte vielleicht etwas nicht mit den Gesetzen. Andererseits waren Gesetze immer und überall auch ungerecht dem einzelnen gegenüber, anders kannte er es nicht. Konnte er die Welt ändern?

Er blieb neben dem Faßtisch stehen, ein Platz wurde ihm nicht angeboten. Die Frauen hatten ihre nassen Kleider ausgezogen und zum Trocknen aufgehängt; sie waren vollständig umgekleidet und sahen auch in ihrem Kummer sehr schön aus.

»Es tut mir leid«, begann Valten zaghaft. »Ich hätte es Ihnen gegönnt, daß Sie entkommen. Das Schicksal war dagegen.«

»Das Schicksal!« wiederholte Madeleine ironisch. »Sie waren es doch, der die Leute befehligt hat, die uns erneut die Freiheit nahmen!«

»Ich wußte ja nicht, daß es ein Befreiungsversuch Ihrer Brüder war«, entschuldigte sich Valten. »Ebensogut hätte jemand Sie entführen können, um Sie auf eigene Rechnung zu verkaufen!«

Madeleine würdigte ihn keiner Antwort.

»Ich werde«, versicherte Valten, »alles tun, was in meiner Kraft steht, um Ihre Lage zu erleichtern.«

Madeleine starrte auf die beiden flackernden Kerzen auf dem Faß und rührte sich nicht. An ihrer Stelle übernahm Marie das Reden.

»Was wollen Sie denn erleichtern?« fragte die Zofe. »Wir bleiben hier eingesperrt, wir haben nichts zu tun, und das wird noch Monate so weitergehen, bis Geld für uns eintrifft oder bis klar ist, daß niemand zahlt.«

»Ich sorge dafür, daß Sie sicher sind«, versprach Valten, obwohl er keine Ahnung hatte, wie er das anstellen sollte.

»Sicher?« fragte Marie. »So sicher, wie man in einer Piratenmeute sein kann!«

»Seit Sie im Lager sind, ist Ihnen nichts geschehen, und das soll auch so bleiben.«

»Nichts geschehen? Wir sind hier eingesperrt und müssen uns Tag und Nacht vor den Barbaren da draußen verstecken. Aber direkt getan haben sie uns hier nichts weiter, das stimmt schon.

Werden sie weiter so zurückhaltend bleiben, nachdem wir ihre Gastfreundschaft verlassen wollten? Ich weiß es nicht, und Sie wissen es auch nicht. Doch was mit uns geschieht, ist gar nicht so wichtig. Unsere Lage ist noch gut, wenn wir sie mit der Lage der Brüder von Mademoiselle vergleichen. Was wird mit ihnen geschehen?«

»Ich weiß es nicht«, gab Valten zu.

»Können Sie etwas für die beiden jungen Herren tun?« fragte Marie.

»Das weiß ich auch nicht.«

»Also nein!« konstatierte Marie.

»Ich mache die Gesetze nicht«, sagte Valten, »ich setze sie nur durch. Und auch das erst seit ein paar Tagen. Ich bin Arzt, kein Pirat, und schon gar kein Kapitän. Wenn ich die Morde aufgeklärt habe, werde ich wieder nur das tun, was ich wirklich kann – Wunden versorgen. Im übrigen habe ich mich bereits für die beiden verwendet. Man wird sie nicht foltern.«

»Nur töten«, sagte Madeleine bitter. »Wie machen Sie das hier? Hängen? Enthaupten? Rädern?«

»Das weiß ich auch nicht«, sagte Valten. »Seit ich dabei bin, hat es überhaupt noch keine Strafe gegeben. Innerhalb der Gemeinschaft sind bisher noch nie Verbrechen vorgekommen. Es gab ein paar Schlägereien zwischen Betrunkenen, doch die wurden stets geschlichtet, ehe Schaden entstand. Ich glaube, es gibt gar keine Gesetze für diesen Fall. Der Kapitänsrat wird entscheiden, denke ich. Und das ist kein besonders blutgieriges Gremium.«

»Erfreulich, was für eine hohe Meinung Sie von dieser Mörderbande haben«, sagte Madeleine spitz.

»Ich werde tun, was ich kann, um Ihre Lage zu erleichtern«, versprach Valten erneut. Er meinte es ernst. Obwohl er den beiden jungen Frauen nun erst zum zweiten Mal begegnete, nahm er Anteil an ihrem Schicksal. Ihm selbst war nicht ganz klar, was der Grund dafür war. Hatte er sich etwa verliebt? In welche von beiden? In das in seinen Augen überirdisch schöne Dienstmädchen oder in die hübsche und in ihrem Kummer so überaus sympathische Herrin? Oder gar in beide? Wenn Frauen ins Spiel kamen, verflüchtigte sich die klare Überlegung. Er wollte ihnen wirklich helfen, doch hatte er nicht den Anflug einer Ahnung, was er tun könnte. Die Frauen gehörten den Besatzungen dreier Schiffe. Man versprach sich ein Lösegeld und würde sie ohne Zahlung nicht hergeben. Was geschehen würde, wenn kein Geld eintraf, konnte er sich nicht vorstellen. Würde man sie laufen lassen? Sicher nicht. Würde man sie töten? Das mochte er auch nicht glauben. Mit seinen bisher kassierten Anteilen war Valten vermutlich in der Lage, wenigstens das Dienstmädchen loszukaufen, doch damit war Madeleine nicht geholfen, von den Brüdern ganz zu schweigen. Ja, er meinte beide Frauen mit dem Hilfsangebot, so viel wenigstens war ihm klar.

»Um unsere Lage zu erleichtern, müssen Sie uns freilassen«, erwiderte Madeleine.

»Das weiß ich«, sagte Valten. »Ich denke darüber nach. Es gibt immer eine Lösung, auch wenn sie einem nicht sofort einfällt.«

Madeleine verkniff sich eine spöttische Antwort. Sie spürte, daß er es ehrlich meinte, und für einen Augenblick schöpfte sie sogar Hoffnung. Auch Marie sah den Ermittler freundlich an. Selbst in dieser Stunde der Niederlage war vielleicht noch nicht alles verloren.

»Mein Einfluß wächst, wenn ich bei meiner Untersuchung erfolgreich bin«, setzte Valten neu an. »Helfen Sie mir dabei, es ist in Ihrem eigenen Interesse.«

»Helfen?« fragte Madeleine. »Wir wissen gar nichts. Wir haben die Hütte nie verlassen.«

»Doch. Heute morgen«, sagte Valten. »Schildern Sie mir ganz genau, was geschehen ist, vom Moment des Aufwachens an.«

Der Hoffnungsschimmer in Madeleines Gesicht verflüchtigte sich wieder, doch gab sie ihm immerhin Auskunft. Alles, was sie erzählte, bestätigte, daß ihre beiden Brüder ihm die Wahrheit gesagt hatten. Über die Mordserie wußten sie nichts, und nach Valtens Einschätzung hatten sie damit auch nichts zu tun. Eine tote Spur, und obwohl er keine Ahnung hatte, wie er seine Ermittlungen nun fortsetzen konnte, war er froh darüber.

Nach ein paar aufmunternden Worten verließ er die jungen Frauen. Klapmütz und Schotte, die ihn im Freien erwartet hatten, folgten ihm zu seiner Hütte, wo die Gefangenen sich noch immer aufhielten.

Fernand und Henri hatten sich auf den Matratzen ausgestreckt, so gut das mit auf den Rücken gefesselten Händen ging. Als Valten mit seiner Leibgarde den Raum betrat, setzten sie sich auf. Der Ermittler hatte sie höflich behandelt; es gab keinen Grund, ihm das durch Unhöflichkeit zu vergelten. Außerdem hatten sie Wünsche an ihn. So war es denn Fernand, der das Gespräch eröffnete.

»Schön, daß Sie mal vorbeischauen«, sagte er. »Will man uns durch Verhungern hinrichten?«

Valten war es sehr peinlich. Es war sein Versäumnis, daß man den beiden nichts zu essen gebracht hatte. Denn im Augenblick waren es offenbar seine Gefangenen. Die Frauen wurden von den Engländern verpflegt, um die Männer hingegen mußte er sich kümmern. Auf der Stelle schickte er Klapmütz hinaus, etwas zu essen zu besorgen, und entschuldigte sich wortreich. Noch nie war er für Gefangene zuständig gewesen, ihm fehlte jede Erfahrung. Sicher mußten sie auch mal.

Allerdings, wurde ihm versichert. Die noch immer feuchte Kleidung war harntreibend, sie hielten es kaum noch aus.

Valten überlegte. Dann entschloß er sich zu einer ritterlichen Geste. »Meine Herren«, sagte er, »Sie sind Aristokraten. Insofern glaube ich, daß Ihnen das Ehrenwort etwas bedeutet. Es ist in Ihrer Lage nur natürlich, daß Sie an Flucht denken, das würde jeder vernünftige Mensch. Andererseits werden Sie verstehen, daß ich auf die Sicherheit unseres Lagers bedacht sein muß. So schlage ich einen Kompromiß vor, der Ihnen wenigstens für den Augenblick Ihre Lage erleichtert. Geben Sie mir Ihr Ehrenwort, daß Sie bis morgen nach dem Frühstück keinen Versuch zu Flucht oder Widerstand unternehmen, dann lasse ich Ihre Fesseln lösen, und Sie können sich einigermaßen frei bewegen.«

»Und was ist morgen nach dem Frühstück?« fragte Fernand.

»Da nehme ich Ihnen erneut das Ehrenwort ab, oder ich lasse Sie wieder fesseln.«

»Sie entwickeln einen unvermuteten Sinn für Ritterlichkeit«, sagte Fernand. »Unter diesen Umständen möchte ich nicht zurückstehen. Ich gebe Ihnen mein Wort, daß ich heute abend und in der Nacht keinen Fluchtversuch unternehmen werde.«

»Ich gebe Ihnen ebenfalls mein Wort«, sagte Henri.

»Das genügt mir.« Valten wandte sich an Schotte, der kein Wort von der spanisch geführten Unterhaltung verstanden hatte, und trug ihm auf, die Fesseln der Brüder zu lösen.

»Was?« fragte Schotte entgeistert.

»Du hast mich schon verstanden.«

»Ich glaube es nicht. Diese beiden gefährlichen Männer freilassen?«

»Nicht freilassen«, korrigierte Valten. »Nur die Fesseln lösen. Sie haben mir ihr Ehrenwort gegeben, daß sie nicht fliehen werden.«

»Ein Ehrenwort?« fragte Schotte. »Das bedeutet doch nichts, wenn es unter Zwang gegeben wird.«

Darauf war Valten gar nicht gekommen. Schotte war klüger, als er erwartet hatte. »Sie haben es ja nicht unter Zwang gegeben«, beruhigte er eher sich selbst als Schotte. »Außerdem ist tagsüber Trubel, und nachts wird das Lager bewacht. Sie können nicht entkommen.«

Schotte zuckte die Achseln und löste erst die Fesseln von Henri, dann von Fernand. Schließlich hatte Valten hier das Kommando, und der würde schon wissen, was er tat, und selbst wenn er es nicht wußte, so hatte doch er für die Folgen seiner Handlungen geradezustehen und nicht Schotte.

Fernand und Henri rieben sich die Handgelenke, streckten die Arme aus, ließen ihre Glieder knacken, erhoben sich, liefen ein paar Schritte auf und ab.

Klapmütz kam herein und hätte fast das Fleisch fallen lassen bei dem unvermuteten Anblick zweier herumspazierender, ungefesselter Gefangener. Valten beruhigte ihn mit ein paar Worten; alles habe seine Ordnung.

Die am Morgen von den Bauern am anderen Ende der Insel erworbenen Rinder seien fast fertig an ihren Drehspießen, berichtete Klapmütz, und er habe die ersten Fleischstücke bekommen – für die Gefangenen, aber auch für Schotte und sich selbst, denn im Unterschied zu Valten waren sie ja auch noch nicht zum Essen gekommen.

So aßen denn Gefangene und Leibwächter erst einmal gemeinsam den Rinderbraten, während Valten unruhig durch sein Lazarett lief und über die Morde nachdachte. Er war einer Lösung nahe, das spürte er, doch er konnte sie nicht greifen. Die Mörder waren tot, dessen war er sich sicherer als bei der Kapitänskonferenz, doch ihr Hintermann blieb verborgen. Würde der geheimnisvolle Auftraggeber neue Gehilfen anwerben, würde er das Töten selbst übernehmen, oder war es jetzt ausgestanden?

Nach dem Essen ließ sich Valten noch einmal detailliert die Beobachtungen der Nacht schildern. Ja, es war möglich, daß die drei Wächter in ein Haus gegangen waren, schließlich waren sie für etliche Minuten verschwunden, aber nein, direkt gesehen hatten sie das nicht. Auch sonst war ihnen nichts aufgefallen, das sie nicht schon bei der ersten Erzählung erwähnt hatten. Wie der französische Kapitän mit den Informationen über die Lage der Insel verfahren wollte, wußten sie ebenfalls nicht. Sie waren sicher, daß er sie nicht für sich behalten würde, dazu war er zu aufgebracht über den Verlust des Schwesterschiffes.

Nachdem geklärt war, daß es keine neuen Erkenntnisse gab, stellten auch die Gefangenen ein paar Fragen. Wie es ihrer Schwester ergangen sei, wollten sie wissen. Am Morgen, bei der kurzen Flucht, waren sie kaum zum Reden gekommen. Valten erzählte der Wahrheit entsprechend, wie die Frauen behandelt wurden. Daß sie bei der Gefangennahme vergewaltigt worden waren, behielt er für sich. So klang es fast nach einer Idylle, was er da schilderte. Langeweile und Stumpfsinn, das ja, aber auch ohne jegliche Gefahr für Leib oder Leben, das war die Gefangenschaft. Und: Nein, daran würde sich auch nach dem Fluchtversuch nichts ändern, solange man auf Geld zum Freikauf hoffen durfte.

»Und was wird aus uns?« fragte Fernand. »Für Madeleine zahlt ja vielleicht ihr künftiger Ehemann. Für uns wird niemand auch nur einen Sous hergeben.«

»Euer Vater ist ein Kriegsheld«, sagte Valten. »Vielleicht leiht ihm einer seiner Freunde etwas.«

»Freunde?« sagte Fernand. »Wissen Sie, wie viele unserer Freunde gefallen sind? Bei uns gab es seit dreißig Jahren fast ununterbrochen Bürgerkrieg. Und unser guter König Henri IV. ist tot. Da ist niemand, der uns etwas leihen oder schenken würde. Sonst hätten wir unsere Schwester nicht an einen Kaufmann verschachern müssen.«

»Vielleicht zahlt er ja für alle«, sagte Valten.

»Warum sollte er?« fragte Fernand.

»Weshalb sind Kaufleute denn so reich?« ergänzte Henri. »Weil sie ihr Geld zusammenhalten«, gab er sich selbst die Antwort. »Für uns wird niemand zahlen.«

»Dann sehe ich nur eine Lösung«, fiel Valten ein. »Sie müssen sich den Piraten anschließen.«

»Unsinn«, sagte Fernand.

»Denken Sie doch erst einmal darüber nach«, sagte Valten. »Was haben Sie denn zu verlieren?«

»Unseren guten Namen!« sagte Fernand.

»Was ist denn der Name wert, wenn Sie keinen Freund und keinen König haben, der für Sie zahlt!« gab Valten zu bedenken. »In Ihrer Situation ist das einzige, das Sie besitzen, Ihr Leben. Wollen Sie denn sterben?«

»Wer will das schon«, antwortete Henri nachdenklich.

»Aber wir fürchten den Tod nicht«, sagte Fernand. »Auf den Schlachtfeldern waren wir oft genug in Lebensgefahr und sind nicht zurückgewichen.«

»Nun«, sagte Valten, »ich bin kein Kämpfer, und mir will auch der Tod auf dem Schlachtfeld nicht als so sonderlich erstrebenswert erscheinen, aber es ist allgemein üblich, ihn als heroisch und sinnvoll anzusehen. Doch welchen Sinn sollte es haben, sich enthaupten zu lassen, nur weil niemand ein Lösegeld zahlen kann?«

Offenbar dachten die Brüder tatsächlich ernsthaft über seine Argumente nach, denn Fernand fragte: »Würde man uns denn überhaupt nehmen? Schließlich haben wir drei Piraten abgestochen.«

»Desto notwendiger werden neue Leute gebraucht«, sagte Valten. »Ich weiß freilich nicht, wie der Kapitänsrat entscheiden wird. Ich weiß aber, daß wir schon oft Gefangene aufgenommen haben. Ich selbst bin ja auch letztlich nichts weiter als ein ehemaliger Gefangener. Seit ich hier bin, wurden fast zwanzig Gefangene eingereiht. Ungewöhnlich ist das wirklich nicht.«

»Man würde uns nicht glauben, solange unsere Schwester hier gefangen ist«, sagte Fernand.

»Das ist allerdings wahr«, sagte Valten. »Da müßten Sie schon etwas Besonderes können, um dennoch aufgenommen zu werden. Was können Sie?«

»Kämpfen«, sagte Henri.

»Sonst nichts? Das können alle Piraten!«

»Wir können es besser«, sagte Henri stolz. »Diese albernen Wächter heute nacht waren viel zu langsam. Sie kamen nicht mal dazu, ihre Waffen zu ziehen, auch der dritte nicht, der ein paar Sekunden Zeit dafür hatte. Ich weiß ja nicht, ob alle hier so schlecht ausgebildet sind, aber die drei waren als Kämpfer nichts wert.«

»Ich kann das nicht beurteilen«, gab Valten zu, »ich hatte noch nie einen Degen in der Hand, und ich lege auch keinen Wert darauf, das Fechten zu lernen, aber ich denke schon, daß es unter uns ein paar gefürchtete Kämpfer gibt. Schließlich machen die meisten seit Jahren nichts anderes als Kämpfen.«

»Wir nehmen es mit jedem hier auf!« behauptete Henri.

»Nun«, sagte Valten, »das wäre etwas Besonderes. Sie müßten es, denke ich, beweisen, aber wenn Sie so gut sind, wie Sie glauben, wird Ihnen das nicht schwerfallen. Auf einen Schaukampf lassen sie sich wahrscheinlich ein, für so etwas sind sie immer zu haben. Die Aussichten sind also gar nicht so schlecht für Sie.«

»Weshalb nehmen Sie Anteil an uns?« fragte Fernand. »Wir kennen uns nicht, Sie sind uns durch nichts verpflichtet.«

»Um Ihrer Schwester willen«, gab Valten ohne Zögern zu. »Mißverstehen Sie mich nicht. Ich stehe zu der Gemeinschaft, in der ich lebe, und ich bleibe ihr gegenüber loyal, aber das Schicksal der beiden Frauen geht mir nahe. Ich würde gern etwas für sie tun. Und dazu gehört auch, daß ich mich dafür einsetze, daß die Brüder nicht abgeschlachtet werden.«

»Unsere Schwester?« fragte Fernand gedehnt. »Machen Sie sich etwa Aussichten auf Madeleine? Das können Sie vergessen! Da müßten Sie schon Gewalt anwenden, und dafür sind Sie nicht der Typ.«

»Ich mache mir auf gar nichts Aussichten«, log Valten. »Ich nehme einfach nur Anteil. Das ist doch wohl nichts Verwerfliches?«

»Schon die Verbindung zu einem Kaufmann ist eine Mesalliance«, sagte Fernand. »Sie war nur unvermeidbar, weil wir pleite sind. Aber meine Schwester und ein Pirat – darauf würden wir uns in der größten Not nicht einlassen.«

»Glauben Sie mir doch, ich erwarte nichts von Ihrer Schwester!« versicherte Valten. »Sie ist eine wahrhaft bewunderungswürdige junge Frau, aber ich würde doch nie daran denken, daß sich eine französische Aristokratin für einen einfachen Wundarzt interessieren könnte! Für mich lebt sie in einer Sphäre, die ich nie erreichen werde. Ich wage mich ja kaum an das Dienstmädchen heran!«

»Das ist doch ein Wort!« sagte Henri pragmatisch. »Sie bekommen Marie, und dafür suchen Sie nach einem Weg, wie wir alle von hier wegkommen!«

»Einverstanden!« sagte Fernand schnell.

Valten war einen Augenblick lang sprachlos. So weit hatte er noch nicht vorausgedacht. Wenn es ihm wirklich gelingen sollte, den Franzosen zur Flucht zu verhelfen, konnte er selber gewiß nicht mehr bei den Piraten bleiben. Schon gar nicht, wenn er tatsächlich seine Belohnung einkassieren wollte. War er denn bereit, dieses Leben aufzugeben? Anderswo war es auch nicht besser. Andererseits gab es da immer noch den Traum von Südamerika. Er wollte doch nicht wirklich für immer Wundarzt der Piraten bleiben. Selbst die meisten Freibeuter träumten davon, ihr Gewerbe irgendwann aufzugeben und sich mit den gewonnenen Reichtümern zur Ruhe zu setzen. Die demokratische Gemeinschaft hatte eine Gegenwart, aber keine Zukunft, das war ihm durchaus klar. Aber war er denn schon bereit, die Gemeinschaft aufzugeben? Gerade jetzt, da er zu Ansehen und Einfluß gekommen war? Und was ihm bis jetzt an Beuteanteilen zugefallen war, reichte längst nicht dafür aus, sich ein solides bürgerliches Leben zu schaffen. Sollte er das aufgeben, was er sicher hatte, für eine Frau, von der er nicht mal wußte, ob sie ihn haben wollte? Sicher konnten die Brüder Marie zu einer Verbindung mit ihm veranlassen, aber was, wenn sie dies nur aus Verpflichtung gegen ihre Dienstherren tat? Konnte das die Grundlage für eine Ehe sein? Was dachte er überhaupt an Ehe? Er kannte das Mädchen ja gar nicht. Gesprochen hatte er fast ausschließlich mit ihrer Herrin. Über Marie wußte er nichts weiter, als daß sie ein in seinen Augen wunderhübsches Gesicht hatte. Vielleicht erschien sie ihm auch nur so schön, weil er seit Jahren keine Frau gesehen hatte – zu den Lagerhuren nämlich ging er nicht. Da draußen in der Welt gab es viele Frauen. Verfiel er der ersten, die ihm begegnete, so blitzartig, daß er alles in Frage stellen mußte? Das ging ihm zu schnell. Solange er keine Klarheit über seine Gefühle und Gedanken hatte, konnte er gar nichts entscheiden.

»Ich werde nach einem Weg suchen«, sagte Valten nach langem Überlegen.

»Dann haben wir ein Abkommen?« vergewisserte sich Henri.

Wieder dachte Valten nach. Er verpflichtete sich ja nicht dazu, die Brüder zu befreien, sondern nur dazu, über die Flucht der Familie nachzudenken, und das wollte er ohnehin tun.

»Ja«, sagte Valten Went schließlich, »wir haben ein Abkommen.«

8

Es war ein großer Tag für Asmus. An diesem Vormittag war er der wichtigste Mann in der Niederlassung. Alle schauten auf ihn, und dies durchaus im Wortsinn. Wie auch bei seinen sonntäglichen Predigten war er auf eine aus Kisten improvisierte Kanzel gestiegen und überblickte nun das Menschenmeer. Dicht gedrängt standen sie vor ihm. Es mochten mehr als sechshundert Männer sein, auf den Schiffen waren nur Wachen zurückgeblieben. Die Sonne kam von der Seite, niemand wurde geblendet, alle sahen ihn gut, und fast alle würden ihn hören, denn es war windstill. Es gab auch kein Raunen in der Menge. Alle wollten hören, was er zu sagen hatte.

»Liebe Gemeinde!« begann er. »Wir haben uns heute zusammengefunden, um sieben Menschen das letzte Geleit zu geben.

Vier Kapitäne und drei Matrosen wurden in der Blüte ihres Lebens aus unserer Mitte gerissen. Sie hatten keine Gelegenheit, noch ein letztes Gebet zu sprechen, und sie starben ohne die Tröstungen der Religion, denn sie wurden ermordet. Sie fielen nicht im ehrlichen Kampf, sondern wurden feige im Schlaf abgestochen. Erinnern wir uns an sie, wie sie zu Lebzeiten waren.«

Asmus blickte zur Seite. Dort standen sieben offene Särge, die von den Zimmerleuten am Vortag angefertigt worden waren. Die beiden ersten Toten sahen bereits etwas derangiert aus, die Haut war welk und fleckig, die Nasen hingen schlapp zur Seite, in Birds Auge hatten sich Fliegen eingenistet, und der lustige Jacobszoon hatte seine Zähne zu ewigem Grinsen gebleckt, doch die anderen waren noch recht gut erhalten.

»Kapitän Jacobszoon war einer der beliebtesten Leute auf der Insel, weil er stets guter Laune war und immer einen Scherz auf den Lippen hatte. Zudem war er ein tüchtiger Kapitän, der für die Seinen und auch für unsere Gemeinschaft sorgte. Sein Lachen ist nun für immer verstummt. Es wird uns fehlen.«

Nacheinander sagte er etwas über alle, die da neben ihm aufgebahrt lagen. Besonders schwer fiel es ihm bei den Matrosen, die er kaum gekannt hatte, doch blieb er so allgemein in seinen Lobpreisungen, daß sicher nicht verkehrt war, was er sagte: Allesamt waren großartige Männer, hervorragende Kämpfer und die besten Freunde, die sich ein Mann nur wünschen konnte.

»Es gibt«, setzte Asmus neu an, »noch drei weitere Tote auf der Insel. Wir betrauern sie nicht, denn wie inzwischen feststeht, waren sie die Mörder. Durch Gottes unerforschlichen Ratschluß starben sie, ehe sie Nutzen aus ihren Verbrechen ziehen konnten. Wir wissen nicht, warum sie es getan haben. Das konnten sie uns nicht verraten. Aber seit sie tot sind, gibt es keine Verbrechen mehr auf der Insel. Wir können wieder ruhig schlafen. Gott selbst hat die Mörder gerichtet, und er bediente sich als Werkzeug zweier Eindringlinge, die nicht einmal ahnten, daß sie Gottes Werk taten. Die Verbrecher sind gerichtet, wir werden sie verscharren und vergessen. Laßt uns statt dessen ihrer Opfer gedenken, dieser prächtigen Männer ...«

Und Asmus verlor sich erneut in sehr allgemein gehaltenen Lobpreisungen der Verblichenen.

»Laßt uns beten«, sagte Asmus schließlich, und die Trauergemeinde senkte die bärtigen Köpfe. »Wir beten für das Seelenheil der Toten. Was immer sie auf Erden Böses getan haben, der Herr möge sich ihrer erbarmen und ihnen vergeben. Wir beten auch dafür, daß sich solche Ereignisse wie die der letzten Tage nie wiederholen mögen. Großer Gott und Vater im Himmel! Wir bitten dich, die Kapitäne und Matrosen gnädig anzunehmen, auch wenn sie vor ihrem Ende keinen Frieden mit dir schließen konnten. Wir bitten dich, ihr Leben genau zu prüfen und die Sünden gegen die guten Taten aufzuwiegen. Wir bitten dich, diese Männer nicht zu vergessen, und wir bitten dich, unsere Erinnerung frisch zu halten, so daß auch wir uns ewig ihrer erinnern werden. Ihr Leben war hart, und jeder von ihnen hat gegen deine Gebote verstoßen, o Herr. Sie haben geraubt und getötet« – nein, bei dieser Gelegenheit konnte Asmus denn doch nicht über das blutige Handwerk schweigen, dem seine Gemeinde nachging, das war er Gott und der Heiligkeit der Stunde des Todes schuldig –, »sie haben gesündigt, aber das taten sie nicht aus Freude am Sündigen, sondern aus Not. Ihre Sünden wiegen nicht schwerer als die Sünden der Soldaten, die von deinen Stellvertretern auf Erden gesegnet werden für ihr Tun. Sie lebten im Krieg mit einem Teil der Menschheit, aber untereinander lebten sie in Frieden und haben eine Gemeinschaft geschaffen, die dem nahekommt, was wir aus der Heiligen Schrift an Idealen kennen.«

Valten Went stand in der ersten Reihe neben den Kapitänen. Er wandte sich zur Seite, überschaute die Menge. Soweit er sehen konnte, hatten ausnahmslos alle die Köpfe gesenkt und die Hände gefaltet. Ziemlich weit vorn standen auch die drei Huren, die sich ansonsten tagsüber selten zeigten im Lager. Nur zu den Gottesdiensten kamen sie, denn auch sie waren sehr fromm. Valten betrachtete sie genau. Keine von ihnen war häßlich, doch gegen die Französinnen wirkten sie reizlos. Nein, dachte Valten, ich kippe nicht gleich um, wenn ich eine Frau sehe. Es wird wohl doch so etwas wie Liebe auf den ersten Blick gewesen sein. Nur daß er immer noch nicht wußte, in welche der beiden Gefangenen er sich verliebt hatte.

Vorn wurde Asmus prinzipiell. »Denn es gehet dem Menschen wie dem Vieh«, zitierte er. »Wie dies stirbt, so stirbt auch er. Es fährt alles an einen Ort; es ist alles von Staub gemacht und wird wieder zu Staub. Wie der Mensch nackt von der Mutter Leib gekommen ist, so fährt er auch wieder dahin und nimmt nichts mit sich von seinen Werken, wenn er hineinfährt in die Erde, aus der er gemacht ist. Der Herr hat's gegeben, der Herr hat's genommen, gepriesen sei der Name des Herrn immerdar. Vater unser, der du bist im Himmel, geheiligt werde dein Name ...«

Soweit die Piraten der Worte mächtig waren, fielen sie in das Vaterunser ein. War tatsächlich nur Valten mit den Gedanken woanders? Das müßten Madeleine und Marie sehen, dachte er. Es würde ihnen ein besseres Bild von unserer Gemeinschaft vermitteln. Die Freibeuter beteten ergriffen für ihre Toten. Ja, ergriffen, einigen rollten Tränen über die bärtigen Wangen, selbst der neue niederländische Kapitän Pelsaert hatte Wasser in den Augen.

»... in Ewigkeit. Amen«, schloß die Gemeinde, und Asmus erhob erneut seine Stimme. »So laßt uns denn die Toten der Erde übergeben«, sagte er und nickte ein paar Männern zu. Es waren die Zimmerleute. Sie schlossen die Särge mit Deckeln. Dann formierte sich aus jeder Mannschaft, die einen Kapitän verloren hatte, eine Gruppe von sechs Leuten. Aus Kunows Mannschaft kamen sogar vierundzwanzig Männer, denn auch dessen Leibwächter waren ja tot. Die neuen Kapitäne führten den Trauerzug an. Die Särge wurden angehoben und in die zuvor ausgehobenen

Gräber versenkt. Obwohl die Gruben sehr flach waren, zeigte sich, daß es ohne Tragegurte sehr schwer war, die Würde zu wahren, und an Taue hatte niemand gedacht; sie waren unerfahren in Bestattungsritualen an Land. Die Särge rutschten den gebückt über den Gruben stehenden Trägern aus den Händen und polterten schief in die Löcher. Doch niemand lachte darüber. Betreten starrten sie in die Gruben, wußten nicht, was sie tun sollten. Asmus sprang von seiner improvisierten Kanzel und warf eine Handvoll Erde in jedes Grab. Die Sargträger ahmten ihn nach, traten beiseite, machten Platz für die anderen, die herandrängten und auch Erde werfen wollten. Es war ein sehr feierlicher Moment, und er hielt lange an, weil es seine Zeit brauchte, bis sechshundert Männer an den Gräbern vorbeigegangen waren. Danach kehrten sie auf ihre alten Plätze zurück. Sie warteten auf das Zeichen zur Beendigung, und das konnte nur Asmus geben. Der dicke Mönch kletterte wieder auf seine Kistenkanzel und überblickte die Menge. Es herrschte Totenstille, und er war bis in die letzte Reihe zu verstehen, als er sagte: »Wir singen jetzt gemeinsam das Lied: Was Gott tut, das ist wohlgetan.« Er stimmte den ersten Ton an, dann hob er den rechten Arm und gab damit den Einsatz. Die rauhen Stimmen der Piraten schallten durch das Lager. Das würden auch Madeleine und Marie hören, dachte Valten. Aber so sehr würden sie sich nicht darüber wundern, fiel ihm ein. Sie waren ja schon über zwei Wochen hier, und an Sonntagen wurde stets gesungen beim Gottesdienst. Mindestens zweimal hatten sie es bereits gehört. Ihre Meinung über die Piraten hatte sich dadurch nicht gebessert. Das konnte man Gefangenen wohl nicht verdenken. Und vielleicht hatten ja auch die Katholiken in der Bartholomäusnacht fromme Lieder gesungen, als sie die Hugenotten abschlachteten. Frömmigkeit bedeutete wenig in diesen Zeiten.

Die Piraten verstummten, und zum letzten Mal erhob Asmus seine Stimme: »Der Herr segne euch und behüte euch. Der Herr sei mit euch auf all euren Wegen und schenke euch Frieden. Amen.«

»Amen«, sagte die Gemeinde und löste sich langsam auf. Zurück blieben nur die Sargträger. Sie schaufelten die Gräber zu. Valten wartete, wie die meisten anderen, nicht ab, bis sie damit fertig waren. Er folgte Asmus in dessen Behausung. Es war wieder einmal an der Zeit für ein Gespräch mit seinem Freund. Klapmütz und Schotte wimmelte er ab. Er würde sie erst in einer halben Stunde wieder brauchen, sie sollten sich bereit halten.

Asmus kniete in seiner kleinen Kapelle vor dem Altar und betete. Valten blieb in der Tür stehen und wartete, bis der Mönch fertig war. Asmus schlug ein Kreuz, erhob sich und wandte sich um. Als er Valten erkannte, lächelte er ihn an.

»Ich wußte gar nicht, daß du wirklich so fromm bist«, sagte Valten grinsend. »Ich dachte, du betest nur, wenn jemand zuguckt.«

»So schlimm bin ich auch wieder nicht«, sagte Asmus. »Ich mag kein echter Priester sein und immer noch von der großen Welt träumen, aber an Gott glaube ich natürlich, und angesichts des Todes beten selbst Spötter wie du. Oder hast du nur die Lippen bewegt?«

»Es ging mir schon nahe«, gab Valten zu, »aber direkt überwältigt bin ich nicht. Obwohl du es sehr feierlich gemacht hast.«

»Ich bin selbst überrascht, wie gut ich das kann«, sagte Asmus. »Schließlich war es meine erste Bestattung an Land.«

»Es war eine starke Leistung«, sagte Valten. »Daran werden sich alle noch lange erinnern.«

»Das hoffe ich doch! Aber du bist mir sicher nicht gefolgt, um mich zu loben.«

»Stimmt«, sagte Valten. »Ich habe Probleme, und mit wem sonst könnte ich darüber sprechen? Du wirst doch nichts weitererzählen, oder? Ich meine: Gilt das Beichtgeheimnis auch für Protestanten?«

»Du willst doch wohl nicht beichten? Aber natürlich schweige ich. Außer vielleicht, wenn ich gefoltert werde, aber das hat hier sicher niemand vor.«

»Foltern würde ich als Entschuldigung für Schwatzhaftigkeit gelten lassen.«

»Danke.«

Sie setzten sich auf die Stühle in der ersten Reihe der Kapelle. Die Leichen waren unter der Erde, die beiden Freunde konnten sich, ungestört von Lebenden und Toten, unterhalten.

»Es sind zwei Sachen, über die ich mit dir sprechen will«, begann Valten. »Die erste hast du da draußen schon erwähnt. Du hast gesagt, die Mörder sind gerichtet und wir können wieder ruhig schlafen. Das sehe ich nicht so.«

»Nun«, sagte Asmus, »wir hatten gestern abend keine Zeit für ein ausführliches Gespräch, und vielleicht habe ich dich ja mißverstanden, aber du hast mir doch gesagt, daß die drei Wächter zugleich die Mörder von Kunow und seinen Leibwächtern waren und daß sie vermutlich auch die anderen drei Kapitäne erstochen haben. Und weil wir sie verscharren, statt sie feierlich unter die Erde zu bringen, scheint das die allgemeine Ansicht zu sein.«

»Ja, das stimmt schon irgendwie«, sagte Valten. »Aber kanntest du Weber, Wilhad und Mergel?«

»Nicht näher«, gab Asmus zu. »Aufgefallen war mir eigentlich nur Weber. Ein ziemlich primitiver Totschläger.«

»Die beiden anderen waren nicht besser«, sagte Valten. »Sie waren Handlanger, die das taten, was man ihnen auftrug. Ich bin ja, wenn ich zur See fahre, auf einem Schiff mit ihnen. Sie hatten, wenn ich das richtig sehe, in ihrem ganzen Leben noch keinen eigenständigen Gedanken. Ich traue ihnen durchaus zu, daß sie in einem Wutanfall ihren Kapitän erschlagen, aber eine Mordserie gegen die Hälfte unserer Anführer geht über ihren Horizont. Das haben sie sich nicht allein ausgedacht. Ihnen fehlte das Format dafür. Ich bin sicher, daß sie einen Hintermann hatten. Einen Auftraggeber. Einen Anstifter.«

»Hast du schon einmal darüber nachgedacht, daß sie Gottes Werkzeuge gewesen sein könnten?« fragte Asmus.

»Weshalb sollte Gott morden lassen?«

»Gottes Wege sind unerforschlich«, sagte Asmus. »Für dich ist es Mord. Für Gott kann es einfach nur Vergeltung gewesen sein.«

»Vergeltung?«

»Nun ja, sie waren allesamt Mörder, die Opfer wie die Täter«, erklärte Asmus. »Ich habe viele warme Worte für die Opfer gefunden, und ich denke, die hatten sie auch verdient. Auch, betone ich. Sie hatten ihre guten Seiten. Aber zuerst und vor allem waren sie Piraten. Und Piraten ernähren sich durch Raub und Mord.«

»Sie ernähren auch uns beide durch ihre Raubzüge«, sagte Valten. »Und überall auf der Welt gibt es Kriege, Mord und Totschlag.«

»Ich weiß. Das habe ich vorhin doch ziemlich deutlich ausgesprochen!« erinnerte Asmus ihn an die Predigt. »Es ist auch wahr, daß sie nicht schlimmer sind als die meisten Fürsten und ihre Soldaten. Aber muß es deshalb Gott gefallen, was sie tun? Es gefällt ja nicht mal mir, und ich bin nur sein unwürdiger Stellvertreter auf dieser Insel.«

»Ich weiß nicht recht«, sagte Valten. »Mag sein, daß ich die Wege des Herrn nicht verstehe. Es kommt mir aber nicht sehr wahrscheinlich vor, daß er ausgerechnet diese armen Würstchen schon zu Lebzeiten abstraft, während die Massenmörder ihren angenehmen Lebensabend genießen. Weißt du, wie viele Menschen in den Bauernkriegen abgeschlachtet wurden? Oder wie viele in den Streitigkeiten der Fürsten und Könige daran glauben mußten? Und straft Gott diese Schlächter? Ich denke doch, er hebt sich sein Gericht für das Jenseits auf.«

»Was wissen wir schon von Gottes Wegen!« sagte Asmus. »Aber es war auch nur eine Möglichkeit. Ich glaube nicht wirklich daran.«

»Woran glaubst du denn?«

»Du bist der Ermittler. Was glaubst du?«

»Ich bin ratlos.«

»Du sagst, es gibt einen Hintermann«, sagte Asmus. »Wer könnte das sein? Von wem haben diese Schläger überhaupt Befehle angenommen?«

»Von Kapitänen«, sagte Valten.

»Und wer war ihr Kapitän?«

»Paul Claen.«

»Und? War er es?«

»Das weiß ich nicht. Bei der Besprechung im Kapitänsrat hatte ich den Eindruck, daß er unschuldig ist. Aber ich kann mich täuschen. Claen ist nicht mein Hauptverdächtiger, aber ich habe ihn auch noch nicht als unschuldig ausgesondert.«

»Und wer ist dein Hauptverdächtiger?«

»Murdock.«

»Warum?«

»Ich kann den Kerl nicht leiden.«

Grinsend schüttelte Asmus seinen Kopf. »Das wird als Beweis nicht ausreichen.«

»Ich weiß«, sagte Valten.

»Du denkst also, es war einer der Kapitäne?«

»Von wem sonst würden Schläger wie Weber Befehle annehmen? Wer sonst hat die Mittel, sie zu kaufen?«

»Das klingt logisch«, sagte Asmus. »Aber das Leben ist nicht immer logisch. Gibt es denn einen Anhaltspunkt dafür, daß es einer der Kapitäne war? Mal abgesehen davon, daß du Murdock nicht leiden kannst?«

»Nicht einen bisher«, gab Valten zu. »Ich beobachte sie nun täglich auf ihren Versammlungen, und keiner von ihnen benimmt sich ungewöhnlich. Ich wüßte auch nicht, wer einen Vorteil von den Morden haben könnte, mal abgesehen von den neuen Kapitänen, doch die haben sich gewiß nicht vorher abgesprochen. Sie wurden erst nach den Morden gewählt, und nicht bei allen war sicher, daß man tatsächlich sie zum Nachfolger bestimmen würde.«

»Dann bleibt eigentlich nur noch schwarze Magie«, sagte Asmus.

Valten blickte seinen Freund skeptisch von der Seite an. Tatsächlich, er meinte es ernst.

»Erkläre dich«, forderte er den Mönch auf.

»Das ist doch offensichtlich!« sagte Asmus. »Wenn es die Kapitäne nicht waren, wer bleibt denn dann noch übrig? Wer besitzt auf dieser armen Insel so viel Geld, daß er Mörder kaufen kann? Wer besitzt so viel Einfluß, daß er mit künftigen Verheißungen locken kann?«

»Du zum Beispiel«, sagte Valten. »Du könntest sie mit einem Ehrenplatz im Paradies ködern.«

»Ich bitte dich!« sagte Asmus pikiert, ehe er bemerkte, daß der Freund das nicht ernst gemeint hatte. »Na schön«, sagte er mit leiser Belustigung, »niemand außer mir!« Er schüttelte seinen dikken Kopf. »Unter uns ist niemand außer den Kapitänen, der Mörder durch Versprechungen und Bestechungen dingen kann. Aber vielleicht ist ein Feind der Kapitäne unter uns. Ein Feind unserer Lebensweise. Jemand, der die Gemeinschaft vernichten möchte. So etwas hat es immer und zu allen Zeiten gegeben. Vielleicht war es Zauberei, durch die er die Mörder auf seine Seite gebracht hat.«

»Zauberei?« fragte Valten sehr skeptisch.

»Nun, die katholische Kirche verbrennt Hexen und Hexenmeister, und die Protestanten tun das inzwischen auch gelegentlich. Befinden sich alle im Irrtum, oder ist da mehr dran, als wir beide glauben? Ich habe als Kind zugesehen, wie zwei Hexen verbrannt wurden, die ich persönlich aus der Nachbarschaft kannte, und mein Gefühl sagte mir, das sind arme, unschuldige Frauen. Aber ich war ein Kind ohne jede Lebenserfahrung, ich kann mich getäuscht haben. Und selbst wenn diese beiden und noch viele hundert andere Frauen unschuldig gewesen sein sollten: Heißt das, alle Hexen sind unschuldig? Gibt es keine Hexerei? Befindet sich die gesamte zivilisierte Welt in einem Irrtum? Dieses Urteil maße ich mir nicht an, obwohl mir selbst noch nie Hexerei begegnet ist. So viele kluge und fromme Männer können einfach nicht irren! Gelegentlich übertreiben sie ihren Eifer zum Schutz des Glaubens, gelegentlich treffen sie Unschuldige, aber das heißt doch nicht, daß es keine Schuldigen gibt! Die Existenz der Hexerei ist erwiesen! Und was es auf jeden Fall gibt, das ist Hypnose. Ich habe es im Kloster Hilda erlebt. Wir hatten einen Bruder, der das auf einer Pilgerfahrt zum Heiligen Grab gelernt hatte. Er hat es uns mehrfach vorgeführt, weil wir so viel Spaß daran hatten. Einer der Brüder opferte sich für den Versuch. Der Magier blickte ihm in die Augen, murmelte mit sanfter Stimme vor sich hin, und auf einmal sprang der Bruder auf und tat alles, was ihm der Hypnotiseur auftrug. Er lutschte Salz und versicherte, daß es süß schmeckte. Er tanzte, sprang über die Bänke, sang ein Kinderlied, lief auf allen vieren und bellte wie ein Hund. Völlig ohne eigenen Willen. Und hinterher konnte er sich an nichts erinnern. Es war unheimlich. Wenn unser Hypnotiseur nicht gerade ein Mönch gewesen wäre und wenn er die heidnische Methode nicht ausschließlich im Kloster zur Erheiterung der Brüder vorgeführt hätte, ich glaube, man hätte ihm einen Prozeß als Hexenmeister gemacht und ihn verbrannt.«

»Und du meinst, so jemanden könnten wir unter uns haben?«

»Man sieht es ihnen nicht an, daß sie die Kraft besitzen«, sagte Asmus. »Kein Feuer in den Augen, kein Mal auf der Stirn. Sie sehen aus wie du und ich.«

»Woran kann ich ihn erkennen?« fragte Valten.

»An nichts. Du mußt ihn schon dabei beobachten, wie er jemanden hypnotisiert. Und du kannst nur hoffen, daß nicht gerade du derjenige bist, dem der Willen und das Denken genommen wird.«

Valten war sehr nachdenklich. Von der orientalischen Technik der Hypnose hatte er zwar schon gehört, doch glaubte er nicht mehr daran als an Hexerei. Die Medizinstudenten, mit denen er Umgang gehabt hatte, waren fast durchweg Freigeister und machten sich lustig über den allgemein verbreiteten Aberglauben. Aber wenn Asmus das selbst beobachtet hatte, dann war vielleicht doch etwas dran.

»Ich werde die Möglichkeit im Auge behalten«, sagte er.

»Mehr weiß ich über den Fall nicht«, sagte Asmus. »Und übrigens: Der geheimnisvolle Hintermann war auch noch nicht beichten bei mir. Ich kann dir also nicht weiterhelfen.«

»Du hast mir schon geholfen«, versicherte Valten.

»Es gibt noch eine andere Sache, über die du mit mir reden wolltest.«

»Ja«, sagte Valten. »Die andere Sache ist noch schwieriger.«

»Schwieriger als die Untersuchung der Morde?« fragte Asmus. »Dann ist sicher eine Frau im Spiel.« Er grinste.

»Zwei Frauen sogar«, sagte Valten.

»Dann bist du verloren«, witzelte Asmus.

»Das fürchte ich tatsächlich«, sagte Valten.

»Du hast dich in die Gefangenen verliebt«, vermutete Asmus.

»Was verstehst du denn davon? Du bist Mönch.«

»Nicht ganz freiwillig, wie du weißt. Vor allem bin ich aber auch ein Mann. Ich habe die beiden Gefangenen gesehen. Ich bin zu ihnen gegangen und habe sie gefragt, ob ihnen mein geistlicher Beistand genehm wäre. Aber ich bin katholisch, sie sind Hugenottinnen und nicht so tolerant in Glaubensdingen wie unsere Piraten. Sie haben zwar mit mir geredet, aber sie legten keinen Wert auf meinen Beistand. Zwei wirklich außerordentliche Schönheiten, besonders die Herrin. Und du hast dich in sie verliebt?«

»Das weiß ich nicht«, sagte Valten. »Vor allem weiß ich nicht, welche von beiden ich meine. Sie sind beide so … so zart, so anrührend, so verletzlich. Sie tun mir so leid, wie sie da in ihrer winzigen Hütte sitzen und die Wände anstarren und jeden Tag und jede Nacht Angst haben müssen, daß die Meute über sie herfällt.

Ich würde ihnen so gern helfen und weiß doch nicht, was ich tun könnte.«

Er bat Asmus noch einmal um absolute Verschwiegenheit und erzählte ihm dann, was er mit den Brüdern vereinbart hatte.

»Marie als Preis für ihre Flucht?« fragte Asmus. »Die beiden haben es faustdick hinter den Ohren. Das ist ja fast schon Menschenhandel.«

»Verständlich in der Situation«, sagte Valten. »Aber es geht mir gar nicht um die Brüder und ob es richtig ist, was sie tun. Mir geht es darum, herauszufinden, was für mich richtig ist. Wenn ich den Frauen helfen will, muß ich sie befreien – und ihre Brüder gleich mit, so ist es nun einmal. Doch wenn ich das mache, verrate ich unsere Gemeinschaft. Wohin soll ich gehen? Wovon soll ich leben? Was ich besitze, reicht noch längst nicht, mir draußen in der Welt eine Existenz aufzubauen. Und ich frage mich auch, ob ich das überhaupt will. Der Rest der Welt ist auch nicht besser als unsere Gemeinschaft, und in mancher Hinsicht ist er schlechter. Hier bin ich jemand, hier werde ich geschätzt und gebraucht. Soll ich das aufs Spiel setzen für eine Frau, mit der ich noch keine zehn Worte gewechselt habe?«

Sehr ernst blickte Asmus den Freund von der Seite an. »Solange du zweifelst, bist du noch nicht reif für eine Entscheidung«, sagte er. »Aber wenn du reif dafür bist, dann wirst du es wissen. Ich kann dir nicht raten, die Gemeinschaft aufzugeben, obwohl ich wahrscheinlich weniger an sie glaube als du. Sie hat auch ihre Vorzüge, das weiß ich sehr genau. Sie ist ein schützender Raum, wenn nicht gerade gemordet wird. Vorhin habe ich es ja gesagt: In gewisser Weise leben wir so, wie es in der Bibel steht. Bei uns gibt es kein Elend und keine Ausbeutung. Wir sind gleich, wir beraten gemeinsam, was zu tun ist, niemand muß hungern oder frieren. Daß wir auf Kosten anderer leben, ist überall auf der Welt so, nur daß dort keine Ideale regieren, sondern schnöde Raffsucht. Ich verstehe, daß du es als Verrat empfindest, auch wenn du nicht freiwilliger zur Gemeinschaft gekommen bist als ich. Aber meine Lebenserfahrung sagt mir, daß Frauen stärker sein können als das eigene Gewissen. Wenn du wirklich verliebt bist, ist deine Entscheidung längst gefallen. Ich würde es bedauern, wenn ich hier ohne einen Freund zurückbleibe, aber ich könnte es nicht ändern. Wenn du aber nicht verliebt bist, sondern nur gerührt von der Schönheit und Hilflosigkeit, dann ist noch Hoffnung. Und daß du nicht weißt, welche von beiden du meinst, spricht eher gegen Liebe. Du bist sehr klug, Valten Went. Wenn du nur lange genug nachdenkst, wird dir etwas einfallen, wie du den beiden Mädchen helfen kannst, ohne die Gemeinschaft zu verraten.«

Valten sprang auf. »Asmus!« rief er. »Du magst es nicht glauben, aber du bist ein guter Seelsorger. Du hast mir weitergeholfen. Beide Male! Ich glaube, ich weiß jetzt, wie ich den Hintermann entdecken kann. Was das andere betrifft, so weiß ich zwar noch nicht, wie ich mich entscheiden werde, aber ich weiß, daß es eine vernünftige Lösung gibt, geben muß. Und ich werde sie finden. Danke, Asmus!« Er umarmte den darüber verdutzten Mönch, der solche Gefühlsausbrüche nicht gewöhnt war von seinem Freund, und eilte davon.

Asmus blieb sitzen und schüttelte den Kopf. »Er ist doch verliebt«, murmelte er vor sich hin. »Armer Valten!«

9

Es war ganz einfach gewesen. Bei der Morgensitzung, die der Kapitänsrat vor der Beisetzung routinemäßig abgehalten hatte, brachte Valten die Lage der Gefangenen zur Sprache. Es sei inzwischen erwiesen, so hatte er gesagt, daß die drei Wächter die Mörder gewesen seien. Das werde durch Aussagen ihrer Kameraden erhärtet, denen aufgefallen sei, daß die drei sich in den letzten Tagen abseits gehalten hätten. Dem möglichen Auftraggeber sei er zwar nicht näher gekommen, doch die Werkzeuge seien ausgeschaltet. Und dies durch die beiden Gefangenen, die zwar französische Aristokraten seien, jedoch vollkommen verarmt. Sofern man ihnen und ihrer Schwester glauben dürfe, dann sei bei der Familie de Marcillac nichts zu holen. An dieser Stelle war Murdock sehr unruhig geworden, der auf ein fettes Lösegeld für die Mädchen hoffte. Valten hatte ihn beruhigt, für die Damen werde vielleicht der künftige Gatte zahlen, doch sei es wenig wahrscheinlich, daß er für die gesamte Familie aufkommen werde. In Anbetracht ihrer hoffnungslosen Lage, so hatte Valten weiter ausgeführt, hätten sie die Absicht kundgetan, sich den Freibeutern anzuschließen; so etwas sei ja prinzipiell möglich. Nun gab es natürlich Gegenreden. Zum einen wisse man nicht, ob der Danziger Kaufmann nicht vielleicht doch für die Brüder zahlen werde, zum anderen könne man ihnen auf keinen Fall trauen, und zum dritten seien sie Mörder, die bestraft werden müßten. Sie seien die Mörder von Mördern, hatte Valten eingewandt, das sei eher eine gute als eine böse Tat, zumindest auf Vergeltung könne man also verzichten. Er pries die Fechtkünste der Brüder in höchsten Tönen und regte einen Schaukampf an, bei dem sie ihre Fertigkeiten beweisen konnten. Die Mehrheit war von der Idee angetan. Ein Schaukampf wäre eine willkommene Abwechslung. Sie saßen schon seit Wochen im Lager fest, beschäftigt nur mit Arbeiten, die es ähnlich in jedem Dorf gab, und es würde bis zur nächsten Ausfahrt sicher noch vierzehn Tage oder länger dauern, eher war mit dem Eintreffen der Frühjahrsflotten vor Hamburg nicht zu rechnen. Zudem hatte die Mordserie drückend über dem Lager gelastet. Ein Kampf wäre eine angenehme Volksbelustigung. Murdock wurde überstimmt, die anderen waren ausnahmslos dafür, und Claen lobte Valten ausdrücklich für dessen Bemühungen um die Verbesserung der Atmosphäre im Lager. Sollten die Franzosen zeigen, was sie konnten. Wenn sie wirklich so gut wären, wie der Wundarzt und Ermittler behaupte, dann würde man sie als Fechtlehrer willkommen heißen. Nicht gerade mit offenen Armen, solange die Schwester gefangen sei, könne man den Brüdern gewiß nicht trauen, aber das heiße ja nicht, daß man auf ihre Talente verzichten müsse, sofern sie wirklich welche besäßen.

Am späten Nachmittag strömten die Piraten wieder zusammen, längst nicht mehr so gedrückt wie am Morgen bei der Trauerfeier. Man scherzte und lachte, und Claen nickte seinem Arzt anerkennend zu. Auf solcherart Belustigung hätte man schon früher kommen müssen, es war genau das, was ihnen gefehlt hatte.

Festgelegt war, daß die Kämpfe unblutig ausgetragen werden sollten. Es ging nicht um Leben oder Tod, sondern um Sieg oder Niederlage. Und falls es doch Verletzungen geben sollte in der Hitze der Gefechte, so war der versierte Arzt Valten Went zur Stelle, die Wunden zu versorgen. Drei Kämpfe sollte es geben, sofern die Franzosen den ersten und den zweiten siegreich überstanden. Zuerst ein Duell mit den beiden besten Fechtern des Lagers, dann einen Kampf gegen vier Gegner gleichzeitig, schließlich den Kampf gegen eine Übermacht. Das klang nicht sehr fair, wie die Engländer die Chancengleichheit zu nennen pflegten, doch so hatten die Kapitäne es festgelegt, und Valten konnte nichts daran ändern.

Fernand und Henri de Marcillac waren – auf ihr erneutes Ehrenwort hin, das sie Valten für die Zeit bis zu den Kämpfen gegeben hatten – ohnehin frei. Ihre Kleidung sah nach dem Bad in der Nordsee etwas zerknautscht aus, und was sie zum Wechseln dabeigehabt hatten, war beim Umkippen des Bootes davongetrieben, ohne daß sich jemand darum gekümmert hätte, doch trugen sie wieder ihre Degen und sahen recht stattlich aus. Sie waren mittelgroße, kräftige junge Männer, und sie bewegten sich ohne Furcht durch die Massen der Piraten. Valten hatte Madeleine und Marie vom bevorstehenden Kampf unterrichtet. Die Frauen zogen es vor, sich nicht im Lager zu zeigen; vielleicht könnten sie ja durch einen Fensterspalt etwas erkennen. Im übrigen glaubten sie fest an einen Sieg der Brüder.

Die beiden ersten Gegner waren ein Spanier und ein Deutscher. Der Spanier galt an Bord seines Schiffes als Fechtmeister. Er hatte eine aristokratische Erziehung genossen, die Familie hatte ihr Gut verloren, er war Soldat geworden, hatte in Übersee für die Krone gekämpft, bis sein Schiff gekapert wurde und er sich den Piraten anschloß. Der Deutsche kam von Stoeffs Schiff. Er war von frühester Jugend an Pirat, er kannte nichts anderes als Kämpfen, und das konnte er sehr gut, vor allem aufgrund seiner gigantischen Größe, die sich mit überlegener Kraft paarte. Von Feinheiten der Fechtkunst wußte er nichts; er brauchte sie auch nicht. Bei seinen wuchtigen Schlägen fiel den Widersachern meist die Waffe aus der Hand.

Valten hatte die beiden noch nie in einem Kampf beobachtet, aber als er sie nun sah, fürchtete er das Schlimmste für seine neuen französischen Freunde. Ein Fechtmeister und ein Goliath – da würde es wohl keinen zweiten Kampf mehr geben.

Claen hielt eine kleine Ansprache. Jetzt, wo die Normalität wieder Einzug halte, könne man sich ein Fest leisten. Kurz erläuterte er die Regeln und die Ziele der Kämpfe, dann gab er das Zeichen zum Beginn.

Die Zuschauer hatten sich am Rand des Dorfes in einem großen Kreis versammelt, nicht weit von der Stelle, wo Asmus am Morgen gepredigt hatte und wo die Kapitäne und Kunows Leibwächter beigesetzt worden waren. Immerhin besaß man genug Pietät, nicht direkt auf die Gräber zu trampeln. Valten blickte zur Seite. Ja, es war nicht weit bis zur Hütte der Frauen, doch konnten sie vermutlich nichts erkennen von den Kämpfen, da ihnen die dichtgedrängte Menge die Sicht versperrte.

Fernand und Henri besprachen kurz, wer sich welchen Gegner vornehmen sollte. Henri, der jüngere Bruder, war etwas zarter gebaut; er sollte gegen den Spanier antreten. Fernand war guten Mutes, es mit dem deutschen Goliath aufnehmen zu können.

Nebeneinander nahmen sie Aufstellung, auf der einen Seite die Brüder, auf der anderen der Riese und der neben ihm fast zwergenhaft wirkende Spanier.

»Kämpft!« schrie Claen.

Es war ein parteiisches Publikum. Die Piraten feuerten ihre Leute an, die Fremden hatten nur einen einzigen Anhänger, und der hütete sich, sie gegen die Menge anzufeuern. Ohnehin wäre seine Stimme nicht durchgedrungen.

Der Goliath war so überzeugt von seiner unüberwindlichen Kraft, daß er ohne Zögern auf Fernand zuging und auf ihn einschlug. Der Spanier hingegen zögerte. Zwar wußte er um seine Qualitäten, doch hütete er sich davor, seinen Gegner zu unterschätzen. Wenn die beiden das ganze Lager herausforderten, dann waren sie vielleicht ebenso gut wie er, und das bedeutete, daß er vorsichtig sein mußte.

Fernand parierte die wuchtigen Schläge, doch wich er zurück. Da die Kämpfe unblutig verlaufen sollten, mußte er seinen Kontrahenten entwaffnen. Eine fast unmögliche Aufgabe angesichts dessen Körperkraft. Eher schon war es möglich, daß ihm der Degen aus der Hand geprellt wurde. Und so, wie der Deutsche zuschlug, ging es doch um Leben oder Tod. Ein einziger Körpertreffer, und es wäre aus mit ihm. Er versuchte sich an ein paar Finten, doch der Goliath war schnell genug, sie zu parieren. Fernand wich weiter zurück und biß die Zähne zusammen. Hatte er den Mund zu voll genommen? Würde er schon im ersten Kampf scheitern? Das durfte nicht sein! Er verzichtete auf Finten und legte statt dessen größere Kraft in seine Hiebe. Das brachte ihm nichts ein. Der Goliath bemerkte es nicht einmal.

Inzwischen hatten auch Henri und der Spanier ihr Gefecht begonnen. Die beiden waren einander ebenbürtig. Beide hatten eine hervorragende Fechtausbildung genossen. Zudem waren sie etwa gleich stark und gleich groß. Doch für den Spanier ging es lediglich um den Nachweis seiner Fechtkunst. Für Henri ging es um das Leben, um die eigene Zukunft und um die seiner Schwester. So war es denn dieser Kampf, der als erster vorbei war, auch wenn er später begonnen hatte. Es ging so schnell, daß die meisten Zuschauer es gar nicht mitbekamen, weil sie zu Fernand und seinem Gegner blickten. Auf einmal flog der Degen des Spaniers durch die Luft. Henri setze ihm den Degen an die Kehle und blickte sich um.

»Sieg für den Franzosen!« schrie Claen. Kaum jemand hörte ihn, das Gebrüll war zu laut, mit dem der Goliath angefeuert wurde. Henri jedoch vernahm die Worte, und obwohl er sie nicht verstand, deutete er sie richtig. Er senkte seine Waffe, verbeugte sich vor dem überwundenen Gegner, und auch der Spanier verbeugte sich, was er sicher schon seit Jahren nicht mehr getan hatte.

Gern hätte Henri seinem Bruder geholfen, doch das ließen die Regeln im ersten Gefecht nicht zu. Also steckte er den Degen in die Scheide und lief neben dem Spanier hinüber zu den Zuschauern. Die beiden reihten sich ein und beobachteten den anderen Kampf.

Fernand hatte mitbekommen, daß sein Bruder nach kaum zwei Minuten gewonnen hatte. Das spornte ihn an. Er mußte ein schnelles Ende finden, sonst würde er den zweiten Kampf nicht überstehen, vom dritten ganz zu schweigen. Kraft und Geschicklichkeit halfen ihm nicht weiter. Er mußte es mit einem Trick versuchen, den ihm sein Vater beigebracht hatte. Er täuschte einen hohen Angriff vor, der Riese hob seine Waffe über den Kopf. Im gleichen Augenblick sprang Fernand nach vorn, rollte blitzschnell ab und lag plötzlich auf dem Rücken unter dem Riesen, der seine Waffe nun zwar senkte, doch genau damit hatte Fernand gerechnet. Er stach ihm mit der Spitze seines Degens in die Hand, der Riese ließ die Waffe fallen, und Fernand richtete die Spitze seiner Waffe genau auf die empfindlichste Stelle zwischen den Beinen.

Die Zuschauer nahmen es mit beifälliger Heiterkeit auf. Sie wußten Kampfkunst zu würdigen, und wie der Franzose mit diesem Menschenberg fertig geworden war, ohne ihn ernsthaft zu verletzen, gefiel ihnen. Henris Sieg war unbeachtet geblieben, bei Fernands Sieg gab es den ersten Beifall für einen der Franzosen.

Der Goliath stand breitbeinig da, ihm war sehr unbehaglich zumute, doch Fernand rührte sich nicht, bis Claen auch seinen Sieg verkündet hatte. Dann senkte er den Degen, schob sich zwischen den Beinen des Riesen hervor, sprang auf und klopfte ihm auf die Schulter.

»War ein guter Kampf«, sagte er auf französisch.

Der Riese verstand ihn natürlich nicht, aber er klopfte zurück und sagte auf deutsch: »Du bist ein guter Kämpfer.« Das verstand wiederum der Franzose nicht, doch beide konnten sich denken, daß der andere jeweils etwas Lobendes gesagt hatte, und waren zufrieden darüber.

Die beiden gingen zum Rand des Areals und tauchten in die Zuschauermassen ein. Henri hatte beim Einreihen Valtens Nähe gesucht, Fernand suchte Henris Nähe, der Goliath folgte ihm, und so konnte er sofort Valten die Wunde in seiner Hand begutachten lassen. Völlig unbedeutend, befand der. Ein kleiner Verband, bis sich die Wunde geschlossen habe. In ein paar Tagen sei alles vergessen.

Lang war die Pause nicht, die Claen den Brüdern gönnte. Er sagte den zweiten Kampf an. Die Franzosen gegen vier Gegner gleichzeitig. Die vier Piraten traten vor. Ein Spanier, ein Holländer, ein Engländer und ein Deutscher. Der Deutsche war Valtens Leibwächter Schotte. Die drei anderen kannte Valten nicht näher, doch war ihm klar, daß man auch für diesen Kampf nicht die schlechtesten Leute ausgewählt hatte. Daß Schotte ein guter Kämpfer war, wußte er; nicht umsonst hatte er gerade ihn als Leibwächter ausgewählt.

Die Kontrahenten nahmen Aufstellung. Das Zeichen zum Kämpfen ging fast unter im allgemeinen Geschrei. Auch wenn insbesondere Fernand einige Sympathien beim Publikum genoß, so lag dessen Parteinahme doch deutlich bei den vier Leuten aus den eigenen Reihen.

Fernand und Henri erwarteten ihre Gegner frontal. Sie standen nebeneinander, und auch die vier Freibeuter rückten in einer Linie gegen sie vor. Die Waffen blitzten in der Abendsonne. Der Himmel war klar und fast wolkenlos. Es war warm, aber nicht heiß. Das beste Wetter für einen Kampf. Und schon flogen die Degen durch die Luft. Die Waffen der Franzosen bewegten sich so schnell, daß man sie kaum verfolgen konnte. Die Brüder parierten die Schläge nicht einfach, sie griffen an, sie drehten die Waffen in der Luft, und auf einmal schied Schotte aus, ohne daß er wußte, wie ihm geschah. Die Waffe war verschwunden, und er bekam es erst mit, als er mit der leeren Hand durch die Luft fuchtelte. Beschämt ließ er sie sinken und zog sich zurück. Als nächster schied der Engländer aus, und mit den beiden übriggebliebenen Gegnern wurden die Franzosen fast spielerisch fertig. Diesmal hatte es überhaupt keinen Kratzer gegeben, und besonders angestrengt wirkten die beiden Sieger auch nicht. Fast war es ein wenig enttäuschend, daß der Kampf so schnell beendet war. Es gab nur mäßigen Beifall.

Claen, nachdem er den Sieg offiziell verkündet hatte, wandte sich an Valten. »Die beiden könnten tatsächlich ein Gewinn für uns sein«, sagte er. »Ich denke, ich werde sie in meine Mannschaft aufnehmen. Ihre Kampfkunst grenzt an Hexerei!«

Valten nickte und war so stolz auf die Franzosen, als hätte er selbst irgend etwas zu ihren Siegen beigetragen.

Wiederum war die Pause bis zum nächsten Gefecht nur sehr kurz, doch diesmal mochte das wenig bedeuten, denn die Franzosen waren nicht erschöpft. Ihre letzte Aufgabe war die schwerste. Kampf gegen eine Übermacht. Sechs Männer sollten gegen die beiden antreten, und als Valten sie sah, lief ihm ein Schauder den Rücken hinunter. Für die ersten beiden Kämpfe hatte man gute Fechter ausgewählt. Mit denen waren die Franzosen dank ihrer überlegenen Technik fertig geworden. Nun aber sollten sie gegen die größten Raufbolde des Lagers antreten. Alle sechs waren groß, stark, dumm und gewalttätig. Sie ertrugen die mit Alltagsarbeiten angefüllte Ruhe zwischen den Ausfahrten nur schwer, und wenn sie betrunken waren, fingen sie gern mal eine Schlägerei an. Jeder im Lager kannte und fürchtete sie. Es waren nicht die beliebtesten Mitglieder der Gemeinschaft. So mancher im Publikum, der schon einmal ihre Fäuste hatte spüren müssen, gönnte ihnen eine Demütigung durch die Franzosen. Valten wußte nicht, wer die Auswahl getroffen hatte. Die Kapitäne, vermutete er, nach der Beisetzung, als er erst mit Asmus gesprochen und dann seine Ermittlungen fortgesetzt hatte. Es mußte ein ziemlich gemeiner Mensch unter den Kapitänen sein, denn diese Auswahl war teuflisch. Die Raufbolde scheuten keine Verletzung, und was ihnen an technischer Finesse fehlte, machten sie durch ihre Angriffswut wett.

Falls die Brüder sich vor den ungeschlachten Kerlen fürchten sollten, so ließen sie sich das nicht anmerken. Lockeren Schrittes gingen sie in das Rund und nahmen Aufstellung, diesmal Rücken an Rücken.

Und die Meute der wilden Kerle rückte vor. Vielleicht hatten sie sich abgesprochen, denn vier konzentrierten sich auf Fernand, während zwei Henri beschäftigten. Schmal und zierlich wirkten die Franzosen gegen die Raufbolde, und unter den wuchtigen Schlägen wirkten auch ihre Paraden auf einmal nicht mehr sehr elegant. Trotzdem dauerte es kaum eine Minute, bis der erste Raufbold seine Waffe verlor. Sekunden später flog der zweite Degen in den Sand, und im gleichen Augenblick entwaffnete Henri den ersten seiner Kontrahenten. Nun standen die Brüder nur noch gegen drei Angreifer, und daß sie mit denen fertig werden konnten, hatten sie bereits gezeigt. Doch die Raufbolde besaßen nicht die Klasse ihrer Vorgänger. Sie hielten sich nicht an die Vereinbarung. Die drei ausgeschiedenen Piraten holten sich ihre Waffen wieder und drangen erneut auf die Franzosen ein, mit noch größerer Wut, denn sie waren besiegt worden.

Vielleicht hätte es Claen geschafft, den Kampf durch ein Machtwort zu beenden, doch er versuchte es gar nicht. Das Gebrüll der Zuschauer war so laut, daß man ihn ohnehin kaum verstanden hätte. Sollten die Franzosen doch zusehen, wie sie mit der Übermacht fertig wurden.

Henri entwaffnete seinen zweiten Gegner, ehe der erste heran war, doch auch der hob die Waffe auf und drang erneut auf ihn ein. Fernand hatte den schwereren Stand. Sein Degen konnte einfach nicht auf Dauer vier Waffen gleichzeitig abwehren. Ein Stich durchbrach seine Deckung und traf ihn in die Brust. Der Stich war tief und schmerzhaft, auch wenn er kein lebenswichtiges Organ getroffen hatte. Eine Parade mißglückte, und ein Hieb zog sich über sein Gesicht. Blut lief ihm die Wange hinunter. Das Publikum raste vor Begeisterung. Endlich wurde ihnen etwas geboten. Das war ein echter Kampf, bei dem es um mehr ging als nur um die Demonstration der Geschicklichkeit.

Als Fernand den dritten Stich abbekam, diesmal in den linken Arm, wußte er endgültig, daß die vereinbarten Regeln nicht mehr galten. Hier ging es um das Leben, und es wäre Wahnsinn gewesen, die Angreifer noch immer zu schonen. Sie wollten ihn töten, also mußte er sie töten, wenn er es schaffte. Er rief seinem Bruder etwas zu, was keiner verstand, doch die Folgen sahen alle. Henri erstach blitzschnell einen seiner Angreifer, zog den Degen schnell heraus und durchbohrte den zweiten. Dann wandte er sich um und stand seinem Bruder bei, der inzwischen den vierten Treffer hatte einstecken müssen, wieder in die rechte Brustseite. Henri erstach den dritten der Angreifer, und nun standen die Chancen wieder besser für die beiden, obwohl Fernand doch recht schwer verletzt war und sich nur noch mit Mühe auf den Beinen halten konnte. Die Menge brüllte und tobte. Als der vierte Raufbold fiel, konnten sich ein paar seiner Freunde nicht mehr zurückhalten. Sie stürmten mit gezogenen Entermessern auf den Kampfplatz. Ehe sie in der Mitte anlangten, hatten Fernand und Henri auch die letzten beiden Angreifer erstochen.

Nun endlich wollte Claen doch eingreifen, aber niemand hörte ihn. Und die Brüder sahen sich vier weiteren Angreifern gegenüber. Doch die griffen so blindlings an, daß ihre Entermesser davonsegelten, ehe sie wußten, wie ihnen geschah. Einer sprang Henri an, doch der schlug ihn zu Boden. Die anderen wichen zurück. Plötzlich herrschte Stille. Es war eine bedrohliche Stille, das spürte Valten. Schon wieder waren sechs aus ihren Reihen gestorben oder zumindest schwer verletzt worden, so genau wußte das noch niemand. Und wenn die Raufbolde auch eher unbeliebt waren, so gehörten sie doch, im Unterschied zu den Franzosen, zur Gemeinschaft. Und auf die Feinheit, daß ja die Angreifer zuerst die Regeln gebrochen hatten, achtete niemand.

Auch Fernand und Henri spürten die Feindseligkeit der Menge. Wieder verständigten sie sich durch ein paar Worte, dann gingen sie langsam auf die Menge zu. Sie mußten handeln, ehe es zu einem gegen sie gerichteten Ausbruch kam. Claen gab ihren Sieg nicht bekannt. Das war ein böses Zeichen.

Die Kapitäne Pelsaert und Murdock standen nebeneinander. Starr wie die gesamte Menge. Sie mußten ihre Gefühle erst ordnen. Dazu kamen sie nicht. Fernand und Henri sprangen auf sie zu, packten sie, rissen sie vor sich, standen Rücken an Rücken, um nicht von hinten überwältigt werden zu können, und hielten den Kapitänen ihre Degen an die Kehlen. Fernand begann zu reden. Zwar war es, nach einem Aufschrei der Menge, wieder still, dennoch war es eine sinnlose Ansprache. In seiner Aufregung bediente er sich seiner Muttersprache, die hier niemand beherrschte. Hätte er spanisch geredet, dann hätten ihn wenigstens die Spanier verstanden, auch die Niederländer und einige der Deutschen sprachen Spanisch. Durch den harten Kampf und seine Verletzungen geschwächt, fiel es ihm erst ein, als es schon zu spät war.

Der einzige, der einen kühlen Kopf bewahrte, war Kapitän Paul Claen. Er stand nur etwa dreißig Fuß entfernt, die Menge war beim Angriff der Franzosen zurückgewichen, er hatte freies Schußfeld. Claen zog seine Pistole. Diese Waffen waren sehr unpräzise, eigentlich taugten sie nur im Nahkampf, und auch da nicht wirklich, weil man nach nur einem einzigen Schuß waffenlos war, bis man nachgeladen hatte. Doch Claen war ein Meisterschütze. In jungen Jahren hatte er fast täglich das Schießen trainiert, mit Musketen wie mit Pistolen. Inzwischen, als Kapitän, mußte er kaum noch mitkämpfen, aber er hatte es nicht verlernt. Er riß die Waffe hoch, visierte den Kopf von Fernand an und drückte ab. Die Kugel durchschlug den Kopf des Franzosen und blieb im Arm eines dahinterstehenden Piraten stecken. Murdock taumelte zur Seite. Kaltblütig lud Claen seine Waffe nach, aber er brauchte kein zweites Mal abzudrücken. Henri ließ den Degen sinken und rief auf spanisch: »Ich ergebe mich!«

»Er ergibt sich!« übersetzte Valten, so schnell und so laut er konnte.

»Das will ich ihm auch geraten haben«, sagte Claen und steckte die Pistole in den Gürtel zurück. Dann wandte er sich an die Menge.

»Die Franzosen haben gewonnen!« rief er. »Wir können jemanden gebrauchen, der so gut kämpfen kann, also werden wir diesen Burschen nicht töten. Aber er ist gefährlich. Legt ihn in Ketten!«

Das meinte er nicht wörtlich, denn Ketten gab es im Lager gar nicht. Wohl aber Stricke, und die wurden schnell herbeigeschafft. Henri warf seinen Degen weg und ließ sich binden. Niedergeschlagen blickte er seinen Bruder an, der mit durchschossenem Kopf neben ihm im Sand lag.

Einige rannten jetzt auch auf das Schlachtfeld und kümmerten sich um ihre Kameraden. Sie rüttelten sie, sprachen auf sie ein. Valten, schließlich war er der Arzt, folgte ihnen und untersuchte die Männer. Fünf waren tot, und der sechste würde den Sonnenuntergang nicht mehr erleben. Der einzige, dem er helfen konnte, war der Pirat mit Claens Kugel im Arm, der sich jammernd an ihn herandrängte. Valten nahm ihn mit in sein Lazarett und untersuchte ihn. Die Wunde war nicht tief, die Kugel war mit wenig Schwung in den Arm eingedrungen, er konnte sie ertasten. Mit einem kleinen, scharfen Messer vergrößerte er die Wunde und pulte die Kugel heraus. Der Pirat jammerte, und er jammerte noch mehr, als Valten etwas Alkohol über die Wunde goß.

»Das ist keine ernsthafte Verletzung«, sagte Valten, als er einen Verband anlegte. »Die Knochen sind unversehrt. Nur eine harmlose Fleischwunde. Belaste den Arm eine Woche lang nicht, und komm täglich her, um den Verband zu wechseln.«

»Es tut so weh!« jammerte der Pirat.

»Das vergeht«, versicherte ihm Valten. »Nächste Woche denkst du nicht mehr daran.«

Der Pirat glaubte ihm und zog ab.

Valten wusch sich die Hände in einer Schüssel, trocknete sie ab und ordnete seine Kleidung. Vor ihm stand die schwere Aufgabe, Madeleine vom Tod ihres Bruders zu unterrichten.

Sie wußte es schon. Von den Kämpfen zwar hatte sie nichts gesehen, doch das tragische Finale hatte sich am Rande abgespielt, genau auf ihrer Seite. Sie hatte geweint, doch war sie schon wieder so weit gefaßt, daß sie Valten, noch ehe der ein Wort der Erklärung stammeln konnte, trotzig entgegenschleudern konnte: »Fernand ist als Held gestorben!«

»Das ist er«, stimmte Valten ohne Zögern zu. »Die Angreifer im letzten Kampf hielten sich nicht an die Regeln. Fernand und Henri haben alle sechs getötet. Sie sind die besten Kämpfer, die ich je gesehen habe. Nach ihrem Sieg wollten sie zwei Kapitäne als

Geiseln nehmen. Ich weiß nicht, warum, ich habe kein Wort verstanden.«

»Fernand hat freien Abzug für die ganze Familie verlangt«, sagte Madeleine stolz, und Marie nickte bestätigend.

»Sagen Sie das um Himmels willen niemand anderem!« sagte Valten. »Das könnte die Lage von Henri verschlechtern. Er ist gebunden und wird bewacht, aber Claen will ihn immer noch als Fechtlehrer nutzen.«

»Einer ist tot, einer gebunden, und wir sitzen hier ohne Aussicht auf Freiheit fest. Ich dachte, Sie wollten etwas tun, um unsere Lage zu erleichtern, Valten Went«, sagte Madeleine bitter.

»Ja«, sagte Valten resigniert, »das dachte ich auch.«

10

Valten Went wälzte sich auf seinem Lager. Es war hart, bestand es doch nur aus ein paar Fellen und Decken. Ein richtiges Bett hatten nur die Kapitäne. Der Vorraum, der als Lazarett diente, war mit bequemeren Liegen ausgestattet. Dort schliefen seine beiden Leibwächter Klapmütz und Schotte. Die Tür nach draußen war provisorisch durch eine Truhe versperrt. Valten hoffte, daß die beiden Wächter erwachen würden, wenn sich jemand von draußen Einlaß verschaffte.

Es war nicht die Furcht vor einem Anschlag, die Valten nicht schlafen ließ. Er sorgte sich um die beiden jungen Frauen, für deren Befreiung ihm noch immer nichts eingefallen war. Vor allem aber spürte er, daß er der Lösung des Falles nahe war. Das Leben ist nicht immer logisch, hatte ihm sein Freund Asmus gesagt. Nicht immer – das hieß vor allem, daß es meist eben doch logisch war. Menschen handelten gelegentlich irrational, doch selbst das war in ihren Charakteren angelegt. Es gab nur eine überzeugende Lösung. Dafür sprach freilich nur die Logik und sonst nichts. Er hatte nicht den Schatten eines Beweises, und solange jede Spur fehlte, bemühte er sich, den Namen des Hintermannes nicht einmal zu denken. Er wollte sich nicht zu früh festlegen, und er konnte sich irren.

Am Morgen wäre ihm der Fall beinahe abgenommen worden. Der Kapitänsrat hatte auf seiner seit dem ersten Anschlag täglich stattfindenden Sitzung festgestellt, daß auch die vorangegangene Nacht ohne Anschlag verstrichen war. Das bedeute, so hatte Claen gesagt, daß tatsächlich die drei Wächter die Mörder gewesen seien. Valten hatte heftig widersprochen. Es konnte auch bedeuten, daß die Mörder ihr Ziel erreicht hatten. Es konnte bedeuten, daß sie angesichts der verschärften Wachen erst einmal ruhig blieben, bis die Aufmerksamkeit nachließ. Richtig sei, daß die drei Wächter ohne jeden Zweifel die Mörder von Kunow und seinen Leibwächtern gewesen seien, aber wie er bereits mehrfach belegt habe, könnten sie sich das aufgrund ihrer Primitivität kaum selber ausgedacht haben.

»Es ist doch ganz klar«, hatte er gesagt. »Der Hintermann existiert, und er ist der eigentliche Feind, auch wenn er sich vielleicht die Hände nicht selber schmutzig gemacht hat. Was wissen wir über den Auftraggeber der Morde? Es muß eine Person von Einfluß sein. Wir wissen nicht, worin dieser Einfluß besteht. Hat er die drei Schläger durch Hexerei oder durch Hypnose unter seine Kontrolle gebracht? Das kann ich nicht ausschließen, auch wenn es mir wenig wahrscheinlich vorkommt. Hätten wir jemanden unter uns, der hexen oder hypnotisieren kann, dann wäre uns diese Person sicher schon aufgefallen. Auf jeden Fall aber würde eine solcherart fähige Person sich in unserer Gemeinschaft in einer Stellung befinden, in der sie Macht ausübt. Ich sage jetzt etwas, was den Anwesenden nicht gefallen wird. Eine solche Person wäre Kapitän. Wenn wir aber keinen Hexenmeister unter uns haben, dann bleibt auch nur einer der Kapitäne übrig, der durch Geld oder durch Einsatz seiner Macht andere dazu bringen kann, daß sie in seinem Interesse morden. Und so wage ich denn eine kühne Behauptung: Der Täter sitzt in diesem Augenblick an diesem Tisch.«

Valten hatte geschwiegen und die Kapitäne der Reihe nach angesehen. Claen, das stets besonnene Oberhaupt der Gemeinde, zeigte eine trotzige Miene. Der Spanier Corazón hatte Valtens Ausführungen mal wieder nicht ganz folgen können und sah verwirrt aus. Der finstere Murdock nickte entschlossen vor sich hin. Pelsaert ließ sich keine Regung anmerken, doch Valten hatte den Niederländer in den wenigen Tagen der näheren Bekanntschaft schätzen gelernt und hielt ihn für fast so besonnen wie Claen; er wußte, daß er sich gegen eine Untersuchung im Kapitänskreis nicht sperren würde, es sei denn, er selbst wäre der Mörder. Hinrich Schut, der junge Nachfolger von Jarre, sah fast so verwirrt aus wie der Spanier; zwar verstand er die Sprache, doch konnte er Valten wohl intellektuell nicht ganz folgen. Stoeff sah so entschlossen aus, als wollte er selbst die Führung der Gemeinschaft übernehmen. Und Peter Roever, der schüchterne Nachfolger des wilden Kunow, fühlte sich noch immer deplaziert in der illustren Runde; was Valten gesagt hatte, bereitete ihm Unbehagen.

Alle Reaktionen waren angemessen, hatte Valten gedacht. Wenn der Mörder wirklich im Raum saß, dann war er ein guter Schauspieler. Zu gut für die Menschenkenntnis, die Valten besaß.

»Ich lege mich zu diesem Zeitpunkt keinesfalls fest«, war Valten fortgefahren. »Noch sind es nur Überlegungen. Sie können falsch sein oder unzulänglich. Aber daß sie logisch sind, dürfte auch den Anwesenden einleuchten. Wir können die Kapitäne nicht ausklammern aus der Untersuchung. Und ich denke, das werdet auch ihr nicht wollen. Wenn einer von euch wirklich der Hintermann sein sollte, dann heißt das ja vor allem, daß die sechs anderen unschuldig sind. Und ich denke, daß die Unschuldigen daran interessiert sein müssen, das schwarze Schaf in ihrer Mitte zu finden – oder aber den Nachweis, daß es kein schwarzes Schaf unter ihnen gibt. Wir haben zwar schon festgelegt, daß ich alle ohne Ansehen der Person befragen darf, doch das ist eine neue Situation. Ich muß euch auch als Verdächtige befragen dürfen, und ich hätte gern das Einverständnis aller dafür.«

»Ich habe nichts zu verbergen!« sagte Stoeff.

»Das habe ich auch nicht!« sagte Claen. »Aber mir kommt das an den Haaren herbeigezogen vor. Die Kapitäne waren die Opfer. Sollen sie nun auch noch die Täter sein? Wer weiß, ob es diesen geheimnisvollen Hintermann überhaupt gibt.«

»Wenn es ihn gibt«, sagte Pelsaert, »dann ist es notwendig. Und wenn es ihn nicht gibt, dann kann die Untersuchung nichts schaden. Ich bin dafür.«

»Dafür!« sagte Corazón, der vermutlich noch immer nicht so ganz genau wußte, worum es ging.

»Dafür!« sagte Schut.

Peter Roever schloß sich der Mehrheit an, da konnte er nichts falsch machen.

»Nun«, sagte Claen, »ich glaube zwar nicht an den geheimnisvollen Unbekannten, aber ich bin natürlich auch dafür. Pelsaert hat recht. Hilft es auch nicht, so kann es doch nicht schaden. Wir haben also«, wandte er sich an seinen Wundarzt, »einstimmig beschlossen, daß du uns verdächtigen darfst. Ich hoffe, du weißt unser Vertrauen in dich zu würdigen.«

»Ich danke euch«, sagte Valten. »Und habe gleich ein paar Fragen. Die erste: Vor ein paar Tagen haben wir beschlossen, auf das Hamburger Angebot einzugehen, gegen Zahlung einer mir unbekannten, aber offenbar nicht sonderlich beträchtlichen Summe die Schiffe der Hansestadt zu verschonen. Pelsaert, du hattest als einziger Einwände. Wie ist die Besprechung mit deiner Mannschaft ausgegangen?«

»Nun, zugestimmt hatte ich ja«, sagte Pelsaert schnell. »Die Meinungen sind geteilt, ob wir bleiben sollen oder nicht. Ich bin mir selbst noch immer nicht im klaren darüber, was ich tun möchte. Diese Gemeinschaft hat unbestreitbare Vorzüge, die ich nicht so einfach wegwerfen will. Wir warten die Entwicklung ab und bleiben einstweilen.«

»Wer überbringt eigentlich unser Einverständnis?« fragte Valten weiter.

»Das ist noch nicht entschieden«, informierte ihn Claen. »In den letzten Tagen war einfach zuviel los im Lager. Aber gut, daß du uns daran erinnerst. Wir werden das heute noch festlegen müssen. Da die Lage der Insel verraten ist, können wir uns weiteren Aufschub nicht leisten.«

»Wem wird unser Einverständnis eigentlich überbracht?« fragte Valten weiter.

»Nun, dem Stadtrat natürlich!« sagte Claen, etwas verwundert über die dumme Frage.

»Ich kann mir das praktisch nicht vorstellen«, gab Valten zu. »Geht einer von uns in eine Ratssitzung und hält dort eine Rede? Glaube ich nicht. Es muß doch einen Ansprechpartner geben. An wen wenden wir uns, und wer hat sich an uns gewendet?«

»Einer der Ratsmannen«, sagte Claen.

»Hat er einen Namen?«

»Hinrik Bersing«, sagte Claen.

»Wie ging diese Kontaktaufnahme vor sich?«

»Du strapazierst meine Geduld, Valten Went!« grollte Claen. »Was soll das mit den Morden zu tun haben?«

»Vermutlich gar nichts«, beruhigte ihn Valten. »Ich möchte mir nur ein möglichst umfassendes Bild machen. Und es ist doch sicher nicht geheim, wie es zum Kontakt kam?«

»Vor dir inzwischen nicht mehr«, sagte Claen. »Wir haben, wie ihr alle wißt, ein paar Verbindungsleute in Hamburg, die uns gelegentlich über die dortigen Schiffsbewegungen informieren. Einer muß sich, durch ich weiß nicht, was, verdächtig gemacht haben, denn dieser Ratsherr Bersing ließ ihn zu sich kommen. Er nahm ihn nicht etwa fest, sondern bat ihn ganz freundlich, mit uns Kontakt aufzunehmen und uns zu übermitteln, daß er sich mit jemandem unterhalten wolle, der Einfluß habe bei uns. Es sei keine Falle und kein Trick, das schwöre er bei allem, was ihm heilig sei. Er habe ein vorteilhaftes Angebot zu machen. Er schlug einen neutralen Ort vor, einen Weiler außerhalb von Hamburg, und einen Zeitpunkt. Jarre, Corazón und ich sind zu dem Treffen gefahren, einen Tag vorher, um abzusichern, daß es wirklich keine Falle war. Wir haben mit ihm gesprochen und entschieden, daß es sich wirklich um ein gutes Angebot handelt. Inzwischen sind, der Not gehorchend, ja alle davon überzeugt. Das war es schon. Nichts Geheimnisvolles ist an dem Vorgang.«

»Scheint mir auch so«, gab Valten zu. »Aber wenigstens weiß ich jetzt Bescheid. Gut. Eine andere Frage. Wir sind hier eine eher zufällig zusammengewürfelte Gemeinschaft.«

»Zufällig?« widersprach Claen. »Absolut nicht! Es war und ist mein Lebenstraum, eine Gemeinschaft schlagkräftiger Freibeuter zu gründen, eine bedeutende Seemacht, die auf Freiheit und Gleichheit gegründet ist, und daran habe ich mit all meiner Kraft seit Jahren gearbeitet. Da war kein Platz für Zufall. Die Freibeuterrepublik ist mein Werk!«

»Natürlich«, sagte Valten und nickte mehrere Male mit dem Kopf, »deine Verdienste um uns erkennt jeder in diesem Raum an, Kapitän Claen, das ist gar keine Frage. So meinte ich das auch nicht. Was ich vielmehr sagen wollte, ist, daß ihr alle nicht gleichzeitig mit einem gemeinsamen Plan angetreten seid. Kapitän Claen hat euch nach und nach von seiner Vision überzeugt, und das konnte er nur, als er euch begegnet war, und diese Begegnungen geschahen zufällig.«

»Ich habe sie gesucht!« knurrte Claen.

»Aber du wußtest nicht, wen du findest!« widersprach Valten. »Insofern war es eben doch Zufall. Aber was ich eigentlich fragen wollte: Kannten sich einige der Anwesenden schon, bevor sie hier zusammenkamen?«

Corazón ließ sich von Claen die Frage übersetzen und antwortete dann als erster. »Ich haben Mantigao gekennt«, sagte er. »Wir waren sein gewesen zusammen in die Neue Welt. Sind bei eine Sturm über die Ozean getrieben nach die Europa. Mantigao war als die erste in Nordersee, ich dann später ihn getroffen hier. Nun er wieder gefahren.«

»Noch jemand?« fragte Valten.

»Ich weiß nicht, wofür das wichtig sein soll«, sagte Stoeff, »aber ich habe auch keinen Grund, es zu verschweigen. Jarre kannte ich schon, als wir noch junge Männer waren. Wir stammen beide aus Bremen, und wir hatten gemeinsame Interessen und Ansichten. Dann verloren wir uns aus den Augen und trafen uns erst auf dem Meer wieder, das war vor fünf Jahren. Wir haben ein paar Fahrten gemeinsam unternommen, und bei der Gelegenheit habe ich auch Schut kennengelernt, der damals noch nicht Steuermann war und schon gar nicht Kapitän. Wir verloren uns bei einem Sturm, und ich habe Jarre und Schut erst auf dieser Insel wiedergesehen.«

Schut bestätigte durch Nicken, daß Stoeff die Wahrheit gesagt hatte. Valten blickte in die Runde. Nein, sonst wollte niemand etwas zu diesem Thema sagen. Valten behielt seine Folgerungen für sich.

»Ich danke euch«, sagte er. »Ein unpopuläres Thema muß ich noch ansprechen, dann sind wir von meiner Seite aus für heute fertig. In den nächsten Tagen werde ich dem Kapitänsrat nicht Bericht erstatten über meine Ermittlungen. Falls der Hintermann wirklich in diesem Raum sitzt, wäre das höchst unklug. Er wäre informiert darüber, was ich weiß, und könnte etwas dagegen unternehmen. Ich sage erst wieder etwas, wenn ich Beweise habe. Ich hoffe, das wird in einer Woche der Fall sein. Wenn ich bis dahin nicht weiß, wer der Mörder ist, dann werde ich mein Scheitern bekennen und von meiner Funktion zurücktreten, wenn ihr damit einverstanden seid.«

»Nun«, sagte Stoeff, »mir ist etwas unbehaglich, daß ich auf einmal zu den Verdächtigen gehöre. Mir ist unbehaglich, daß unserem Gremium so massiv mißtraut wird, aber ...« Er verstummte.

An seiner Stelle fiel Claen ein. »Keine halben Sachen!« sagte er. »Ich glaube am wenigsten von uns allen an den geheimnisvollen Urheber der Anschläge, aber wenn es ihn gibt und wenn er wirklich unter uns sitzt, dann hat Valten vollkommen recht mit seiner Zurückhaltung. Und was mich persönlich angeht: Mich interessiert es nicht, mit wem Valten gesprochen und was er schon wieder nicht herausbekommen hat. Mich interessiert, wer der Täter ist. Das soll und wird er uns sagen, also stimme ich ihm ohne jeden Vorbehalt zu.«

Claens Worte gaben den Ausschlag, alle schlossen sich der Meinung ihres Anführers an. Valten hatte freie Hand für seine Ermittlungen. Er bedankte sich ein weiteres Mal für das Vertrauen, das man trotz seines bösen Verdachts in seine Person setzte, und teilte noch mit, daß er in den nächsten Tagen ein paar auswärtige Ermittlungen anstellen werde; man solle sich nicht wundern, wenn er nicht im Lager sei. Auch das schluckten die Kapitäne.

Valten wälzte sich auf seinem harten Lager. Er hörte die Stimmen der Kapitäne, er wiederholte in seinem Geist Wort für Wort, was am Morgen gesprochen worden war, und er war sehr zufrieden mit sich. Obwohl seine bisherigen Erfolge nicht berauschend waren, befand er sich in einer hervorragenden Position. Sollte er wirklich den Mörder fassen, dann würden sie ihn sicher zum Kapitän ehrenhalber ernennen. Falls er das überhaupt wollte. Er dachte über seine Aussichten nach. In jeder größeren Menschengruppe gab es jemanden, der für Recht und Ordnung sorgte. Bisher waren die Piraten ohne einen Ordnungshüter ausgekommen, doch daß auch sie einen benötigten, war seit den Mordanschlägen klar. Und wenn Valten den Täter faßte, würden sie ihn in dieser Funktion belassen. Er würde Klapmütz und Schotte zu seinen

Hilfskräften befördern. Das Team hatte sich bewährt. Zwar war insbesondere Klapmütz kein Geistesriese, doch darauf kam es gar nicht an. Üblicherweise galt es Streitigkeiten zwischen Betrunkenen zu schlichten, und da waren zwei Männer, die zupakken konnten, genau die geeigneten Helfer. Diese Zukunft war also sicher. Doch was, wenn er sie aufgab? Natürlich hatte er wieder seinen täglichen Besuch bei den beiden jungen Frauen gemacht, gleich nach der Beisetzungsfeier. Der Kampf vom Vortag hatte fast genausoviel Opfer gefordert wie die Morde, also konnte Asmus wieder vor versammelter Mannschaft predigen. Es war nicht so festlich gewesen wie die Beisetzung der Kapitäne, die Trauer hielt sich in Grenzen, da die Schläger nicht so beliebt gewesen waren und da sich inzwischen die Erkenntnis durchzusetzen begann, daß sie durch ihre Unbeherrschtheit und die Nichteinhaltung der Vereinbarungen den Tod herausgefordert hatten. Sie waren gegen die besseren Leute in ehrlichem Kampf unterlegen. Henri waren die Fesseln abgenommen worden, er durfte an der Beisetzung als freier Mann teilnehmen und sprach über dem Grab seines Bruders ein Gebet. Fernand und die sechs Schläger wurden Seite an Seite beigesetzt, und Asmus predigte über den gewaltigen Blutzoll der letzten Woche und ermahnte alle zu mehr Besonnenheit und Friedfertigkeit. Selig sind die Friedfertigen, denn sie werden Gottes Kinder heißen, zitierte er Matthäus. Über die dahingeschiedenen Schläger fiel ihm wenig Positives ein, doch man vermißte die Lobpreisungen auch nicht.

Nach der Bestattung gingen alle an ihre Arbeit. Henri wurde wieder gebunden; noch war nicht entschieden, wie mit ihm verfahren werden sollte. Seine Bewachung hatten die Niederländer übernommen, weil er unter Pelsaerts Führung gefangen worden war. Sie fiel nicht sehr streng aus, da Pelsaert den unbesiegbaren Fechter bewunderte.

Das war das einzig Erfreuliche, das Valten den Französinnen mitteilen konnte. Madeleine war deprimierter als am Vortag; ihr kam erst jetzt zu Bewußtsein, daß ihr ältester Bruder unwiderruflich tot war. Sie beteiligte sich kaum am Gespräch, und zum ersten Mal überhaupt führte er fast die gesamte Konversation mit Marie. Die junge Frau gefiel ihm immer besser. Sie war klug und für ein Dienstmädchen erstaunlich gebildet. Ihr Spanisch war besser als das von Valten. Über die Unruhen in Frankreich wußte sie ziemlich umfassend Bescheid. Sie plauderten ganz allgemein und entspannt über ihre Vergangenheit, denn die Gegenwart war unerträglich und die Zukunft ungewiß. Erst am Ende, als Valten ankündigte, er werde für ein paar Tage aus dem Lager verschwinden, stieg auch Madeleine in das Gespräch ein. Sie bedauerte es, weil dann nur noch die muffligen Bewacher übrigblieben, mit denen sie kein Wort wechseln konnten, und der finstere Murdock, mit dem sie kein Wort wechseln wollten.

»Sie sind der einzige Lichtblick hier, Valten Went!« sagte Madeleine.

»Der einzige Freund, den wir hier haben«, bestätigte Marie.

Valten Went setzte sich auf. Es hatte keinen Sinn, er konnte jetzt einfach noch nicht schlafen. Er sah die schönen Gesichter der jungen Frauen vor sich, er hörte ihre angenehmen Stimmen. Natürlich ahnten sie nichts von seinen Gefühlen, nahm er an, und er hatte auch nicht den Mut, etwas darüber zu äußern. Statt dessen hatte er weiter Konversation getrieben und sich darum bemüht, ihnen so angenehm wie möglich zu erscheinen.

Es war sehr unbequem, auf dem flachen Bett zu sitzen. Der Bauch wurde gequetscht, und die Beine schliefen ein. Valten stemmte sich hoch und tastete sich zum Hocker hinüber, auf dem er bei den Mahlzeiten zu sitzen pflegte. Es war stockdunkel im Zimmer, die Fensterklappe war geschlossen, doch er kannte sich aus innerhalb seiner Wände.

So ganz genau wußte er immer noch nicht, welche von beiden er mit seinen Gefühlen meinte. Marie hatte ihm beim ersten Anblick besser gefallen. Daß dies ein subjektiver Eindruck war, wußte er, seit Asmus die Herrin als die größere Schönheit bezeichnet hatte. Marie also war es, deren Anblick ihn aus der Bahn geworfen hatte. Vom heutigen Tag abgesehen, hatte er aber mehr mit Madeleine gesprochen, und sie war ihm sehr nahe gekommen. Muselmänner, so hatte er gehört, durften mehrere Frauen haben. Das war ihm immer als Sünde wider die Natur erschienen. Adam hatte nur seine Eva gehabt, und in der zivilisierten Welt hatten alle Männer nach Adam immer nur eine Frau. Mal abgesehen von ein paar Patriarchen wie Jakob. Zum ersten Mal beneidete er die Anhänger Mohammeds. Eine blödsinnige Überlegung, schalt er sich. Im Augenblick konnte er nicht mal an eine einzige Frau denken. Wie sollte er sie ernähren? Wovon sollten sie leben? Und selbst wenn sich dafür eine Lösung fand: Würden sie ihn wollen? Sicher, er war auch für Madeleine so etwas wie ein Freund, weil er der einzige Mensch im ganzen Lager war, der sich wirklich um sie sorgte. Aber wenn sie das Lager verließen, war Madeleine nicht länger hilflose Gefangene, sondern eine französische Aristokratin, und er war nur ein bürgerlicher Wundarzt. Falls er sie befreite, würde sie ihm dankbar sein, aber sie würde ihn nicht dafür lieben. Er gehörte doch eher in die Sphäre des Dienstmädchens. Und da Marie ihm auf den ersten Blick besser gefallen hatte, war es wohl doch sie, die er meinte. Ach, Marie! dachte er. Ich wünsche mir, den Mut aufzubringen, dir zu sagen, daß ich dich liebe. Und ich wünsche mir, daß auch ich dir gefalle.

Den Seufzer, der ihm herauszurutschen drohte, konnte er gerade noch unterdrücken. Er spürte, daß er nicht allein im Raum war. Ein anderer Mensch atmete dicht neben ihm, und er hörte das leise Tapsen von Schritten. Valten hielt den Atem an. Was hatte das zu bedeuten? War jetzt ein Mörder hinter ihm her? Wie war der in die Hütte gekommen, vorbei an Klapmütz und Schotte?

Seine Gedanken überschlugen sich. Einen Degen oder eine Pistole besaß er nicht, nur die Messer und Sägen für das Versorgen der Wunden und das Amputieren der Gliedmaßen. Die jedoch lagen nicht in Reichweite. Das Küchenmesser fiel ihm ein. Es war nicht so spitz und scharf wie die chirurgischen Werkzeuge, aber besser als nichts. Vielleicht hatte er es auf dem Tisch liegenlassen. Er tastete über die schmale Platte. Nichts. Er war zu ordentlich gewesen und hatte es weggeräumt.

Der Eindringling war inzwischen an ihm vorbei und näherte sich der Liege an der hinteren Wand. Er schien sich gut auszukennen, denn er stieß nirgends an. Oder konnte er in der Dunkelheit sehen? Auf keinen Fall, sonst hätte er Valten am Tisch entdeckt. Wer kannte sich in Valtens Haus so gut aus, daß er sich in der Finsternis darin bewegen konnte? Klapmütz, Schotte und noch dreißig andere Männer, die er im Lazarett behandelt hatte. Es konnte fast jeder sein. Aber diesmal würde er den Attentäter stellen.

Der unsichtbare Mann atmete schwer. Dann hörte Valten, wie er auf das leere Lager einstach. Das war so laut, daß Valten ungehört aufstehen und in den Vorraum laufen konnte. Dort war eine Fensterklappe geöffnet, aber es war kaum heller.

»Hilfe!« schrie Valten. »Überfall!«

Er rannte zur Tür, wollte sie aufreißen. Sie leistete Widerstand, und es gab ein nervtötend lautes, schurrendes Geräusch. Die Truhe! Sie war unverrückt, also kam der Attentäter von drinnen. Er zerrte sie beiseite, riß die Tür auf und rannte ins Freie. »Hilfe!« schrie er noch lauter. »Überfall!«

Hinter sich hörte er ein Krachen und Poltern. Er konnte es sich nicht erklären und rannte zur Sicherheit auf die nächste Hütte zu, hämmerte gegen die Tür und brüllte weiter um Hilfe. Die Tür pendelte auf, doch ging er nicht hinein. Das war auch nicht nötig, die ersten Männer strömten schon heraus; in diesen Tagen schliefen alle unruhig und waren leicht zu wecken. Vom anderen Ende des Dorfes eilte die Patrouille herbei.

»Licht!« schrie Valten. »Wir brauchen Licht!«

Zwar hatte er bei seiner schnellen Flucht den Eingang seiner eigenen Hütte nicht im Auge behalten, doch glaubte er, daß der Mörder noch immer darin war.

Zwei Piraten entzündeten Kerzen, die gutbewaffnete Patrouille marschierte vorneweg, Valten und die Lichterträger folgten ihnen auf dem Fuße, und eine immer größer werdende Menge dunkler Gestalten folgte ihnen. Einer der Wächter trat die Tür auf und streckte als erstes seinen Degen in die Finsternis. Ein Kerzenträger leuchtete in den Raum. Auf dem Boden wälzten sich zwei Männer und rangen miteinander. Die Wächter traten ein, die Kerzenträger folgten. Valten forderte die anderen auf, draußen zu warten und niemanden herauszulassen, der ihnen verdächtig erschien. Dann betrat auch er das Lazarett.

»Trennt sie!« wies er die Wächter an.

Klapmütz und Schotte waren unbewaffnet und nur mit ihrer Unterwäsche bekleidet. Auf dem Boden lag ein großes Messer. Das war einem der beiden aus der Hand gefallen, als der andere ihn in der Dunkelheit angegriffen hatte.

Die Wächter zerrten die beiden auf die Füße. Zwei hielten sie am Kragen fest, der dritte stand mit gezogenem Degen vor ihnen.

»Was ist geschehen?« herrschte Valten die beiden an.

»Ich weiß nicht«, sagte Schotte. »Ich habe geschlafen, da hörte ich dich schreien. Ich bin aufgesprungen und mit einem Mann zusammengestoßen, der ein Messer in der Hand hielt. Ich wußte bis eben nicht, daß es Klapmütz war. Ich habe ihm das Messer aus der Hand geschlagen, und dann haben wir miteinander gerungen. Und dann wart ihr auch schon da. Ich bin bis jetzt nicht richtig zu mir gekommen.«

»Was?« fragte Klapmütz blöde. »Ich bin … Das ist … Ich habe geschlafen.« Mehr fiel ihm nicht ein, er verstummte.

Valten winkte einem der Kerzenträger, ihn in den zweiten Raum zu begleiten. Dort befand sich niemand. Auf seinen Decken und Fellen sah er mehrere Einstiche, er hatte die Geräusche also richtig gedeutet. Er kehrte in den Lazarettraum zurück, baute sich vor seinen beiden verwirrten Leibwächtern auf.

»Einer von euch hat versucht, mich im Schlaf zu erstechen«, sagte er. »Das ist mißglückt, weil ich nicht geschlafen habe. Ich lag nicht mal im Bett. Pech für den Mörder, Glück für mich. Ich will auf der Stelle wissen, wer von euch das gewesen ist!«

»Vielleicht gar keiner von uns«, sagte Schotte. »Vielleicht war der Täter schon draußen, und wir sind in unserer Schlaftrunkenheit übereinander hergefallen.«

»Unsinn!« sagte Valten. »Die Truhe stand noch vor der Tür, als ich hinaus bin. Hier waren nur wir drei.«

Die Kapitäne Claen und Pelsaert betraten das Lazarett. »Was ist geschehen?« fragte Claen mit dröhnender Stimme.

»Einer meiner Leibwächter hat versucht, mich zu ermorden«, gab Valten Auskunft.

»Wer?« herrschte Claen die beiden an.

»Er«, sagten beide und deuteten aufeinander.

»Das bekommen wir heraus!« dröhnte Claen. »Fesselt sie. Alle beide!«

Klapmütz und Schotte protestierten. Er habe, sagte jeder, Valten beschützt und gerettet. Es half nichts. Stricke wurden herbeigeschafft, die Männer wurden verschnürt und auf die Liegen geworfen.

Inzwischen waren auch die anderen Kapitäne eingetroffen, abgesehen von Corazón, der auf seinem Schiff schlief und es wohl vorzog, sich nachts nicht an Land zu begeben, schon gar nicht, wenn dort wieder etwas passiert war. Einige Zeit verstrich, bis auch der letzte informiert war. Besonders aufgebracht war Murdock. Er trat an eine der Liegen, rüttelte den darauf liegenden Klapmütz, schüttelte ihn ordentlich durch und forderte ihn auf, ein Geständnis abzulegen. Der stammelte zusammenhangloses Zeug. Murdock wandte sich dem anderen Verdächtigen zu und schüttelte auch ihn durch. Ein Geständnis bekam er nicht.

»Wir können auch anders!« sagte Claen grollend. »Unter der Folter hat bisher noch jeder gesprochen!«

»Einer von beiden ist ein Held!« gab Valten zu bedenken. »Er hat mich unter Einsatz seines Lebens verteidigt. Wir könnten auch den Falschen foltern!«

»Dann hat er Pech gehabt«, sagte Claen barsch. »Hier geht es um mehr als nur einen Mordanschlag. Es geht um das Überleben der Gemeinschaft. Ein kleiner Preis, wenn dafür ein Unschuldiger leidet.«

»Ihr habt gehört, was euch bevorsteht!« fuhr Stoeff die beiden an. »Redet endlich!« Und auch er rüttelte, wie zuvor der Engländer, die Gefangenen durch.

Ein paar Leute drängten von draußen herein. Das ganze Lager war inzwischen wach, und sie wollten endlich wissen, was los war. Valten gab ihnen Auskunft und schickte sie schlafen. Er ging sogar einen Augenblick vor die Tür und rief den anderen, die sich in unüberschaubarer Anzahl davor versammelt hatten, ein paar beruhigende Worte zu. Alles sei unter Kontrolle, und in dieser Nacht werde nichts Schlimmes mehr geschehen. Sein Freund Asmus stand in der Menge. Auch ihn schickte er weg; im Augenblick wurden seine Dienste nicht benötigt, und falls doch, würde man ihn wecken.

Dann kehrte er ins Lazarett zurück und schickte die Wache wieder auf Patrouille. Die beiden Piraten mit den Kerzen hatten diese längst abgestellt und noch einige weitere Kerzen entzündet. Auch diese beiden Männer schickte er weg. Nun waren nur noch die Kapitäne und die Gefangenen da. Beide lagen steif da und rührten sich nicht. Wahrscheinlich hat die Angst vor der Folter sie starr werden lassen, dachte Valten. Er rief die Kapitäne zusammen und eröffnete ihnen, daß er Schotte für den Mörder hielt. Klapmütz war zu einfältig, so schnell eine Ausrede zu erfinden. Sein Gestammel klang in Valtens Ohren glaubwürdiger als die glatten Worte von Schotte. Er selber sei kein Freund des Folterns, das betonte er, doch im Augenblick sehe er keine Alternative dazu, und ohnehin sei, wie er glaube, die Mehrheit dafür, und so solle man denn wenigstens mit dem beginnen, der verdächtiger sei.

»Einverstanden«, sagte Claen. »Das machen wir morgen früh. Du hast ja alle weggeschickt und willst Schotte gewiß nicht selber foltern, und ich will es auch nicht.«

»Das könnte ich übernehmen«, sagte Murdock. »Ich bin da ziemlich erfahren, und Spaß macht es mir auch.«

»Na schön«, sagte Claen. »Ich will dich nicht hindern.«

Murdock zog ein Messer aus seinem Gürtel und näherte sich Schotte. Er setzte das Messer an dessen Nasenspitze. Schotte rührte sich nicht. Murdock betrachtete ihn genauer. Dann schnitt er ihm die Nasenspitze ab. Schotte stöhnte nicht einmal. »Der Kerl ist tot«, sagte Murdock enttäuscht.

»Tot?« Valten sprang zum Lager und untersuchte Schotte. Auf den ersten Blick sah er nur die blutende Nase. Er tastete ihn ab und fand dann in der Herzgegend eine feuchte Stelle. Er riß die Kleidung beiseite. Tatsächlich, da war ein nadelfeiner Einstich. Er wollte schon rufen, daß nun alle ihre Waffen präsentieren sollten, da entdeckte er neben der Liege das Mordwerkzeug, ein sehr kleines silbernes Stilett. Die Nadelspitze war blutig. Er hob es auf und zeigte es den Kapitänen.

»Jemand hat ihn zum Schweigen gebracht«, sagte er. »Hat es einer von euch gesehen?«

Die Kapitäne schüttelten die Köpfe. Sie wußten nicht einmal, wann es passiert war. Konnte es einer von ihnen gewesen sein? Aber eben waren ja auch noch andere Männer im Raum gewesen, die Wächter, die Kerzenträger, und ein paar aus der Meute vor der Tür waren ins Lazarett gedrängt. Sicher war es im allgemeinen Trubel geschehen, und es war völlig unklar, wer von den etwa zwanzig Leuten das getan hatte.

Klapmütz wurde nicht losgebunden; völlig war der Verdacht gegen ihn trotz des Mordanschlags nicht ausgeräumt. Doch beschloß man nach längerem Hin- und Herreden, sich erst am nächsten Morgen dieser Angelegenheit zu widmen. In dieser Nacht würden sie ohnehin nichts mehr ausrichten, dafür waren sie alle zu müde. Valten verkündete, er werde sich in einem der Mannschaftshäuser zur Ruhe begeben, denn in seinem Haus fühle er sich nicht mehr sicher. Neue Leibwächter werde er am nächsten Tag aussuchen.

Klapmütz beteuerte jammernd seine Unschuld. Es half nichts. Gefesselt blieb er auf der Liege zurück, allein im Haus von Valten Went. Wenigstens deckte der Wundarzt ihn zu, damit er nicht fror in der Nacht.

Vor der Tür klopfte Claen seinem Ermittler auf die Schulter. »Ich war ja ein wenig skeptisch heute morgen. Aber was eben passiert ist, hat mich überzeugt. Dein geheimnisvoller Hintermann existiert. Und wir werden ihn finden!«

11

Die Nacht im Mannschaftsquartier verlief unruhig. Mindestens einer der Piraten schnarchte ständig, manchmal waren es mehrere. Und die Gedanken wollten nicht ruhen. Valten war es einfach nicht gewöhnt, daß auf ihn Mordanschläge ausgeübt wurden. Seine Nerven waren aufgepeitscht, der Puls raste noch stundenlang vor sich hin. Erst gegen Morgen schlief der Wundarzt ein, und kurz danach krähte auch schon der Hahn. Valten verzichtete darauf, mit der Mannschaft zu frühstücken. Er verließ das Quartier und begab sich schnell hinüber zu seinem eigenen Haus, in dem Klapmütz noch immer gefesselt auf der Liege lag. Auch er hatte wenig geschlafen, das sah man ihm an.

»Keine Ausflüchte mehr!« fuhr ihn Valten an. »Reden wir Klartext. Du hast gestern gehört, daß unser Kapitän gesagt hat, für die Gemeinschaft müssen auch Unschuldige leiden. Man wird dich foltern, selbst wenn du unschuldig sein solltest. Murdock hat Spaß am Foltern, und er ist nicht der einzige. Das wird höllisch weh tun, du wirst schreien, und es wird dir doch nichts helfen. Der Schmerz wird nur durch einen noch schlimmeren Schmerz abgelöst. Dann wirst du auf jeden Fall reden. Warum willst du es dir so schwer machen? Sprich mit mir. Das tut nicht weh und erleichtert dich.«

»Aber ich weiß doch nichts!« jammerte Klapmütz. »Ich habe dich schreien gehört und bin aufgesprungen und mit einem Mann zusammengestoßen. Es war dunkel. Ich habe dich verteidigt.«

»Was versprichst du dir von diesem dummen Leugnen!« sagte Valten scharf. »Murdock holt die Wahrheit aus dir heraus!«

»Das ist die Wahrheit!« wimmerte Klapmütz.

»Du hast es nicht anders gewollt. Ich hole Murdock«, sagte Valten und wandte sich zur Tür um. Zügigen Schrittes verließ er das Lazarett.

»Ich bin unschuldig!« rief ihm Klapmütz im Jammerton hinterher.

Valten kehrte um, betrat sein Lazarett, griff sich eines der an der Wand auf einem Bord liegenden Messer und beugte sich über Klapmütz.

»Nicht!« schrie der in höchster Angst und Erregung.

Valten trennte die Fesseln durch. »Das war nur ein letzter Test«, beruhigte er den zitternden Mann. »Ich dachte schon gestern abend, daß du unschuldig bist. Entschuldige, daß ich dich so erschreckt habe, aber ich mußte sichergehen.«

Klapmütz richtete sich auf. »Und mir passiert wirklich nichts?«

»Ehrenwort«, versicherte Valten. »Du hast wie ein Held gehandelt. Es hat in der Dunkelheit bloß keiner gesehen.«

»Ich muß mal!« schrie Klapmütz, sprang auf und rannte hinaus. Nach einer Minute klopfte er an und kehrte, noch immer erregt, zurück.

Valten legte ihm eine Hand auf die Schulter. »Frühstücken wir erst mal.« Er schob ihn in seinen Schlafraum, zerrte eine Kiste an den Tisch, holte zwei Messer und zwei Trinkbecher und ein paar trockene Fladen. Nach einigem Suchen fand er auch noch ein zerlaufenes Stück Butter.

»Ich krieg jetzt nichts runter!« sagte Klapmütz.

»Der Appetit kehrt schon wieder«, sagte Valten. »Es war ja nur ein Schreck, keine ernste Gefahr.«

»Meine Hände zittern«, sagte Klapmütz.

»Nun ist es aber gut«, erwiderte Valten. »Du bist Pirat, kein Waschweib. Bei jedem Gefecht bist du in größerer Gefahr als eben.«

Auch wenn das Klapmütz einleuchtete, so brauchte er doch noch geraume Zeit, bis das Zittern der Glieder nachließ. Offenbar fürchtete er die Folter mehr als den Tod im Gefecht. Valten holte etwas Wasser, und sie nahmen das armselige Frühstück zu sich; auch Klapmütz langte schließlich zu.

»Hast du eigentlich gesehen, wer Schotte erstochen hat?« fragte Valten.

»Nein.«

»Aber ihr habt doch direkt nebeneinandergelegen!«

»Ich habe nichts gesehen. Ich war starr vor Schreck.« Klapmütz strich sich mit beiden Händen durch die Haare, die nach dieser Nacht des Schreckens viel grauer aussahen als zuvor.

»Schade. Ihr wart doch in den letzten Tagen immer zusammen, Schotte und du, oder?«

»Das weißt du doch. Wir waren Tag und Nacht zusammen.«

»Eben. Ist dir da etwas an ihm aufgefallen?«

»An Schotte? Er war wie immer. Ist dir etwas aufgefallen?«

»Nein«, gab Valten zu. »Wie hast du eigentlich zu Weber und den anderen beiden gestanden, die mit ihm gestorben sind?«

Klapmütz schlang ein großes Stück Fladen herunter und spülte mit Wasser nach. »Gut«, sagte er dann. »Wir waren Kameraden auf dem gleichen Schiff, das weißt du ja. Alle sagen, die drei sind die Mörder, aber das kann ich nicht glauben.«

»Und wie stand Schotte zu den dreien?«

»Schotte? Der hielt sich für was Besonderes. Er hatte wenig Freunde an Bord. Nur im Kampf war er vorneweg, sonst hielt er sich abseits.« Klapmütz strich etwas ranzige Butter auf den Fladen und biß davon ab.

»Als ihr meine Leibwächter wurdet, da wart ihr die meiste Zeit bei mir, aber manchmal war ich auch nicht dabei«, sagte Valten. »Hat Schotte in der Zeit einmal mit einem von den dreien gesprochen?«

»Nein. Kein Wort. Wir sind uns nicht mal von nahem begegnet. Doch, als du sie vernommen hast, aber dabei hast nur du gesprochen.«

»Was glaubst du, warum Schotte mich umbringen wollte?«

»Das kann ich mir nicht denken.«

»Hat Schotte überhaupt mal mit jemandem gesprochen, als ich nicht dabei war?«

»Ja.«

»Ach so?« Valten legte den Fladen, von dem er gerade abbeißen wollte, auf den schmalen Tisch und sah Klapmütz gespannt an. »Mit wem?«

»Das weiß ich nicht.«

»Nun laß dir doch nicht jedes Wort aus der Nase ziehen. Erzähl mal.«

»Es war gestern, als du bei den französischen Frauen im Haus warst. Wir standen vor der Tür und haben gewartet. Das heißt, ich habe auf dem Boden gesessen. Schotte lief auf und ab. Plötzlich winkte ihm jemand zu. Ich habe nicht gesehen, wer es war, er stand hinter einer Hausecke. Nur die Hand kam vor, aber Schotte hat ihn wohl erkannt und ist hingegangen. Dann war auch er verschwunden.«

»Wie lange?«

»Ich habe keine Uhr. Ziemlich lange. Mir wurde schon langweilig, als er endlich zurückkehrte. Er setzte sich neben mich und sagte kein Wort. Das war auch langweilig.«

»Wie lange ist ziemlich lange? Kannst du das genauer beschreiben?«

»So lange, wie wir jetzt frühstücken. Oder noch länger.«

»Also zehn bis fünfzehn Minuten«, schätzte Valten.

»Wenn du es sagst.«

Mehr bekam er aus Klapmütz nicht heraus. Der Freibeuter hatte nichts gesehen, nichts gehört und sich über nichts Gedanken gemacht. Aber immerhin hatte er ihm einen wichtigen Hinweis auf die Existenz des Hintermannes geben können. Der hatte Schotte offenbar angeworben und dafür eine Viertelstunde gebraucht. Wodurch ließ sich ein Mann wie Schotte verlocken? Der war nicht dumm gewesen, ein brillanter Kämpfer mit der Aussicht, eines Tages selbst ein Kommando zu führen. Hypnose? fragte sich Valten. Er hatte geglaubt, über Menschenkenntnis zu verfügen. Verrat, so hatte er gedacht, gehöre nicht zu den Möglichkeiten von Schotte. Der war übermäßig ehrgeizig, doch dabei auch redlich. Diesen Irrtum hätte er fast mit dem Leben bezahlt. Es war ein Segen, daß er in der Nacht nicht geschlafen hatte und mit den Gedanken bei Marie und Madeleine gewesen war. Durch ihre bloße Existenz hatten die Frauen ihm das Leben gerettet. Das mußte er ihnen noch sagen, ehe er abreiste. An seinen Plänen hatte sich durch den Anschlag jedenfalls nichts geändert.

Valten betrachtete seinen Leibwächter genau. Eine traurige Gestalt in papageienbunter Kleidung mit lächerlich schiefer Nase und einem verwilderten Vollbart.

»Wann hast du dich eigentlich das letzte Mal rasiert?« fragte Valten.

»Rasiert?« fragte Klapmütz erstaunt. »Noch nie! Ein Mann rasiert sich nicht!«

»Aber der Bart reicht nicht bis zur Erde, also hast du wenigstens schon mal ein Messer angelegt.«

»Einmal im Jahr«, sagte Klapmütz.

»Heute ist der Tag dafür gekommen«, sagte Valten.

»Das Jahr ist erst im Sommer um!«

»Du solltest etwas gepflegter aussehen«, beschied ihn Valten. »Sieh dir meinen Bart an!«

»Ja, du bist ja ein Arzt! Ich bin bloß Matrose. So etwas brauche ich nicht!«

»Heute brauchst du es. Und zieh dir etwas anderes an. Einfache graue Kleidung.«

»Das ist doch schön«, sagte Klapmütz beleidigt und klopfte auf sein buntes Wams.

»Wunderschön«, log Valten, »aber du siehst nicht aus wie ein Fischer.«

»Bin ich auch nicht.«

»Wir werden uns beide als Fischer verkleiden«, sagte Valten. »Ich habe etwas vor, und du wirst mich dabei begleiten.«

»Verkleiden?« fragte Klapmütz. »Das klingt lustig. Dann bin ich wieder dein Leibwächter?«

»Das bist du immer gewesen!« versicherte ihm Valten.

Nach dem Frühstück schlenderte er hinüber zur Kapitänsversammlung. Zwar hatte er nichts mehr über seine Ermittlungen sagen wollen, doch nach dieser Nacht schien es ihm notwendig, noch einmal hinzugehen, auch wenn die Abreise sich dadurch verzögerte.

Zu seinem Erstaunen waren bereits alle versammelt. Die Unruhe hatte sie so früh hochgetrieben. Auch Corazón war da und ließ sich von Claen schildern, was in der Nacht vorgefallen war. Valten Went nahm seinen Platz ein, und wenig später eröffnete Claen die Beratung. Sofort wandte er sich an den Wundarzt.

»Gibt es etwas Neues?« fragte er ihn.

»Leider nicht«, sagte Valten.

»Es ist zum Wahnsinnigwerden!« sagte Claen. »Ich habe die ganze Nacht kein Auge zugetan! Schon wieder hat einer aus meiner Mannschaft versucht, einen von uns umzubringen. Ich verstehe das nicht und habe keine Erklärung dafür. Vielleicht tut ihnen die lange Ruhezeit vor unseren großen Ausfahrten nicht gut. Wenn ich es nicht besser wüßte, dann müßte ich glauben, daß ich der Hintermann bin. Dafür spricht, daß wirklich alle Mörder ausnahmslos aus meiner Mannschaft kamen. Ich weiß natürlich, daß ich ihnen nicht die Mordaufträge gegeben habe, aber ihr könnt das nicht wissen. Ich kann es keinem übelnehmen, wenn er jetzt mich verdächtigt. Nur eines spricht dagegen, und ich bitte euch, das zu berücksichtigen, ehe ihr euch ein Urteil über mich bildet. Diese Republik auf der Insel ist mein Lebenswerk. Ihr wißt alle, daß sie ohne mich nicht zustande gekommen wäre. Ihr wißt alle, wieviel ich dafür getan habe und noch tue. Und der Mörder zerstört mein Lebenswerk. Der erste Kapitän hat uns schon verlassen. Wir sind nicht stärker geworden, sondern schwächer, auch dadurch, daß wir vier gute Kapitäne verloren haben, mit Mantigao sogar fünf. Damit will ich nichts gegen die neuen Kapitäne gesagt haben. Ihr werdet euch bewähren, dessen bin ich sicher. Aber auch ihr werdet mir zustimmen, daß der Tod eurer Kapitäne ein Verlust für uns alle ist.«

»Niemand fällt hier ein Urteil über dich, Claen«, beruhigte ihn Stoeff. »Wir wissen, was wir an dir haben.«

»So ist es«, sagte Valten. »Wie gestern vereinbart, werde ich nichts weiter über meine Ermittlungen sagen, aber einiges gibt es doch zu besprechen. Der Mordanschlag von heute nacht hat mich in meinem Weg bestärkt. Offenbar bin ich dem Mörder näher gekommen, als ich selber weiß, sonst hätte er mich nicht ausschalten wollen. Vielleicht war ich gestern doch zu redselig. Ich sage euch also nicht, was ich zu tun gedenke, aber ich komme dennoch nicht ohne eure Hilfe aus. Nach Schottes Tod brauche ich einen neuen Leibwächter.«

Corazón, der endlich einmal alles verstanden hatte, meldete sich als erster. »Du brauchst eine sehr gute Mann«, sagte er. »Nimm meine Fechtermeister de la Cruz.«

»Danke.« Valten grinste. »Henri de Marcillac, der ihn überwunden hat, wäre dann allerdings noch geeigneter. – Das war ein Scherz«, sagte er in die Runde. »Ich ziehe ja nicht in ein Gefecht. Der eine ist im Augenblick sowenig geeignet wie der andere. Ich brauche jemanden, der die Sprache dieser Gegend ohne ausländischen Akzent spricht, am besten jemand, der hier von der Küste stammt, also einen Deutschen oder einen Niederländer. Und wenn er noch ein wenig Ahnung vom Navigieren hat, dann wäre es perfekt.«

»Wie wäre es mit meinem Goliath!« schlug Stoff vor.

»Kann er navigieren?«

»Das nun gerade nicht. Wofür ist das nötig?«

»Das erfahrt ihr hinterher«, sagte Valten. »Der Goliath ist zu auffällig.«

»Mein Steuermann ist Ostfriese«, sagte Pelsaert. »Er kann so gut navigieren wie zuschlagen, aber ich kann ihn nur eine Woche entbehren. Dann fahren wir bald aus, und dafür brauche ich ihn.«

»In einer Woche ist alles vorbei«, sagte Valten Went. »Dann sitzt der Mörder gebunden vor uns, oder ich bekenne, daß ich unfähig war, ihn zu fassen.«

»Das wollen wir nicht hoffen«, widersprach Claen mit grollender Stimme. »Ich verlange, daß du mir den Mörder herbeischaffst, sonst denkt am Ende doch noch jemand, daß ich es bin!«

»Ich tue, was ich kann«, versprach Valten.

»Brauchst du nur einen Leibwächter?« fragte Claen.

»Ich habe ja noch Klapmütz.«

»Was?« fragte Murdock entgeistert. »Sollte dem nicht heute fruh gefoltern werden?«

»Wozu denn das!« sagte Valten. »Schotte war der Mörder, Klapmütz hat ihn aufgehalten, das ist doch klar! Ich vertraue

Klapmütz. Und übrigens ist es seine Unschuld, die beweist, daß eben nicht die ganze Mannschaft von Claen hinter den Anschlägen steckt. Den meisten kann man nach wie vor vertrauen. Schließlich gehöre auch ich zur Mannschaft von Kapitän Claen, und ich bin ebenfalls unschuldig an den Morden und weiß nichts davon außer dem, was ich darüber herausbekommen habe.«

»Aber ein bißchen folteren!« maulte Murdock.

»Vielleicht kannst du ja in der nächsten Woche den wirklichen Täter foltern«, tröstete ihn Valten. »Nur zum Vergnügen.«

Murdock wirkte enttäuscht, aber er schwieg.

»Eines noch«, sagte Valten. »Bleibt wachsam, wenn ich nicht hier bin. Laßt euch und das Lager weiterhin bewachen. Ich denke zwar, daß es vorbei ist, aber Vorsicht hat noch nie geschadet. Außerordentliche Zeiten erfordern außerordentliche Maßnahmen. Unser Traum von der unbegrenzten Freiheit ist durch die Anschläge jäh und brutal zerstört worden. Wir können nicht mehr so unschuldig wie bisher durch das Lager schlendern, wenn hinter jeder Hausecke ein Mörder und Attentäter lauern kann. Also verstärkt die Wachen eher noch. Vielleicht können wir uns die Freiheit ja zurückerobern, da bin ich guter Hoffnung, aber noch ist es nicht soweit.«

»Es ist so traurig«, sagte Claen, »aber du hast recht, Valten Went. Wir werden auf uns aufpassen. Ich lasse mir meinen Lebenstraum nicht so einfach zerstören von einem wild gewordenen Attentäter!«

»Da fällt mir noch ein«, sagte Valten, »wir haben, soweit ich weiß, eine Gemeinschaftskasse, aus der Ausgaben für das ganze Lager bestritten werden. Die Rinder zum Beispiel, die wir vor ein paar Tagen am Spieß gedreht haben. Meine Ermittlungen sind auch im Interesse des gesamten Lagers. Ich brauche ein paar Taler für meine Reise.«

»Was ist das nur für eine geheimnisvolle Reise?« fragte Stoeff. »Die Morde sind hier geschehen, der Mörder sitzt unter uns, davon hast du uns selbst überzeugt. Du willst dich doch nicht etwa absetzen?«

»Würde ich dann meine Leibwächter mitnehmen?« fragte Valten.

»Unwahrscheinlich«, gab Stoeff zu.

»Ich will den Mörder fassen, das könnt ihr mir glauben«, sagte Valten. »Und nicht erst, seit ich eine persönliche Rechnung mit ihm zu begleichen habe, nicht erst seit dem Anschlag auf mich. Ich sehe es ebenso wie mein Kapitän. Wir haben hier in einer Art und Weise zusammengelebt, wie sie selten ist auf der Welt. Und der Mörder hat unsere Gemeinschaft ernstlich gefährdet, vielleicht sogar zerstört. Das nehme ich ihm übel. Das ist meine persönliche Rechnung, die ich mit ihm begleichen will.«

»Bewilligt!« sagte Claen. »Wieviel Taler brauchst du?«

»Nicht viel«, sagte Valten. »Vielleicht zwanzig.«

»Nimm vierzig«, sagte Claen großzügig.

Die gutgefüllte Gemeinschaftskasse, in die nach jedem Raub fünf Anteile eingezahlt wurden, befand sich in Claens Haus. Das Geld wurde ihm sofort übergeben, und Valten verabschiedete sich von den Kapitänen. Nur Pelsaert begleitete ihn, die anderen blieben am großen Eichentisch sitzen.

Pelsaert fand seinen Steuermann bei der Arbeit. Er sägte Stämme zu Brettern, denn nichts brauchten sie so notwendig wie Hütten zum Wohnen. Seit den Anschlägen allerdings wurden die Arbeiten ohne sonderlichen Elan verrichtet, denn niemand wußte, ob das Lager überhaupt noch eine Zukunft besaß. Immerhin arbeiteten alle, auch die Niederländer, die noch am ehesten an Aufbruch dachten.

»Hoorn«, sagte Pelsaert zu seinem Steuermann, »Du hast einen Sonderauftrag. Eine Woche lang wirst du den Ermittler Valten Went bei seiner Arbeit unterstützen.«

Hoorn ließ sofort die Säge fallen. »Warum gerade ich?« fragte er.

»Weil ich deine besonderen Fähigkeiten brauche«, erklärte Valten.

»Was für Fähigkeiten habe ich denn?« fragte Hoorn erstaunt.

»Du sprichst den Dialekt dieser Küste, du bist stark, und du kannst navigieren.«

»Kann ich«, sagte Hoorn. »Wenn das alles ist ...«

Pelsaert wünschte Valten Glück bei den Ermittlungen und verschwand wieder zum Haus von Claen. Valten musterte seinen neuen Leibwächter. Ein kräftiger blonder Mann von knapp dreißig Jahren. Für die Arbeit hatte er die einfachste Kleidung angelegt. Perfekt. Nur die Sägespäne müßte er herausklopfen. Der Bart war auch in Ordnung, nicht zu verwildert, aber auch nicht übermäßig gepflegt. Der Mann sah aus wie ein Fischer, und das sollte er auch. Valten zog ihn mit sich, um Abstand zu den anderen Arbeitern zu gewinnen.

»Hör zu«, sagte Valten, »was wir vorhaben, ist geheim. Sprich mit niemandem darüber, wirklich mit niemandem, auch nicht mit deinem Kapitän. Du weißt, daß es heute nacht einen Mordanschlag auf mich gab. Der Mörder kann überall sein, und es könnte jeder sein. Wir wissen nicht, wer das belauscht, also reden wir nur untereinander über den Fall. Ich würde dir unser Ziel erst unterwegs mitteilen, aber vielleicht mußt du dich vorbereiten. Karten studieren, was weiß ich, von Navigation verstehe ich nichts, ich bin Arzt, kein Seemann. Wir wollen nach Hamburg segeln. Bereite alles vor, was du dafür brauchst. Und falls du eine Karte studieren mußt, dann laß dich dabei von niemandem sehen. Wie lange werden wir unterwegs sein?«

»Kommt auf das Boot und auf den Wind an«, sagte Hoorn.

»Wir nehmen ein Fischerboot. Über den Wind weiß ich nichts.«

Hoorn blickte auf die Bucht hinaus. Die Wellen waren nicht hoch, doch hatten sie kleine Schaumkämme.

»Einen Tag, höchstens zwei«, schätzte er.

»Pro Strecke? Dann bereiten wir uns auf fünf Tage vor.«

Klapmütz kam herbeigelaufen. Er war kaum wiederzuerkennen. Die Kleidung war einfach und grau, wie sein Meister es gewünscht hatte. Und der Bart sah für seine Verhältnisse geradezu unverschämt gepflegt aus. Nur seine Nase war so schief wie immer.

»Gut so!« sagte Valten. »Nur eines ist überflüssig. Das da.« Er deutete darauf.

»Was?« Klapmütz verstand ihn nicht.

»An deinem Gürtel.«

»Da ist nichts«, sagte Klapmütz und blickte verwundert an sich herunter.

Valten legte den Finger darauf.

»Das Entermesser?« fragte Klapmütz. »Aber das brauche ich doch. Wie soll ich dich sonst beschützen?«

»Hast du schon mal einen Fischer mit einem Entermesser gesehen?«

»Ich bin kein Fischer.«

»Doch«, sagte Valten. »Heute bist du ein Fischer.«

Er stellte ihm Hoorn als seinen neuen Leibwächter vor und trug Klapmütz dann auf, Nahrung und Getränke für fünf Tage zu besorgen. Hoorn hatte etwas anderes zu tun, und was machte Valten?

»Ich weiß schon«, Klapmütz grinste sehr anzüglich, »du verhörst wieder die beiden jungen Damen.«

»Man gönnt sich ja sonst nichts«, sagte Valten. »Wir treffen uns in einer halben Stunde. Und zu keinem ein Wort«, schärfte er insbesondere Hoorn ein; Klapmütz wußte ja ohnehin nichts.

Ja, der einfache Mann hatte ihn durchschaut, Valten machte noch eine kurze Abschiedsvisite bei den Französinnen. Madeleine war nicht mehr so apathisch wie am Vortag, sie schenkte ihm ein scheues Lächeln zur Begrüßung, und Marie strahlte ihn sogar an.

»Schön, daß Sie noch einmal vorbeischauen vor Ihrer Reise«,

sagte Madeleine. »Was war das heute nacht für ein Lärm? Ich habe Ihre Stimme erkannt. Sie haben um Hilfe geschrien!«

»Es gab einen Mordanschlag auf mich«, sagte Valten. Kurz erzählte er von der überstandenen Gefahr. Und war so kühn, hinzuzufügen, daß ihm der Gedanke an die beiden Damen den Schlaf geraubt hatte und sie somit indirekt seine Rettung bewirkt hatten.

Marie errötete, Madeleine hingegen nahm es als Selbstverständlichkeit hin. Wahrscheinlich war sie es gewöhnt, daß Männer ihretwegen um den Schlaf kamen.

»Das ist ja furchtbar«, sagte Marie. »Ist Ihnen wirklich nichts passiert?«

»Absolut nichts«, antwortete Valten. »Mir geht es gut. Ich werde den Fall in den nächsten Tagen lösen, und dann werde ich einen Weg finden, Ihre Lage zu erleichtern.«

»Man kann unsere Lage nicht erleichtern«, sagte Madeleine, »das habe ich Ihnen doch schon einmal gesagt. Gefangenschaft ist nicht leicht. Erleichterung heißt, uns zu befreien.«

»Das weiß ich.« Valten stand aufrecht neben dem Faßtisch, auf dem wieder die beiden unvermeidlichen Kerzen blakten; für seinen Kurzbesuch brauche er keinen Sitz, hatte er gesagt. Er richtete sich zu voller Größe auf, legte eine Hand auf das Herz und verneigte sich dann leicht. »Ich werde eine Lösung finden, das verspreche ich Ihnen.«

Sie tauschten noch ein paar Floskeln aus. Valten mochte sich, solange er keinen Plan hatte, einfach nicht konkret über die Befreiung der Damen äußern, also mußte er ausweichen, ohne ihre Hoffnungen zu zerstören. Sie nahmen es ihm nicht übel. Unkonkrete Hoffnung war allemal besser als konkrete Hoffnungslosigkeit.

»Und was wird mit meinem Bruder?« fragte Madeleine.

»Ich werde Henri nicht vergessen«, sagte Valten. »Ich hoffe, die nächsten Tage verlaufen friedlich. Leider kann ich mich fünf Tage lang überhaupt nicht um Sie kümmern. Sie werden mir fehlen.«

»Sie werden uns auch fehlen«, sagte Marie und errötete wieder.

Madeleine betrachtete ihre Dienstmagd ein wenig belustigt; eine solche Äußerung stand ihr nicht zu. Dann lächelte sie und sagte: »Das stimmt. Kehren Sie gesund wieder. Und so schnell wie möglich!«

»Das werde ich«, versprach Valten Went.

12

Es war Montagmorgen, und der Rat der Hansestadt Hamburg war zu seiner üblichen Beratung zusammengekommen. Die zehn gutgekleideten, stattlichen Herren saßen auf den hochlehnigen, harten Stühlen am schweren Eichentisch, vor sich die unvermeidlichen silbernen Becher mit Weißwein. Die Gesichter waren ernst, denn ihr Bürgermeister, der alte Albrecht Geverdes, hatte Post aus Lübeck bekommen, und die verlas er nun. Geverdes war ein guter Redner, aber ein schlechter Vorleser. Er holperte von Wort zu Wort, und der ernste Inhalt des Briefes klang dadurch ein wenig lächerlich. »Das eigennützige Unterfangen, die Stadt und ihren Hafen fremden Kaufleuten zu öffnen, führt zu der ganzen hansischen Commune Zertrennung und verhilft dem heiligen Reiche zu unleidlichem Abbruch und Schaden …« Das war der Tenor der Botschaft. Geverdes verlas sie in voller Länge und stolperte dabei immer wieder über die gewundenen Formulierungen. Er hielt sich den Brief dicht vor die Augen, sein Gesicht war nicht zu erkennen. Erst als er das Blatt sinken ließ, bemerkte Hinrik Bersing, daß er lächelte.

»Woher wissen die Lübecker das?« fragte der dicke Barckhan erregt. »Es war erst ein Engländer hier, seit wir den Hafen geöffnet haben. Das können sie noch gar nicht wissen.«

»Die Lübecker haben ihre Informanten«, erwiderte Geverdes, »und wir haben es ja nicht direkt geheimgehalten. In vierzehn Tagen erwarten wir Schiffe aus England und den Niederlanden, da hätten sie es ohnehin mitbekommen. Was schadet es, wenn sie es zwei Wochen früher bemerkt haben?«

»Der Ton ist ziemlich bestimmt!« warnte Barckhan. »Sollten wir nicht doch noch einmal darüber nachdenken? Sonst werden wir am Ende zu den Totengräbern der Hanse!«

»Nur keine Aufregung, Barckhan«, sagte Geverdes. »Haben Sie genau zugehört? Welche Sanktionen wurden uns angedroht?«

»Wir richten unleidlichen Schaden an, haben sie geschrieben.«

»Das sind nur Worte, Barckhan«, sagte Geverdes. »Zugegeben, starke Worte, herbe Kritik, das ja, aber keine Drohungen. Es gibt nämlich keine Sanktionen. Sie haben ihr gesamtes Pulver mit diesem Brief verschossen, und sehr viel Pulver hatten sie offenbar nicht. Ich betrachte diesen Brief als Sieg für uns. Daß die Lübecker protestieren, hatten wir vorher gewußt, daß sie lasch protestieren, hatten wir gehofft, aber daß sie so zahnlos schimpfen, übertrifft meine kühnsten Erwartungen. Und ob wir tatsächlich die Totengräber der Hanse werden, muß sich erst noch herausstellen. Vielleicht ist es ja eher so, daß von uns neue Impulse ausgehen und die Hanse eines Tages durch uns mächtiger wird, und vielleicht sehen das schließlich sogar die Lübecker ein!«

»Richtig!« sagte Hinrik Bersing. »Und genau das sollten wir ihnen schreiben. Eine Antwort müssen wir ihnen schon geben, das gebietet die Höflichkeit. Wir sollten schreiben, daß wir die Bedenken mit gebührender Ernsthaftigkeit zur Kenntnis genommen und gründlich erwogen haben. An unserem Entschluß ändere sich gleichwohl nichts. Die wirtschaftliche und politische Entwicklung des Nord- und Ostseeraumes sowie die Veränderungen, die es weltweit durch den Handel mit den alten und neuen Kolonien gibt, erfordern ein Überdenken der alten hansischen Positionen. Was den Handel stärken sollte, ist zu einem Hindernis geworden. Wir richten uns nicht gegen die Hanse, sondern wir eröffnen ihr neue Perspektiven. Wir empfehlen statt dessen den Lübeckern und auch unseren anderen hochgeschätzten Partnern im Bund der Hanse, über die Lockerung der selbst auferlegten Beschränkungen nachzudenken, die aus längst vergangenen Jahrhunderten stammen. Wir leben im 17. Jahrhundert. Die Zeit des freien, uneingeschränkten Welthandels ist angebrochen, und wir müssen unsere langerprobte Stärke nutzen, um uns gemeinsam den Herausforderungen der neuen Zeit zu stellen.«

»Großartig, Bersing!« lobte Geverdes. »Wie Sie das aus dem Ärmel schütteln ... Setzen Sie das Schreiben auf?«

»Aber gern!«

»Sind wir uns einig?« fragte Geverdes in die Runde. Die Räte nickten. Auch Barckhan, dem unwohl bei der Angelegenheit war, signalisierte sein Einverständnis.

»Gut so. Mehr ist dazu auch nicht zu sagen«, bemerkte Geverdes abfällig und legte das Blatt achtlos beiseite. »Kommen wir zu den wirklich ernsten Fragen. In vierzehn Tagen, spätestens aber in einem Monat werden in unserem Hafen viele Schiffe aus Ländern liegen, die wir hier schon lange nicht mehr gesehen haben, und sie werden Waren mit sich führen, die wir mindestens zwischenlagern müssen. Aber der neue Speicher, den wir gemeinschaftlich nutzen werden, ist erst im Herbst fertiggestellt, und das wird sich kaum beschleunigen lassen. Haben Sie über Lösungen nachgedacht, mein geschätzten Herren?«

Das hatten die Ratsmänner in der Tat; fast jeder hatte inzwischen durch Umschichtung der Waren in den eigenen Speichern Platz geschaffen, und zudem standen die eigenen Ausfahrten bevor, die Schiffe wurden bereits beladen, auch dadurch wurde Platz geschaffen. Bis zum Herbst werde man mit dem auskommen, was vorhanden sei.

Als auch dies zur Zufriedenheit aller geklärt war, brachte Barckhan wieder einmal seine Klagen bezüglich der Piraterie vor. Was war aus Bersings genialem Plan geworden, den er im vergangenen Herbst vorgetragen hatte?

»Es geht seinen Gang«, versicherte Bersing und nickte heftig mit dem Kopf, daß die blonden Locken flogen. »Daß ich Kontakt mit den Anführern hatte, habe ich hier bereits berichtet. Auch, daß sie sehr günstig reagierten. Die definitive Antwort steht noch aus, doch ich bin sicher, daß sie positiv ausfallen wird. Dafür habe ich gesorgt. Ein wenig Geduld, Barckhan. Die Wege sind weit, vielleicht liegen sie ja doch nicht so dicht vor unseren Toren, wie wir angenommen haben. Ich bin sicher, daß wir in den nächsten Tagen von ihnen hören werden. Und übrigens: In diesem Jahr ist, soweit wir wissen, noch keines unserer Schiffe überfallen worden.«

»Es sind ja auch erst drei ausgefahren«, sagte Barckhan.

»Sehen wir es positiv«, schlug Bersing vor. »Die Übermacht der Piraten wäre spielend mit den drei Schiffen fertig geworden, selbst wenn sie gemeinsam ausgefahren wären, was nicht der Fall war. Ich denke, sie halten sich schon jetzt an die Vereinbarung.«

»Das ist zu schön, um wahr zu sein«, murrte Barckhan.

»Ich sage Ihnen« – Bersing schlug mit der Faust auf den Tisch –, »das Jahr 1611 wird unser Jahr sein. Uns wird alles glücken, was wir uns vorgenommen haben. Es wird ein schönes Jahr! Sorgen wir gemeinsam dafür, daß es wahr wird.«

»Gutes Schlußwort«, sagte Geverdes und klopfte Beifall auf den Tisch. »Ich denke, das war es für heute. Oder gibt es noch etwas?«

»Die Hinrichtung der Kindsmörderin«, erinnerte ihn der Rat Kahlow.

»Ach, Kahlow!« sagte Geverdes in komischer Verzweiflung, »jetzt haben Sie mich aus der schönen Stimmung gebracht. Müssen wir uns denn mit jedem Kleinkram befassen?«

»Das ist so üblich«, sagte Kahlow. »Wir müssen den Hinrichtungsbefehl bestätigen.«

»Na, dann machen wir das doch! Wer ist dafür?«

Alle Hände hoben sich.

»Danke. Die Gerechtigkeit möge ihren Lauf nehmen. Bis zum nächsten Montag, meine Herren!«

Sie stießen mit den silbernen Bechern an, tranken sich zu, und dann löste sich die Versammlung langsam auf. Hinrik Bersing hatte nur einen kurzen Weg zurückzulegen, er wohnte in einem der Nachbargebäude des Rathauses. Der Platz und die Straße davor waren mit großen runden Steinen gepflastert; man lebte und wohnte schließlich nicht irgendwo. Das Haus hatte, das Erdgeschoß mitgerechnet, drei Stockwerke und war aus rötlichgrauem Stein solide errichtet. Eines der schönsten Bürgerhäuser der Stadt, meinte nicht nur Bersing selber. Vor seiner Tür stand ein junger Mann und betätigte den Klopfer. Seiner Kleidung nach kein Bote oder Lieferant, sondern jemand, der zu ihm wollte.

»Sie wünschen?« sprach er ihn von hinten an.

Der junge Mann fuhr herum. »Sind Sie der Ratsherr Hinrik Bersing?« fragte er.

»Das bin ich. Was führt Sie zu mir?«

»Mein Name ist Valten Went«, sagte der junge Mann. »Ich hätte etwas Wichtiges mit Ihnen zu besprechen. Es dauert nicht lange. Ich wäre Ihnen sehr verbunden, wenn Sie mir ein paar Minuten Ihrer kostbaren Zeit einräumen würden.«

Ein Diener öffnete die Tür. Als er seinen Herrn erkannte, öffnete er sie noch weiter, trat zur Seite und verneigte sich leicht.

Bersing blieb jedoch stehen und betrachtete den jungen Mann sehr genau. Er mochte Ende Zwanzig sein. Groß war er, schlank, sehr gepflegt, mit sauberer Kleidung aus kostbaren dunklen Tuchen. Er trug einen hohen Hut mit weißer Feder. Der Bart war sorgfältig gestutzt. Über den flachen Bauch spannte sich eine silberne Kette für die modische Taschenuhr. Irgendwie sah er so ähnlich aus wie Bersing. Ein Kaufmann, vermutete der Ratsherr. Das Gesicht war ernst. Es scheint sich um ein seriöses Anliegen zu handeln, entschied er.

»Bitte folgen Sie mir«, sagte er und betrat sein Haus. Valten

Went blickte sich noch einmal um. Nichts Verdächtiges, der Ratsmann hatte keine Constabler im Schlepp. Also betrat auch er das Haus, und der Diener schloß die Tür hinter ihm.

Vor zwei Tagen waren Valten, Hoorn und Klapmütz über die Insel zum Dorf der Bauern und Fischer gewandert. Dort war es ihm ohne Schwierigkeiten gelungen, einen der Fischer zu überreden, ihm für ein paar Tage sein Boot zu vermieten. Valten bot ihm einen Taler, der Fischer steigerte auf zwei und war völlig überrascht, daß Valten diese für den Fischer ungewöhnlich große Summe sofort bezahlte. Er fühlte sich reich und glücklich, und auch Valten war zufrieden. Das Boot war geräumig und hatte ein mehrfach geflicktes, aber festes Segel. Es war Mittagszeit, der Fischer lud sie zum Essen, und sie nahmen dankbar an, denn im Lager hatten sie nur ihr karges Frühstück gehabt. Sofort danach brachen sie auf. Hoorn hatte einen Sextanten dabei, doch den brauchte er am Tage nicht. Hamburg sei nicht zu verfehlen, hatte er gesagt. Der Wind stand günstig, sie brauchten kaum zu kreuzen und kamen gut voran. Auch in der Nacht waren sie gesegelt, Hoorn hatte die Wache übernommen, während Klapmütz und Valten schliefen. Zwar war es kalt, trotz der reichlich mitgeführten Decken und Planen, und die durch Netze nur unzulänglich gepolsterten Planken waren hart, dennoch meinte Valten am Morgen, schon lange nicht mehr so gut geschlafen zu haben.

Hoorn zeigte den beiden, wie sie nach dem Stand der Sonne ihren ungefähren Kurs auszurichten hatten, dann legte er sich schlafen. Noch vor dem Mittag erreichten sie die Elbmündung und weckten Hoorn. Der Flußfahrt fühlten sich weder Valten noch Klapmütz gewachsen. Es dauerte dann doch noch bis zum Abend, ehe sie endlich Hamburg erreichten. Die Dämmerung senkte sich bereits über die Stadt. Die Sperranlagen im Wasser durchsegelten sie mühelos; sie waren nicht für so kleine Boote gedacht, sondern für große Handels- und Kriegsschiffe. Es geschah, wie Valten es vorausgesehen hatte. Niemand beachtete die drei Fischer in ihrem ärmlichen Boot. Sie suchten sich einen Platz, an dem andere Fischerboote lagen, und legten dort an. Es mochte etwas ungewöhnlich sein, daß Fischer am Tag des Herrn ausgefahren waren, doch ließ sich weder Hafenmeister noch Constabler blicken. Sie aßen in aller Ruhe das mitgebrachte Pökelfleisch und gaben, als aus dem Nachbarboot unvermutet ein Kopf auftauchte, auch dem einheimischen Fischer etwas davon ab. Der Fischer kam in ihr Boot geklettert und unterhielt sie mit Schnurren aus seinem Leben. Von ihrer Seite aus bestritt fast ausschließlich Hoorn die Unterhaltung, da er der einzige war, der etwas über Fischfang wußte. Als es dunkel geworden war, verabschiedete sich ihr Gast, und sie legten sich schlafen. Am Morgen gewährte Valten seinen Leibwächtern einen Landgang. Er brauchte sie erst wieder bei der Rückfahrt. Sollten sie sich die Stadt ansehen, das war sicher eine angenehme Abwechslung für sie. Gegen Mittag wollte er sie treffen, doch sollten sie sich keine Sorgen machen, wenn er noch nicht zur Stelle sei. Er habe mit einem sehr wichtigen Mann ein Gespräch zu führen, und wichtige Männer hätten nicht immer sofort Zeit für Fremde.

Noch immer scherte sich niemand um die drei Fischer. Klapmütz und Hoorn zogen gemeinsam davon, und Valten suchte sich eine dunkle Ecke in einem verlassenen Speicher, um sich umzukleiden. Einem Fischer würde Ratsherr Bersing gewiß keine Audienz gewähren. Er legte also die beste Kleidung an, die ihm je als Beute zugefallen war, und dann machte er sich auf den Weg. Er erfragte, wo Bersing wohnte: nahe beim Rathaus, die erste Straße links, die zweite rechts, dann immer geradeaus, gar nicht zu verfehlen. Auf dem Platz erfragte er noch einmal das Haus, dann klopfte er entschlossen an. Der Herr Rat sei in einer Sitzung und werde frühestens gegen Mittag hier erscheinen, bedeutete ihm der Diener. Ob der Herr im Hause auf den Kaufherrn warten wolle? Nein, danke, er komme später zurück.

Nun hatte Valten also auch Zeit, die Stadt zu besichtigen. Sie erinnerte ihn sehr an seine Heimatstadt Lübeck. Zum ersten Mal seit langem bedauerte er es, auf der kargen Insel zu hausen. Das hier war denn doch eine andere Art von Leben. Geschäftige Männer eilten an ihm vorbei. Gelassenen Schrittes kamen gutgekleidete Frauen die Straßen entlang; einige musterten den gutaussehenden Fremden mit kaum verhohlenem Interesse. Es waren durchaus attraktive Erscheinungen dabei, doch keine war so schön wie Marie und Madeleine, dachte er. Aber daß es hier überhaupt Frauen gab und daß sie sich ganz selbstverständlich in der Öffentlichkeit bewegten, erschien ihm nach drei Jahren in einer Männergesellschaft als etwas Besonderes.

Er geriet auf den Markt, ließ sich zwischen den Ständen durch die Menge treiben. Zwar war er in Gedanken verloren, doch bemerkte er die sanfte Berührung einer Hand und fuhr herum. Vor ihm stand ein abgerissener Kerl und bekam die Hand nicht schnell genug unter Valtens Wams hervor. Valten packte zu. Der Kerl riß sich los, Valten packte ihn erneut. Zwar war er kräftig, sicher kräftiger als der Taschendieb, aber er war kein Kämpfer. Vielleicht wäre ihm der Mann entkommen, doch da standen auf einmal Klapmütz und Hoorn neben ihm und überwältigten den Dieb. Klapmütz wollte gerade Valtens noble Erscheinung bewundern, als auf einmal zwei Büttel auftauchten. Klapmütz zuckte zusammen, Hoorn ließ sich nichts anmerken, und Valten blieb gelassen. Er sei Valten Went, ein Wundarzt aus Lübeck auf der Durchreise, die beiden Männer neben ihm seine Diener, und dieser lumpige Kerl habe versucht, ihn zu bestehlen. Es gab keine Schwierigkeiten, die Büttel kannten den Taschendieb, er war nicht zum ersten Mal erwischt worden, und er leugnete es auch nicht. Da er sich in Freiheit nicht ernähren konnte, war es wohl besser für ihn, wenn die Stadt für ihn aufkam. Die Büttel entschuldigten sich bei dem noblen Durchreisenden für den schlechten Eindruck, den die schöne Stadt Hamburg auf ihn gemacht haben müsse, doch Leute wie dieser Lumpenhund seien hier selten. Sie zogen mit ihrem Gefangenen ab. Papierkram mußte nicht erledigt werden, und das war Valten mehr als recht. Er informierte seine Leibwächter, daß es länger dauern werde, legte den Nachmittag für das Treffen fest, dann ging jeder wieder seiner Wege.

Und jetzt saß Valten Went endlich dem Ratsmann Hinrik Bersing in dessen Arbeitszimmer gegenüber. An drei Wänden gab es große, dunkle Regale, in denen Papiere standen und lagen, auch einige sehr dicke Bücher waren dabei. Der Raum wurde von einem großen Tisch beherrscht, an dem der Kaufmann zu arbeiten pflegte. Auch darauf lagen Papiere in einem wohlgeordneten Stapel neben einem bauchigen Tintenfaß, in dem drei große Gänsefedern steckten. Auf dem Boden lag ein sehr großer, protzig-bunter Orientteppich. Hinter dem Tisch stand ein großer eichener Armstuhl, in dem Bersing thronte. Vor dem Tisch standen drei lederbespannte, weiche Stühle; auf einem davon saß Valten. Bersing bot ihm nichts zu essen oder zu trinken an. Er wartete ab, was der Fremde von ihm wollte.

»Meine Mission ist heikel«, begann Valten zögernd. »Ich bin Wundarzt. Auf einem Weg, den ich nicht näher nennen möchte, wie Sie verstehen werden, traten Männer mit mir in Verbindung, deren Gewerbe, nett formuliert, sehr anrüchig ist. Wie sie mich dazu brachten, Sie aufzusuchen, möchte ich ebenfalls nicht beschreiben; ich kann Ihnen nur versichern, daß es nicht angenehm für mich und meine Familie war.«

Genug abgesichert, Valten, komm endlich zur Sache, ermahnte er sich leise, obwohl Bersing immer noch sehr aufmerksam war, geradezu gespannt auf Valtens Eröffnungen.

»Sie haben den Piraten der Nordsee ein Angebot unterbreitet«, begann Valten Went.

»Absurd!« sagte Bersing schnell, ohne ihn ausreden zu lassen. »Ich bin Kaufmann. Piraten sind meine natürlichen Feinde. Für die habe ich nur ein einziges Angebot: daß sie freiwillig ihren Kopf auf den Richtblock legen und ihn sich abschlagen lassen. Da haben Ihre geheimnisvollen Besucher Ihnen aber einen gewaltigen Bären aufgebunden!«

»Ich verstehe«, sagte Valten. »Sie denken, ich sei der Vertreter einer Obrigkeit aus dem Deutschen Reich, und befürchten Schwierigkeiten. Mein Wort werden Sie mir nicht glauben. Wie kann ich Sie sonst davon überzeugen, daß ich von den Piraten komme?«

»Wenn Sie mich wirklich davon überzeugen, daß Sie von den Piraten kommen, werde ich meine Dienerschaft rufen und Sie ins Gefängnis werfen lassen.«

»Das glaube ich nicht«, sagte Valten und lächelte den Kaufmann offen an. »Ihr Vorschlag an die Piraten sichert Ihnen, sofern er angenommen wird, ungestörten Handel zu. Weshalb sollten Sie den durch übereilte Handlungen gefährden?«

»Was wollen Sie von mir, junger Mann?« fragte Bersing ungeduldig.

»Zunächst einmal Sie überzeugen. Vielleicht hilft es, wenn ich Namen nenne. Vor nicht ganz drei Wochen trafen Sie in einem nahegelegenen Weiler drei Abgesandte der Piraten. Es waren die Kapitäne Claen, Jarre und Corazón. Sie vereinbarten mit den Herren, daß diese künftig die hamburgischen Schiffe verschonen, und wollen ihnen zum Ausgleich für den Ausfall der Beute eine Entschädigung zahlen.«

Nun lächelte auch Bersing, ein wenig verkniffen, aber immerhin, er lächelte, und Valten atmete auf. Die erste Hürde war genommen.

»Sie scheinen echt zu sein, junger Mann. Wenn das allgemein bekannt wäre, würden sie nicht einen einzelnen Mann, sondern eine ganze Armee schicken. Corazón? Das war der Spanier. Mit dem habe ich nicht geredet.«

»Das ist auch schwer, er versteht unsere Sprache kaum«, sagte Valten.

»Nun« – Bersing lächelte breiter –, »Sie scheinen mit den Herren näher bekannt zu sein, als Ihre dramatische Einleitung vermuten ließ. Aber das schadet nichts. Was wollen denn meine künftigen Geschäftspartner?«

»Ihr Vorschlag wurde wohlwollend geprüft und fand breite Zustimmung im Rat der Kapitäne«, sagte Valten. »Nur über die Höhe Ihrer Zahlung sollten wir noch einmal sprechen.«

»Dachte ich es mir doch!« rief Bersing ärgerlich. »Die Herrschaften sind gierig geworden! Der Preis ist bereits verhandelt. Es wird keine Nachverhandlungen geben. Ob wir vier Schiffe verschenken oder uns vier Schiffe rauben lassen, macht letztlich keinen so großen Unterschied. Ich bin bis an die Grenze meiner finanziellen Möglichkeiten gegangen. Mehr Spielraum gibt es nicht! Das ist mein letztes Wort. Ich habe nämlich noch eine andere Option. Ich investiere das Geld in Kriegsschiffe und lasse die Piraten damit gnadenlos verfolgen. Das wird etwas teurer, aber wenn sie mehr verlangen, wird es ja auch teuer.«

»Kein Grund zur Beunruhigung«, beschwichtigte ihn Valten. »Ich habe ja nicht gesagt, daß sie mehr verlangen. Nur, daß wir über die Höhe der Zahlung sprechen sollten. Das haben wir getan.«

»Haben wir das?« fragte Bersing verwundert. Er überlegte, was er gerade gesagt hatte, dann fiel es ihm auf. »Stimmt, das haben wir. Und langsam verstehe ich. Sie kommen nicht von Claen und Jarre, sondern von den anderen Kapitänen. Nun, wenn die beiden Herren Ihnen etwas anderes gesagt haben über unsere Zahlung, dann ist das deren Sache. Wie Sie die leichte Beute unter sich aufteilen, geht mich nichts an. Mein Angebot steht. Wann darf ich mit einer Antwort rechnen?«

»Noch in dieser Woche«, sagte Valten. »Und ich kann Ihnen jetzt schon sagen, daß der Beschluß einstimmig ausgefallen ist. Die Freibeuter der Nordsee werden kein Hamburger Schiff mehr überfallen. Was es für Unstimmigkeiten zwischen den Kapitänen geben mag, werden diese unter sich regeln. Ich kann Ihnen versichern, daß es keine Auswirkungen auf Ihren Vertrag haben wird. Hamburgs Flotte ist sicher!«

»Freut mich, das zu hören«, sagte Bersing kalt. »War es das?«

»Ja«, sagte Valten. »Ich habe meinen Auftrag erfüllt. Mir bleibt nur noch, Ihnen einen schönen Tag zu wünschen.«

»Sie sind ein gescheiter Bursche, Valten Went«, sagte Bersing. »Wie Sie mich mit wenigen Sätzen dazu gebracht haben, daß ich mich verplaudere, das kann ich nur bewundern. Jemanden wie Sie könnte ich gebrauchen. Glauben Sie, daß Sie bei den Piraten eine Zukunft haben?«

»Was denn, Sie können einen Arzt gebrauchen?«

»Sie sind doch wohl nicht wirklich Arzt! Ich brauche jemanden, der meine Schiffsladungen begleitet und in anderen Ländern in meinem Interesse verhandelt. Mein erster Eindruck täuscht nie. Ich weiß, daß Sie das können. Denken Sie mal darüber nach!«

»Das werde ich«, versprach Valten. »Aber ob Sie es mir glauben oder nicht, ich bin tatsächlich Arzt. Und ein ziemlich guter, sagt man.«

Er erhob sich von dem herrlich weichen Stuhl, verbeugte sich vor Bersing, und der ließ ihn gehen. Der Diener begleitete ihn zur Tür und ließ ihn hinaus.

Geschafft, dachte Valten. Und leichter als gedacht. Er erinnerte sich noch genau, was Stoeff auf einer der Kapitänsversammlungen gesagt hatte: Zwei gelungene Überfälle, und wir haben bereits mehr, als die Knauser uns bieten. So einfach und banal war es. Jetzt hatte er das Motiv und den Mörder. Vor einem Gericht würden seine Beweise nicht viel gelten, doch den Piraten würden sie ausreichen.

Langsam schlenderte er zum Hafen. Als er den verlassenen Speicher erreichte, in dem er sich umgekleidet hatte, blickte er sich um. Zwar waren Menschen in der Nähe, doch niemand achtete auf ihn. Er schlüpfte in das Gebäude. Das Bündel mit seiner

Fischerverkleidung lag noch an seinem Platz. Er zog sich um, griff sich die Festtagskleidung und schnürte sie zu einem Bündel. Vorsichtig verließ er den alten Speicher. Niemand beachtete ihn. Am Boot war er der erste, denn das Treffen war ja erst für den Nachmittag verabredet. Ungeduldig trommelte er auf die Bordwand. Sehr lange mußte er nicht warten, auch Klapmütz und Hoorn kehrten früher zurück. Klapmütz trug eine Flasche unter dem Arm. Feinster Genever aus Holland, sagte er, und er habe einfach nicht widerstehen können.

»Hattest du Erfolg?« fragte Hoorn.

»Auf ganzer Linie.«

»Dann weißt du, wer der Mörder ist?«

»Ja«, sagte Valten. »Ich erzähle es euch auf See. Falls es noch einen Anschlag auf mich gibt, geht mein Wissen nicht mit mir unter. Schaffen wir es bis morgen abend?«

»Wenn der Wind nicht dreht, brauchen wir bis übermorgen früh.«

»Dann betet, daß sich der Wind dreht. Ich will das Schwein haben!«

»Was für ein Schwein?« fragte der ewig hungrige Klapmütz, der eine so vulgäre Ausdrucksweise bei Valten nicht erwartete.

»Ein metaphorisches Schwein«, antwortete Valten lächelnd.

Klapmütz verstand ihn nicht.

13

Sie kamen doch erst im Morgengrauen auf der Insel an, übernächtigt, weil Valten vor Erregung schlecht geschlafen und mit seinem Herumwälzen auch Klapmütz immer wieder geweckt hatte. Hoorn hatte ohnehin nicht geschlafen, er hatte das Segelboot auf Kurs gehalten. Der Fischer war sehr erfreut, daß er sein Boot bereits nach vier Tagen zurückerhielt; er hatte in den vergangenen

Tagen wenig mit sich anzufangen gewußt. Der Ermittler und seine Leibwächter wanderten zum Lager zurück. Als sie dort anlangten, waren alle längst erwacht. Die ersten gingen bereits ihrer Arbeit nach, sägten Holz, bauten an den Hütten, kümmerten sich um die Felder.

Paul Claen stand vor seinem Häuschen in der Morgensonne und betrachtet gelassen das geschäftige Treiben. Als er seinen Ermittler kommen sah, winkte er ihn heran.

»Erfolg gehabt?« fragte er.

»Nicht so sehr, wie ich mir wünsche, aber ich bin ein gutes Stück weitergekommen. Ich denke, ich kann meine Erkenntnisse jetzt getrost vor der Kapitänsversammlung darlegen. Kannst du sie einberufen, Kapitän?«

»Selbstverständlich!« Claen griff zum Klöppel der Glocke.

»Laß mir ein paar Minuten Zeit«, bat Valten. »Ich würde mich gern frischmachen.«

Claen läutete ungerührt. »Es dauert ohnehin einige Zeit, bis Corazón hier ist. Auch Stoeff und Schut schlafen auf ihren Schiffen.«

»Ist in meiner Abwesenheit etwas passiert?«

»Überhaupt nichts. Es ist fast wieder so, wie es früher war.«

»Das freut mich. Bis gleich.«

Valten ging zu seiner Hütte. Er wusch sich, wickelte das Bündel aus, strich die Festtagskleidung glatt und legte sie an.

Zur gleichen Zeit bereiteten sich Hoorn und Klapmütz auf ihren großen Auftritt vor. Mit dem Waschen nahmen sie es nicht so genau, doch auch sie legten ihre beste Kleidung an, und sie besorgten sich Pistolen. Dann holten sie Valten ab. Gemeinsam gingen die drei Männer hinüber zum Haus von Paul Claen.

Die Kapitäne saßen bereits am Tisch. Daß Valten seine Leibwächter mitbrachte, überraschte sie.

»Was soll das?« fragte Stoeff und deutete auf Klapmütz und Hoorn.

Valten nahm seinen Platz am Tisch ein und grüßte in die Runde. »Nur zu unserer Sicherheit«, sagte er dann. »Ich werde Beschuldigungen gegen einen aus dieser Runde vorbringen, und wir wissen nicht, wie besonnen er sich verhalten wird. Klapmütz und Hoorn werden uns schützen.«

»Das ist doch nicht nötig!« sagte Claen. »Wir sind Manns genug, uns selber zu schützen!«

»Vertraut meiner Einsicht«, bat Valten.

Achselzuckend ließ Claen ihn gewähren. Klapmütz und Schotte nahmen zu beiden Seiten der Tafel Aufstellung und betrachteten die Versammlung sehr aufmerksam. Auch Valten ließ den Blick noch einmal über die Runde schweifen. Ruhig und überlegen führte Paul Claen den Vorsitz. Neben ihm saß Hans Stoeff, der als einer der wenigen übriggebliebenen Kapitäne der ersten Stunde inzwischen als eine Art Stellvertreter Claens fungierte. Stoeff gegenüber, an Claens anderer Seite, saß, wie immer, Kapitän Pablo Corazón, der diesen Platz schon deshalb beanspruchte, weil Claen ihm gelegentlich dolmetschen mußte, worüber gesprochen wurde. Dann folgten auf beiden Seiten die neuen Kapitäne Jan Pelsaert, Hinrich Schut, Peter Roever und William Murdock. Alle blickten ihn gespannt, ja erregt an. Nur Claen ließ sich, wie fast immer, nichts anmerken von seiner Erregung. Als Oberhaupt der Gemeinde hatte er in jeder Situation ruhig und besonnen aufzutreten, das glaubte er seiner Funktion schuldig zu sein.

»Ich beginne mit ein paar Fragen«, sagte Valten. »Die erste geht an Kapitän Stoeff.«

»An mich?« fragte Stoeff und erbleichte.

»Über die Höhe der Hamburger Zahlungen für unser Stillhalten wurde ich nicht direkt informiert. Nur du hast eine Bemerkung darüber gemacht. Kannst du sie noch einmal wiederholen?«

»Was habe ich denn gesagt?«

»Das ist doch egal. Wie hoch sind die Zahlungen?«

»Zwei Schiffsladungen«, sagte Stoeff.

»Danke«, sagte Valten. »Die nächste Frage geht an Kapitän Corazón. Ich spreche sehr langsam, damit du mich auch verstehst. Warst du bei den Besprechungen dabei, die Claen und Jarre mit dem Hamburger Ratsmann Bersing geführt haben?«

»Ich dich gut verstehen, du sehr deutlich«, sagte Corazón. »Aber Frage sehr schwer. Ich dabei und nicht dabei.«

»Kannst du uns das erklären?«

»Ich dabei die erste Gespräch. Aber nichts verstanden. Sie zu mir gesagt, du kümmere um Sicherheit. Claen war recht, weil konnte Falle sein. Wir nicht wußten. Also ich in der Ort dabei und nicht bei die Verhandlung. Aber sie mir alles erzählt.«

»Und wie hoch ist nach deiner Information die Zahlung der Hamburger?«

»Ganz wie Stoeff gesagt. Zwei gute Ladungen von Schiff.«

»Was soll das!« grollte Claen und wollte sich erheben. Sofort standen Hoorn und Klapmütz neben ihm und richteten ihm von rechts und links die Pistolen gegen die Schläfen. Claen sackte in der Bewegung zusammen. Einen Augenblick lang war er sprachlos, dann faßte er sich wieder und sagte in scharfem Ton zu Klapmütz: »Nimm die Pistole weg. Erschieße Hoorn! Das befehle ich dir als dein Kapitän.«

»Du bist nicht mehr mein Kapitän«, sagte Klapmütz ruhig. Die Pistole blieb auf die Schläfe gerichtet.

»Das ist Meuterei!« sagte Claen in die Runde. »Unternehmt etwas!«

»Ganz ruhig!« sagte Valten. »Die beiden handeln auf meinen Befehl. Sie werden nicht schießen, außer wenn ich es ihnen sage oder wenn Claen sie angreift. Ich habe nicht vor zu meutern. Ich habe vor, einen Meuterer zu überführen. Denn das ist Kapitän Claen: ein Meuterer. Er hat versucht, die Gemeinschaft zu zerstören, die er selber aufgebaut hat. Und das werde ich beweisen.«

Den Kapitänen war unbehaglich zumute. Valten bemerkte, daß William Murdock unter dem Tisch ebenfalls eine Pistole in der rechten Hand hielt, die er auf Klapmütz richtete. Und von der anderen Seite zielte, ebenfalls mit einer Hand unter dem Tisch, Hans Stoeff direkt auf Valten, wenn der die Bewegung richtig deutete. Er mußte schnell zur Sache kommen, sonst konnte noch alles danebengehen.

»Ich komme direkt aus Hamburg, wo ich mit dem Kauf- und Ratsmann Hinrik Bersing gesprochen habe. Ich bin nicht ohne Grund nach Hamburg gefahren. Daß Kapitän Claen der geheimnisvolle Hintermann ist, das ahnte ich schon vor dem Mordanschlag auf mich, danach war es endgültig klar. Alle Täter kamen aus seiner Mannschaft. Wer kann ihnen denn Befehle geben? Würden sie auf einen von euch hören? Vielleicht die drei Schläger, wenn man ihnen genug Geld bietet, aber gewiß nicht Schotte. Das war ein intelligenter, strebsamer junger Mann. Er hatte die Aufgabe, mich zu beschützen, und die hatte er an den ersten Tagen durchaus ernsthaft erfüllt. Wer konnte seinen plötzlichen Sinneswandel bewirken? Das liegt auf der Hand. Nur jemand, von dem er es gewöhnt war, Befehle entgegenzunehmen, und sicher auch das nicht so ohne jedes Problem. Wolltest du ihn zu deinem Stellvertreter machen, Claen?«

Eine Antwort wartete Valten nicht ab. Er sprach weiter. »Weshalb sollte ich überhaupt ermordet werden? Ganz klar, weil ich dem Täter schon zu nahe gekommen war. Ich hatte zwar nicht gesagt, wohin ich reisen wollte, doch das konnte sich der Mörder wohl denken. Zumindest befürchtete er, daß ich auf der richtigen Spur war, und das allein reichte schon aus, mich töten zu lassen. Der Anschlag schlug fehl, er konnte meine Reise nicht verhindern. Blieb ihm nur die Hoffnung, daß ich keinen Erfolg haben würde. So ein Stadtrat läßt möglicherweise einen einfachen Wundarzt nicht vor, und selbst wenn, würde er nicht mit mir über etwas Wichtiges reden, hat er vielleicht gedacht. Das war ein Irrtum. In der Kleidung, die ich jetzt trage, sehe ich so seriös aus, daß Bersing mich empfangen hat, und er hat auch geredet. Nicht zwei

Schiffsladungen waren vereinbart, hat er gesagt, sondern vier. Corazón hat nichts mitbekommen, er war gar nicht dabei, das haben sowohl Corazón als auch Bersing bestätigt. Die Verhandlungen führten ausschließlich Jarre und Claen. Sie haben den Preis nach oben getrieben, bis für sie selbst etwas herausgesprungen ist.«

So ausdrücklich hatte Bersing das gar nicht gesagt, nur angedeutet, doch es war die einzig mögliche Folgerung, und Valten trug sie vor, als wäre es eine gesicherte Erkenntnis. Bei dem Gespräch mit Bersing war niemand dabeigewesen, also konnte er seine Folgerungen als Aussagen präsentieren, das machte mehr Eindruck. Er blickte in die Runde. Aller Augen waren auf ihn gerichtet. Selbst Corazón verstand genug, um nicht zu versuchen, sich, wie sonst, von Claen den Rest übersetzen zu lassen.

»Schließlich stand der Preis fest. Zwei Schiffsladungen für die Gemeinschaft, zwei Schiffsladungen einzig für die Kapitäne Jarre und Claen. Nun sind zwei Schiffe für die Gemeinschaft nicht sehr viel, aber für einen einzelnen Mann, der nicht teilen muß, ist es ein kleines Vermögen. Dafür verpflichteten sich Jarre und Claen, die Gemeinschaft in ihrem Sinn zu beeinflussen. Das schlug fehl, sie wurden überstimmt. Ob Jarre das einfach so geschluckt hat, weiß ich nicht. Er kann es uns nicht mehr verraten. Aber Claen hat es nicht geschluckt. Er brachte die starrsinnigsten Kapitäne um, die gegen ihn gestimmt hatten. Mit neuen Kapitänen, so dachte er wohl, würde er bei der nächsten Abstimmung mehr Glück haben. Die würden sich eher von ihm leiten lassen als Bird und Jacobszoon und Kunow. Stoeff und Mantigao hätte er sich auch gern vorgenommen, aber die schliefen meist auf ihren Schiffen, an sie war nicht so leicht heranzukommen. Statt dessen tötete er Jarre. Entweder, um den Verdacht von sich abzulenken – ich hatte ja im Rat sofort nach der Abstimmung gefragt –, oder aber, wie ich eher glaube, um sich in den Besitz beider Schiffe zu bringen, die er euch verschwiegen hat. Zwei Schiffsladungen nur für ihn – zusammen mit dem, was er bereits erbeutet hat, könnte er damit fast schon Kaufmann werden. Und ich glaube, das will er. So schön das Piratenleben auch ist, auf seine alten Tage wäre ihm Ruhe angenehmer. Er hat uns immer von der wunderbaren Gemeinschaft vorgeschwärmt, die er hier geschaffen hat, und ich muß zugeben, sie ist tatsächlich wunderbar. Claen hat auch seine Verdienste, das will ich nicht leugnen. Aber ihr kennt ihn alle so gut wie ich. Ist er wirklich ein Idealist, der nur für seine Träume von einem besseren Leben für alle da ist? Er ist ein gnadenloser Freibeuter, er hat mehr als hundert unschuldige Menschen über die Planke gehen lassen. Er hat Spaß am Töten und Kämpfen. Für einen Freibeuter ist das auch angebracht. Nur kann man nicht beides zugleich sein, sanfter Idealist und gnadenloser Räuber. Seht ihn euch an, wenn ihr noch an meinen Worten zweifelt. Claen ist der Mann, der die Kapitäne ermordet und unsere Gemeinschaft zerstört hat.«

»Verdammt!« schrie Stoeff und knallte die Hand mit der Pistole auf den Tisch.

»Verdammt!« schrie Murdock und tat es ihm gleich.

»Willst du noch etwas sagen, Claen?« fragte Valten kalt.

»Allerdings!« sagte Claen, hob die Hände und schob die beiden Pistolen beiseite. Hoorn und Klapmütz traten einen Schritt zurück, doch zielten sie weiter auf ihn.

»Ich denke, es hat keinen Sinn, jetzt noch etwas abzustreiten«, sagte Claen. »Was Valten gesagt hat, war so ungefähr richtig. Als ich ihm die Aufgabe übertrug, den Mörder zu finden, ahnte ich natürlich nicht, daß er mich wirklich entdeckt. Er ist bloß ein Wundarzt und hält sich für schlauer, als er ist, hatte ich gedacht. Das war ein Irrtum, aber es ist jetzt nicht mehr wirklich wichtig. Wichtig ist, daß unsere Gemeinschaft Bestand hat. Was ich getan habe, das habe ich für uns alle getan. Die Kapitäne waren starrsinnig, das hat Valten richtig dargestellt. Wir sind kaum mehr als eine Tagesreise von Hamburg entfernt. Wenn man uns dort ernst nimmt, dann kann man uns vernichten, ehe wir so stark geworden sind, daß sie keine Chance mehr gegen uns haben. Nur Hamburg kann uns die Sicherheit bieten, die wir brauchen, um zur stärksten Seemacht in der Nordsee zu werden. Und ich bin sicher, daß sie uns, wenn sich das Abkommen bewährt hat, auch eines Tages Kaperbriefe ausstellen werden. Ich habe also eigenmächtig gehandelt, aber stets im höheren Interesse unserer Gemeinschaft. Die toten Kapitäne waren mit ihrem Starrsinn eine Bedrohung für uns. Ich habe die Gemeinschaft gerettet.«

»Unsinn!« fuhr ihm der sonst so schüchterne Peter Roever über den Mund. »Was ist denn mit den beiden Schiffen, die du uns verschwiegen hast?«

»Ich bin Geschäftsmann!« sagte Claen. »Sind wir das nicht alle? Wer von euch hätte denn widerstehen können bei einem so großzügigen Angebot? Nicht einer von euch, da bin ich sicher!«

»Ich würde meine Kameraden für keinen Preis verraten«, widersprach Roever heftig. »Und schon gar nicht ermorden!«

»Versteht doch!« sagte Claen. »Den Plan habe ich mir gar nicht selber ausgedacht. Es war dieser Ratsmann. Er hat Jarre und mich geködert. Zwei Schiffe für die Gemeinschaft, hat er gesagt, und zwei Schiffe für die beiden fähigsten Kapitäne. Ich erwarte dafür von euch, hat er gesagt, daß ihr alle anderen auf eure Seite zieht. Und wenn ihr das nicht schafft, müßt ihr zu anderen Maßnahmen greifen. Der Preis dafür ist hoch genug, also kann ich einiges von euch erwarten. Versteht ihr? Bersing hat uns darauf gebracht, die Gegner des Vertrages zu beseitigen. Und dafür hat er uns etwas angeboten, das wir nicht ausschlagen konnten.«

»Zwei Schiffe!« sagte der immer noch aufgebrachte Roever verächtlich.

»Mehr noch«, sagte Claen. »Er hat uns angeboten, daß wir, wenn wir uns zur Ruhe setzen, das Wohnrecht in Hamburg bekommen, ohne daß jemand nach unserer Vergangenheit fragt. Ich bin jetzt zweiundvierzig Jahre alt. Was glaubt ihr, wie lange ich unser hartes Handwerk noch ausüben kann? Drei Jahre? Fünf? Gewiß nicht mehr zehn. Ich muß langsam an mein Alter denken. Träumt ihr nicht auch alle davon, den Kampf hinter euch zu lassen und euch zur Ruhe zu setzen? Natürlich tut ihr das, obwohl ihr fast alle wesentlich jünger seid als ich. Was ich getan habe, war menschlich verständlich, und ich bin sicher, daß ihr Verständnis dafür aufbringen werdet.«

»Da denkst du very falsch«, sagte Murdock finster. »Du hast meine Captain umgebringen. Bird war eine gute Mann. Ich habe ihm eine bessere Ende gewunschen. Du bist nur eine ganz drekkige Killer!«

»Richtig, Murdock«, sagte Stoeff, der sich endlich gefaßt hatte. Ihm war klar, daß nun, ohne daß es bisher jemand ausgesprochen hatte, er das Oberhaupt der Gemeinschaft war. »Im Reden warst du schon immer gut, Claen, aber ich denke nicht, daß dir das jetzt noch hilft. Du hast vier Kapitäne ermordet ...«

»Aber das habe ich doch nicht eigenhändig getan«, sagte Claen schnell.

»Um so schlimmer!« sagte Stoeff. »Du hast vier Männer aus deiner Mannschaft angestiftet, Morde an Kapitänen zu begehen. Allein schon für diesen Befehl verdienst du den Tod. Valten hat gesagt, daß du ein Meuterer bist. Da hatte er recht. Du hast die Mannschaft zur Meuterei aufgehetzt! Du hast dich gegen unsere heiligen Gesetze vergangen.«

»Das war ich doch nicht allein!« Claen sah jetzt überhaupt nicht mehr gelassen aus. Schweißperlen rannen ihm über die Stirn. Hier ging es um sein Leben, und das wollte er mit aller Kraft verteidigen. »Die beiden ersten Anschläge waren mit Jarre abgesprochen. Er war mit allem einverstanden. Er konnte sowenig widerstehen wie ich. Das hättet ihr alle auch nicht gekonnt, denn es ist menschlich.«

»Menschlich?« fragte Pelsaert angewidert. »Es ist menschlich, Kapitäne zu ermorden, die dir vertrauen, die dir folgen, nur für den schäbigen Gewinn? Verrat ist menschlich? Mein Kapitän Jacobszoon war vielleicht der beliebteste Mann im Lager, weil er zu allen freundlich und immer lustig war. Selbst seine Feinde schätzten ihn, weil er nie unnötig grausam war. Jacobszoon war ein viel besserer Mann als du. Mit welchem Recht hast du ihn ermordet?«

»Mit dem Recht der tieferen Einsicht«, sagte Claen.

»Halt doch dein blödes Maul!« sagte Pelsaert. »Dein Atem vergiftet die Luft hier im Raum. Du berufst dich auf einen Toten und vergißt dabei, daß du auch Jarre ermordet hast, weil du beide Schiffe haben wolltest. Ich nenne das nicht menschlich, sondern feige und gierig. Und besonders feige ist, daß du die Morde nicht mal selbst ausgeführt hast.«

»Ich habe Schotte mit eigener Hand erstochen«, sagte Claen.

»Hältst du es für eine Heldentat, einen Gefesselten zu erdolchen?«

»Na, immerhin waren zwanzig Leute im Raum. Es war nicht leicht, das könnt ihr mir glauben.«

»Ich habe dich immer bewundert, Claen«, ließ sich Schut, der jüngste der Kapitäne, hören. »Du warst ein Vorbild für mich, mehr noch als mein eigener Kapitän Nicolaus Jarre. Ich fand die Gemeinschaft großartig, die du hier geschaffen hast. Und nun stellt sich heraus, daß du selbst nicht an dein Werk glaubst. Kaum winkt jemand mit einem Vorteil, da verrätst du alles. Du hast immer gesagt, das ist dein Lebenswerk. Du selbst hast es zerstört. Ich verachte dich.«

»Ihr werdet mich doch nicht töten wollen!« barmte Claen. »Der Plan kam wirklich nicht von mir. Bersing hat ihn sich ausgedacht, und ich gebe zu, ich war zu schwach, der Versuchung zu widerstehen. Ich bitte euch, mir zu verzeihen. Ich habe einen bösen Fehler begangen, das ist mir jetzt klar. Aber ich bin noch derselbe Mensch. Unsere Gemeinschaft besteht nur mit mir. Verzeiht mir um unserer Gemeinschaft willen.«

»Deine Worte an uns sind vergeudet«, sagte Stoeff. »Wir haben hier keine Gerichtsbarkeit, also sind wir selbst das Gericht. Claens Verbrechen sind offensichtlich. Das haben alle gesagt hier im Raum. Außer Corazón. Was meinst du?«

»Ich haben nicht jede Wort verstanden«, sagte der Spanier, »aber ich haben gehoren, Claen ist eine Verbrecher. Ich dachte, er ist meine Freund, aber er ist meine Feind. Er hat keine Recht auf zu leben.«

»Müssen wir noch abstimmen?« fragte Stoeff. »Ich denke, es ist eindeutig.«

»Er ist immerhin ein Kapitän«, gab Pelsaert zu bedenken. »Ich bin dafür, daß wir ihn auch so behandeln. Absetzen kann ihn nur seine Mannschaft. Aber die wird uns folgen, wenn wir hier ein ordentliches Verfahren abhalten.«

»Also gut«, sagte Stoeff. »Wer ist dafür, daß wir Kapitän Claen für seine Verbrechen mit dem Tod bestrafen?«

Alle Hände fuhren nach oben.

»Valten, was ist mit dir?« fragte Stoeff.

»Ich bin kein Kapitän.«

»Du gehörst zum Rat«, sagte Stoeff. »Deine Entscheidung?«

Auch Valten hob die Hand.

»Einstimmig«, sagte Stoeff.

»Wir sollten ihn vorher ein wenig folteren«, schlug Murdock vor.

»Nein«, widersprach Stoeff. »Die Wahrheit kennen wir schon, und was er uns vielleicht noch nicht gesagt hat, interessiert mich nicht. Befreien wir uns von diesem widerlichen Anblick und knüpfen ihn auf.«

»Aufhängen?« schrie Claen. »Seid ihr verrückt geworden? Ich bin euer Anführer! Das könnt ihr mit mir nicht machen!«

»Halts Maul!« sagte Murdock.

»Hängen ist schimpflich!« schrie Claen. »Habe ich nicht wenigstens den Tod unterm Beil verdient?«

»Verräter werden gehängt«, sagte Stoeff. »Das steht schon in der Bibel. Judas hat sich auch aufgehängt. Du bist ein Judas, und da du es nicht selbst machen wirst, werden wir das erledigen.«

»Und was wird aus dem Hauptschuldigen?« fragte Claen. »Soll der so einfach davonkommen?«

»Da hat er recht«, sagte Pelsaert. »Den Plan hat der Ratsherr ersonnen. Claen war nur sein Werkzeug. Er darf nicht so einfach davonkommen. Bersing hat unsere Gemeinschaft zerstört. Wir dürfen ihm den Triumph nicht lassen!«

»Sehr richtig!« sagte Murdock hitzig.

»Ja«, sagte Peter Roever, »wir müssen auch den Stadtrat bestrafen.«

»Einverstanden«, sagte Stoeff. »Wer dafür ist, daß wir auch den Urheber des Plans zum Tode verurteilen, hebe die Hand. – Valten, bist du dagegen oder was?«

»Ich möchte nur darauf hinweisen«, sagte Valten, »daß es leicht ist, Claen hinzurichten, denn wir haben ihn ja hier mitten unter uns. Bersing hingegen sitzt sicher in Hamburg. Er wird unserer Vorladung nicht folgen. Außerdem gehört er, im Unterschied zu Claen, nicht zu uns, also ist er weniger schuldig. Es ist doch natürlich für einen Kaufmann, daß er sich gegen Piraterie absichern will.«

»Ach!« schrie Claen. »Bei dem soll es natürlich sein, und bei mir ist es unnatürlich?«

»Halts Maul!« sagte Murdock. »Du bist schon tot. – Und Bersing wird auch bald nicht länger leben mussen. Das haben wir beschlossen.«

»Mit einer Gegenstimme oder Enthaltung, ist ja auch egal«, stimmte Stoeff zu.

»Wie sollen wir an ihn herankommen?« fragte Valten.

»Du bist schon einmal an ihn herangekommen«, erinnerte ihn Stoeff. »Du wirst es wieder schaffen.«

»Ich? Wieso?« fragte Valten erstaunt.

»Du bist hier das Gesetz«, sagte Stoeff. »Laß dir etwas einfallen!«

»Ich muß auch einmal etwas zu sagen«, meldete sich Corazón. Und hielt in einem Deutsch, das von Satz zu Satz schlechter wurde, die längste Rede, die die Anwesenden je von ihm gehört hatten. Er sprach über den Pakt mit Hamburg. Da dieser Pakt durch Claens und Bersings Verbrechen hinfällig sei, müsse man den Beschluß, den sie vor einer Woche gefaßt hätten, wieder umstoßen. Würde man ihn einhalten, dann wäre das tatsächlich ein Triumph für den Anstifter der Morde. Andererseits sei die Lage der Insel verraten. Ohne den Pakt mit Hamburg könnten sie sich hier höchstens noch ein Jahr halten. Vielleicht nicht einmal so lange. Darum schlage er vor, die Gemeinschaft aufzulösen. Hier in der Nordsee sei ohnehin weniger zu holen, als er erwartet habe. Er für seinen Teil werde Mantigao über den Atlantik folgen, dahin, wo das Wetter besser sei und die Beute lohnender. Er schlage allen vor, ihm zu folgen. Natürlich erst, wenn Claen und Bersing tot seien, und man könne durchaus auch noch eine gemeinsame Ausfahrt in diesen Breiten unternehmen, besonders gegen Hamburg, falls das möglich sei. Aber er glaube, daß die Gemeinschaft durch Claens Verrat endgültig gescheitert sei.

Allgemeines Erstaunen. Weil Corazón der deutschen Sprache so schlecht mächtig war, hatten alle ihn immer für ein wenig einfältig gehalten. Nun erwies sich, daß er den klarsten Kopf von allen Kapitänen besaß. Man stimmte ihm zu, man erörterte die Modalitäten des Aufbruchs. Claen war vergessen, und er sagte auch nichts mehr. Er wußte, daß es keinen Sinn hatte. Statt dessen sann er auf Flucht. Die Kapitäne waren mit sich beschäftigt, Valten schien mit den Gedanken ganz woanders zu sein, Hoorn war durch das Gespräch am Tisch abgelenkt, und mit einem Trottel wie Klapmütz würde er schon fertig werden.

Paul Claen sprang auf, rempelte dabei Hoorn beiseite, zog die unter seinem Wams verborgene Pistole vor und richtete sie auf Klapmütz.

»Waffe fallen lassen!« schnauzte er ihn an. Töten mochte er Klapmütz nicht, er hatte nur einen Schuß, den er nicht vergeuden durfte, denn mit dem Degen konnte er nicht alle Kapitäne überwältigen. Vielleicht fürchteten sie ja seine Kugel, alle kannten ihn als Meisterschützen.

Klapmütz dachte gar nicht daran, auf den Befehl seines Kapitäns zu hören. »Laß du die Waffe fallen«, sagte er und zielte auf ihn.

»Fallen lassen!« schrie Claen.

Klapmütz tat etwas, womit niemand im Raum gerechnet hatte. Er drückte ab. Die Entfernung betrug nur sechs Fuß, da konnte auch ein schlechter Schütze kaum vorbeischießen. Doch Klapmütz hatte keine Erfahrung mit Pistolen. Er hatte genau auf den Kopf gezielt. Die Kugel streifte Claens rechte Schulter. Claen drückte reflexartig ab, ehe ihm die Waffe aus der Hand fiel. Der Treffer von Klapmütz hatte das Rohr abgelenkt, der Schuß fuhr hinter dem grauhaarigen Freibeuter in die Wand.

Inzwischen hatte sich endlich Hoorn aufgerappelt, packte den Kapitän von hinten und drehte ihm die Arme auf den Rücken. Klapmütz sprang hinzu, und gemeinsam banden sie ihn mit Strikken, die sie mit sich geführt hatten. Claen wurde grob auf seinen Stuhl zurückgestoßen. Jetzt erst sah er, daß auch Stoeff und Murdock mit Pistolen auf ihn zielten.

»Warum habt ihr mich nicht erschossen!« rief er verzweifelt.

Murdock grinste sehr böse, und Stoeff sagte gehässig: »Wir wollten nicht um das Vergnügen kommen, dich hängen zu sehen!«

14 · Hamburg, Mai 1611

Eine Kutsche näherte sich den Stadtmauern von Hamburg. Bespannt war sie mit vier Pferden. Auf dem Bock saßen ein Kutscher und neben ihm zwei Männer, die ihrem Habitus nach Dienstboten sein mochten, auf jeden Fall einfache Leute, denen kein Platz im Inneren des Wagens zustand. Der Ältere hatte eine auffällig schiefe Nase und wirkte ein wenig verwildert, der Jüngere hingegen war ein stattlicher blonder Mann von armer, aber solider Erscheinung. Auf den hinteren Freisitzen der Kutsche saßen ebenfalls zwei Dienstboten, hochgewachsene, kräftige Männer. Im Wageninneren saßen nur vier Personen, obwohl genügend Platz für sechs war, doch mochten die Herrschaften offenbar nicht mit ihrer Dienerschaft in einem Abteil reisen. Es waren zwei sehr hübsche junge Damen und zwei sehr gepflegt aussehende junge Männer, alle offenkundig höheren Standes.

Die Torwächter stoppten die Kutsche, wechselten ein paar Worte mit dem Mann auf dem Kutschbock, dann traten zwei von ihnen an die Tür der Kutsche heran und öffneten sie. »Die Papiere!« verlangte einer von ihnen mit der üblichen Barschheit subalternen Ordnungspersonals.

Der jüngere der beiden Männer reichte ihm ein zusammengefaltetes Blatt Papier. Der Wächter öffnete es.

»Was ist denn das für eine Sprache?« fragte er, nachdem er das Dokument überflogen hatte.

Der ältere der beiden Männer, ein hochgewachsener blonder Mann von fünfundzwanzig oder dreißig Jahren, stieg aus dem Verschlag. »Das ist Französisch«, sagte er. »Wie Sie hier lesen können, guter Mann, ist das der Herr Henri de Marcillac.« Er wandte sich um, ließ sich von einer der Damen aus der Kutsche ein weiteres Blatt Papier geben, das er selbst entfaltete und dem Wächter präsentierte. »Nebst seiner Schwester Madeleine de Marcillac.«

Der Wächter betrachtete die Papiere ein wenig ratlos. »Marr-zil-lack«, buchstabierte er schließlich. »Ja, das steht hier. Und wer sind Sie?«

»Valten Went. Ich bin der Leibarzt der Familie und hierzulande auch der Dolmetscher, sie verstehen unsere Sprache nicht. Die anderen Personen sind die Dienerschaft.«

Von Dienern erwartete niemand, daß sie sich auswiesen. Der Wächter überflog noch einmal die Dokumente, von denen er kein Wort verstand, betrachtete die sehr amtlich aussehenden Siegel und die schwungvollen Unterschriften, dann gab er Valten die Papiere zurück. »In Ordnung«, sagte er etwas freundlicher, wie es sich Aristokraten gegenüber gehörte. »Was führt die Herrschaften nach Hamburg?«

»Wir sind nur auf der Durchreise. Morgen früh fahren wir weiter.«

»Das Ziel der Reise?« fragte der Wächter ohne wirkliches Interesse.

»Danzig.«

»Danzig?« Der Wächter hob eine Augenbraue. »Ziemlich weit für eine Kutschfahrt!«

»Die Herrschaften waren per Schiff unterwegs«, gab Valten Auskunft. »Es wurde von Piraten angegriffen. Zwar wurde der Angriff abgeschlagen, doch war das Schiff stark beschädigt. So mußte die Reise per Kutsche fortgesetzt werden.«

Das klang schlüssig, und der Wächter sah keine Veranlassung, seine Befragung fortzusetzen. »Sie können passieren«, sagte er.

»Wir sind fremd in Hamburg«, sagte Valten. »Vielleicht können Sie uns ja eine Herberge empfehlen, die dem Stand meiner Herrschaften angemessen ist.«

»Selbstverständlich.« Der Wächter wies Valten den Weg. Der fragte den Kutscher, ob er alles verstanden habe, dann setzte er sich zu den Damen in den Verschlag, und die Kutsche passierte das Tor. Valten Went war in Hamburg eingetroffen, um das Urteil des Rates der Piraten gegen den Ratsherrn Hinrik Bersing zu vollstrecken.

Der Plan dazu war ihm während der Sitzung eingefallen, in der das Todesurteil gegen Claen beschlossen worden war, und er hatte ihn, kaum daß der gebundene Mörder hinausgeschafft war, sofort vorgetragen; er mußte die Chance nutzen, daß alle scharf darauf waren, auch Bersing zu töten. In ein paar Tagen oder Wochen würden sie sich vielleicht beruhigt haben und ihre Kraft nicht unbedingt darauf vergeuden, einen fernen Kaufmann und Ratsherrn zu strafen. Die Gemeinschaft war am Ende, das war spätestens seit Corazóns besonnenen Worten jedem klar. Valten fühlte sich nicht mehr an die Piraten gebunden. Sollte er mit ihnen in die Karibik segeln? Gab es dort auch eine Republik freier und gleicher Freibeuter? Falls ja: Würde man sie aufnehmen? Das erschien ihm zu ungewiß. Wenn er jetzt ging, verriet er niemanden. Voller Beredsamkeit machte er ihnen seinen abstrusen Plan schmackhaft. Natürlich wäre es möglich gewesen, als Fischer verkleidet mit Hoorn und Klapmütz nach Hamburg zu segeln, bei Bersing einzudringen, ihn zu töten und unbemerkt zu verschwinden. Das sei jedoch diesmal ausgeschlossen, legte er dar. Dem Ratsherrn einfach nur einen Besuch abzustatten sei relativ gefahrlos gewesen. Er habe dessen Dienerschaft nicht zu fürchten gehabt, im Gegenteil, diese habe den Besucher hineinkomplimentiert. Anders sei es bei einer Hinrichtung. Man müsse zuvor alle im Haus überwältigen; dazu brauche er vier Männer. Zu fünft würden sie im Hafen aber auffallen. Vielleicht schon vor der Tat, auf jeden Fall aber danach. Einen Mörder suche man zuerst immer unter den Armen, und selbst wenn sie es schafften, vor der Entdeckung abzusegeln, etwa um Mitternacht, dann würde das hinreichend verdächtig sein, sie zu verfolgen und festzusetzen. Nein, er wolle damit nicht sagen, daß es unmöglich sei, sondern nur darauf hinweisen, daß eine besondere Aufgabe besonderer Maßnahmen bedürfe. Fünf Männer in einem Fischerboot würden auffallen, fünf Männer hingegen, die als Diener einer reichen aristokratischen Familie einreisten, würde man keines zweiten Blikkes würdigen. Und wie es der Zufall wolle, habe man gerade die geeignete Familie da – Madeleine und ihren Bruder Henri. Sofern ihnen die Freiheit dafür versprochen werde, würden sie zweifellos mitspielen.

Murdock hatte Einwände. Die Gefangenen sollten ihm schließlich Geld bringen. Valten verwies wieder einmal darauf, daß bei der Familie nichts zu holen sei. Murdock hoffte noch immer auf den reichen Danziger Kaufmann und blieb uneinsichtig. Pelsaert und Schut hingegen, denen die Gefangene Madeleine ja auch gehörte, unterstützten Valten, und es war Pelsaert, dem das entscheidende Argument einfiel. Madeleines Brief an den Vater sei noch immer nicht auf den Weg gebracht. Selbst wenn sie das in den nächsten Tagen endlich schaffen würden, dann würde er Wochen unterwegs sein, bis er den Vater erreichte. Der wiederum müsse einen Brief an den Danziger Kaufmann aufsetzen, der ebenfalls Wochen, wenn nicht gar Monate unterwegs sein würde. Vor einem halben Jahr sei nicht mit einer Antwort zu rechnen. Und wo sind wir in einem halben Jahr? fragte Pelsaert. In der Karibik. Wie soll er uns da je erreichen? Nicht jedes Geschäft glückt. Ihm reiche als Lösegeld, wenn sich die Gefangenen an der Strafaktion der Freibeuter beteiligen würden.

Murdock war ein gewalttätiger Hitzkopf, doch er war nicht dumm. Pelsaerts Argumentation leuchtete ihm ein, und er gab seinen Widerstand gegen Valtens Aktion auf.

Wesentlich einfacher war es, die Zustimmung zu den weiteren Vorschlägen zu bekommen. Die Gefangenen waren mittellos; das wenige, was sie besaßen, war ihnen abgenommen worden, und es sollte ihnen keinesfalls zurückgegeben werden. Aber Valten brauchte Geld aus der Gemeinschaftskasse. Da die Gemeinschaft aufgelöst werde, könne man es unbesorgt antasten. Sie mußten standesgemäß auftreten. Den beiden Frauen hatte man ihre Kleider gelassen, bei ihnen war es kein Problem. Doch Henris Kleidung war in der Nordsee versunken, sein einziger Anzug nicht mehr vorzeigbar. Er mußte neu eingekleidet werden, desgleichen die vier Männer, die er mit sich nahm. Sie würden nach Bremen segeln, dort eine Kutsche mieten, in Herbergen übernachten, sowohl in Bremen als auch in Hamburg. Das alles würde Geld kosten. Valten verlangte fünfhundert Taler. Sie wurden ihm ohne größere Diskussionen gewährt. Sein Plan erschien ihnen auf eine angenehme Art abenteuerlich, dafür waren sie allemal zu begeistern.

So konnte er, als er Madeleine und Marie nach seiner Reise zum ersten Mal wieder besuchte, ihre nahe bevorstehende Befreiung ankündigen, was begreiflicherweise große Freude auslöste. Marie fiel ihm um den Hals und errötete dann über ihre Kühnheit, doch Valten umarmte sie fest, und die Röte verflog. Henri schüttelte ihm, als er von seinen Fesseln befreit war, kräftig die Hand. Er durfte sich von nun an frei im Lager bewegen und gab sogar, als er dazu aufgefordert wurde, Pelsaert, Murdock und dem spanischen Waffenmeister Fechtunterricht.

Valten hatte in den nächsten Tagen viel zu tun. Er tauschte alles, was ihm in den vergangenen zwei Jahren an Beuteanteilen ausgehändigt worden war, gegen Bargeld. Die Beute des Verräters Claen wurde unter den Kapitänen aufgeteilt, auch Valten erhielt einen Anteil. Vielleicht reichte es ja doch schon dafür, eine Existenz zu gründen, dachte er.

Claen wurde unter dem Beifall des gesamten Lagers am Großmast seines eigenen Schiffes aufgehängt und dann ohne jedes Zeremoniell ins Meer geworfen. Anschließend gab es einen Gottesdienst, bei dem Asmus sich – wenig originell – sehr breit über Judas ausließ. Der Abschied fiel den beiden Freunden schwer, doch Asmus hielt es für richtig, mit Corazón in die Karibik zu segeln; dorthin hatte er schon immer gewollt. Und war er erst einmal im neuen Kontinent, dann würde sich ein Weg finden, die

Kutte endgültig loszuwerden und wie ein ganz normaler Mann unter ganz normalen Männern und Frauen zu leben.

Valten suchte sich noch zwei Begleiter aus. Sievers kam aus der Mannschaft von Schut, Beneken aus der von Stoeff. So waren, da Klapmütz zu Claens Mannschaft gehörte, fast alle Schiffe an der bevorstehenden Vollstreckung des Urteils beteiligt. Corazón verzichtete darauf, an der Aktion teilzunehmen, Roever war zu schüchtern, darauf zu bestehen, und Murdock wurde es ausgeredet. Keiner seiner Leute sprach gut genug Deutsch, um für einen Einheimischen gehalten zu werden, und Franzosen mit internationalem Dienstpersonal wären einfach zu auffällig. Man beruhigte ihn damit, daß er ja seine Gefangenen für die Maskerade zur Verfügung stellte und damit den wichtigsten Beitrag leistete.

Auf die Strafexpedition gegen Hamburg verzichteten die Kapitäne, nachdem ihnen klar geworden war, daß sie alles, was sie bisher erbeutet und in ihrem Dorf gelagert hatten, mit sich führen mußten. Mit den überladenen Schiffen konnte man sich zur Not an eine Atlantiküberquerung wagen, nicht aber Kauffahrer überfallen. Desto versessener blieb man darauf, wenigstens den Urheber des Planes zu strafen.

Pelsaert nahm Valten einmal beiseite und eröffnete ihm, daß er sich der Atlantiküberquerung nicht anschließen werde. Er beabsichtige, in die Niederlande zurückzukehren und zu versuchen, in den Dienst der Vereinigten Ostindischen Kompanie zu treten; da Jacobszoon noch nie ein niederländisches Schiff überfallen habe, glaube er, daß man ihn nicht wegen Piraterie belangen werde. Er gebe der Expedition über den Ozean keine Zukunft. Es wäre ein Wunder, wenn alle Schiffe beisammenblieben auf der langen Fahrt, und ein noch größeres Wunder, wenn sie dort so ideale Verhältnisse vorfinden würden wie hier auf dieser Insel. Mit der Gemeinschaft sei es vorbei, und er sei sicher, daß auch Valten nicht zurückkehren werde. Als Valten dies zögernd bestätigte, äußerte Pelsaert sein Verständnis dafür, bestand jedoch darauf, daß der letzte Auftrag ausgeführt werde, was Valten ihm versprach.

Nach anderthalb Wochen der Vorbereitung brachen sie auf, Valten und seine kleine Truppe. So früh am Morgen, daß kaum jemand im Lager die Frauen zu Gesicht bekam, Valten traute der Beherrschung der Piraten nicht. Zwei Tage später erreichten sie die Wesermündung, in der Nacht dann gingen sie in Bremen unbeachtet an Land. Am nächsten Morgen staffierten sie sich aus, mieteten ihre Kutsche nebst Kutscher, übernachteten in einer Herberge, und am Morgen brachen sie nach Hamburg auf.

Die Frauen genossen ihre Freiheit, sie waren Valten so dankbar, daß es ihm fast peinlich war. Noch peinlicher wurde das Gespräch durch Henris Direktheit. Valten sagte ihnen, daß er nach dieser Aktion nicht zu den Piraten zurückkehren werde, und deutete an, das habe er ihretwegen aufgegeben.

»Er hat sich verliebt«, fiel Henri ein.

»In mich?« fragte Madeleine und war offenbar nicht unangenehm berührt durch die Vorstellung.

»Das vielleicht auch«, sagte Henri grinsend, »aber so hoch wagt er nicht zu greifen. Marie ist die Auserwählte, und Fernand und ich haben sie ihm versprochen, wenn er uns befreit.«

Valten und Marie erröteten gleichzeitig. Valten stammelte, das sei schon wahr, aber so wolle er es natürlich nicht haben. »Ich will«, nahm er sich zusammen, »Marie nur dann haben, wenn auch sie mich will. Ich habe das getan, meine Damen, weil Sie alle beide meine Anteilnahme geweckt haben, und ich habe es gern getan. Dafür erwarte ich keine Belohnung. Ich gebe Ihnen hiermit Ihr Wort zurück, Monsieur de Marcillac. Um Maries Liebe werde ich mich selbst bemühen.«

Marie war sprachlos. Sie hätte nie zu hoffen gewagt, daß sie von einem so großartigen Mann wie Valten Went neben ihrer wunderschönen Herrin überhaupt bemerkt werden könnte. Sie errötete noch stärker und sagte kein Wort, aber ihre Blicke waren sehr beredt. Madeleine hingegen schien ein wenig enttäuscht zu sein. Sie bemühte sich, es zu verbergen, doch ihrem Bruder und auch Valten fiel es auf. Inzwischen war es Valten egal, daß auch Madeleine ihn offenbar mehr mochte als nur als einen Freund. Er meinte tatsächlich von der ersten Sekunde an Marie, das wußte er jetzt ganz genau. Madeleine würde darüber hinwegkommen; sie hatte ja ohnehin darauf bestanden, die Reise zu ihrem künftigen Gatten fortzusetzen, also hätten sie keine Zukunft gehabt.

Einige Zeit bestritten nur die Männer das Gespräch, dann taute Madeleine auf, und schließlich wagte sogar Marie, ab und an eine Bemerkung beizutragen. In bester Laune langten sie in Hamburg an.

Die Herberge, die ihnen der Wächter empfohlen hatte, war ein einigermaßen gepflegtes Haus, nur mit den Zimmern waren sie nicht zufrieden, denn die waren sämtlich zu klein. Valten mietete drei Räume, einen für die beiden Damen, einen für Henri und sich und einen für die vier Dienstboten. Letzteres war besonders schwer, man wollte sie in die Gesindestuben zu den anderen stekken, auch der Kutscher würde ja dort schlafen, doch Valten winkte mit seinen Talern, und sie bekamen ihr Zimmer. Das brauchten sie auch, denn in der Nacht mußten sie unbemerkt daraus verschwinden. Die Damen hatten gar nichts zu tun, außer zu schlafen. Von Henri hingegen wurde erwartet, daß er ihnen ein Alibi verschaffte. Gegen Mitternacht sollte er jemanden vom Herbergspersonal wecken und etwas zu trinken verlangen, auf daß im unwahrscheinlichen Fall, daß jemand die durchreisenden Franzosen verdächtigen würde, ein glaubwürdiger Zeuge versichern konnte, er habe die Franzosen zur Tatzeit gesehen. Valten hatte Henri ein paar deutsche Worte beigebracht; es war nicht anzunehmen, daß hier jemand Französisch sprach.

Es dauerte seine Zeit, bis die Herberge zur Ruhe gekommen war. Erst gegen zehn Uhr wichen die letzten Gäste, die so lange beisammengesessen und gezecht hatten, und danach verging noch einige Zeit, bis das letzte Licht im Haus erloschen war. Valten und Henri unterhielten sich leise in der Dunkelheit. Eine halbe Stunde vor Mitternacht gab er das vereinbarte Klopfzeichen an die Wand. Ihr größtes Problem war es, ungesehen aus dem Haus zu kommen. Zwar hätten sie aus dem Fenster springen können, sie wohnten im ersten Stock, das war nicht zu hoch für einen beherzten Satz, aber sie hätten ja nach der Tat nicht wieder zurückspringen können, also mußten sie zumindest auf dem Rückweg die Treppen benutzen, und da war es schon besser, wenn sie die Lage in Ruhe bereits auf dem Hinweg erkundeten. Möglicherweise war es keine besonders kluge Idee, denn bei den Treppen handelte es sich, was Valten am Abend gar nicht aufgefallen war, um knarrende, quietschende Holzstiegen. Bei jedem Tritt zuckte Valten zusammen. Er wußte auch nicht, ob jemand vom Personal in der Gaststube schlief, der ihr Verschwinden bemerken könnte. Eher nicht, hoffte er; beim gemeinsamen Abendessen hatte er sich gründlich umgeschaut und nichts bemerkt, das als Ruhelager dienen könnte.

Einer seiner Leute stieß in der Dunkelheit gegen einen Tisch, der mit lautem Scharren verrutschte. Die fünf Männer erstarrten. Als sich nach zwei Minuten nichts gerührt hatte, flüsterte Valten: »Weiter!«

Valten drückte auf die Türklinke. Sie bewegte sich quietschend, doch die Tür blieb zu. »Verschlossen«, flüsterte Valten. »Sievers!«

Den Mann hatte er nicht ohne Grund ausgewählt. Sievers war Einbrecher gewesen, ehe er zu den Piraten gestoßen war. Er verstand etwas von Schlössern, hatte er versichert. Valten hatte damit gerechnet, daß Bersings Haus verschlossen war. Nun mußte Sievers seine Talente bereits in der Herberge beweisen.

Das gelang ihm ohne größere Mühe. Er klimperte ein wenig mit seinem kleinen Bund von Dietrichen und Nachschlüsseln, dann sprang das Schloß mit lautem Krachen auf. Wieder wartete Valten zwei Minuten, dann gab er das Kommando zum Abmarsch.

Sie blieben zusammen. Zwar würde eine größere Menschengruppe, die nachts durch die Stadt lief, eher auffallen als ein einzelner Mann, aber die anderen kannten den Weg nicht, und außerdem durfte sie einfach niemand sehen. Die Leute in den Häusern schliefen längst, jetzt drehten nur noch Nachtwächter ihre Runden, und denen konnte man aus dem Weg gehen.

Das erwies sich als Irrtum. Als sie um eine Ecke bogen, stand ein Nachtwächter genau vor ihnen. Er stützte sich auf seine Hellebarde und schlief im Stehen. Zwar führte er eine Laterne bei sich, doch die Kerze war erloschen, sonst wären sie durch deren Schein gewarnt worden.

Hoorn und Klapmütz handelten schnell. Sie schlugen den Mann nieder, ehe er erwachte. Dann zerrten sie ihn in eine dunkle Ecke, fesselten und knebelten ihn, damit er beim Erwachen nicht Alarm schlagen und auch nicht zufällig entdeckt werden konnte.

Klapmütz nahm die Hellebarde an sich und schulterte sie. Von weitem mochte es so aussehen, als würde ein Nachtwächter ein paar verspätete Bürger zu ihrem Quartier geleiten. Valten erheiterte der Einfall seines Leibwächters. Ein Nachtwächter würde auf jeden Fall die Kerze in der Laterne entzünden, und das vermieden sie natürlich. Aber er ließ den alten Kauz gewähren. Half es nicht, so würde es doch nicht schaden. Das hatte Claen einmal gesagt. Ein Mann mit großen Gaben, ein kluger Visionär und zugleich ein widerlicher, geldgieriger Verbrecher.

Ungesehen gelangten sie zum Haus von Bersing. Ein Lichtschein näherte sich, und sie versteckten sich neben dem Haus in der Finsternis. Es war ein Nachtwächter, der nicht schlief und dessen Laterne brannte. Quälend langsam drehte er seine Runde über den Platz und die Straße. Es war bereits Mitternacht, als Sievers sich endlich am Schloß von Bersings Tür zu schaffen machte. Leise sprang das Schloß auf. Die Tür knarrte nicht, als Sievers sie langsam öffnete. Ungesehen und ungehört schlüpften die fünf Männer ins Haus.

Valten kannte sich hier drin nicht aus. Er hatte lediglich die Diele und den Arbeitsraum gesehen. Er hatte keine Ahnung, wieviel Personal im Haus war, und er wußte nicht, wo Bersing schlief. Er wußte nicht einmal, ob Bersing Familie hatte. Sie blieben beisammen. Valten entzündete eine Kerze, und sie öffneten die erste Tür. Das Speisezimmer. Weiter, winkte er den anderen zu. Die nächste Tür. Die Küche. Das Arbeitszimmer. Ein Wohnraum. Im unteren Stockwerk befand sich kein Mensch. Leise stiegen sie die Treppe empor. Sie knarrte nicht. Bersing hatte für Qualität gesorgt.

Auf der obersten Stufe schlug sich Valten an den Kopf. »Die Masken!« zischte er seinen Leuten zu. Sie hatten nicht vor, das Gesinde zu töten, ihr Auftrag galt einzig Bersing. Damit sie später nicht identifiziert werden konnten, hatte Valten dafür gesorgt, daß sie den Überfall maskiert unternahmen.

So leise sie auch gewesen waren, jemand hatte sie doch gehört. Der alte Diener stand plötzlich vor Valten und riß die Augen auf, als er die Eindringlinge mit den schwarzen Tüchern vor den Gesichtern sah. Zum Schreien kam er nicht mehr, Valten hielt ihm schnell den Mund zu, Hoorn und Beneken fesselten ihn, und Klapmütz stopfte ihm einen Knebel in den Mund.

Sievers öffnete die nächste Tür. Ein kleines Zimmer, das Bett verlassen. Dort hatte der alte Diener geschlafen. Sie warfen ihn auf sein weiches Lager und schlichen weiter durch das Haus. Das nächste Zimmer war sehr groß und wurde von einem riesigen Bett beherrscht, in dem zwei Menschen schliefen. Bersing und seine Frau, wußte er, noch ehe er den Ratsmann erkannte. Die beiden erwachten dadurch, daß sie gefesselt und geknebelt wurden. Sie kamen nicht dazu, Widerstand zu leisten oder zu schreien. Valten ließ sie liegen. Er würde sich später um den Kaufmann kümmern. Jetzt mußte erst einmal das restliche Personal überwältigt werden.

Es waren noch fünf Leute, die sie im zweiten Stockwerk fanden, drei Männer und zwei Frauen. Mühelos fesselten sie die Schlafenden. Darüber war nur noch der Dachboden. Zur Sicherheit sah Valten auch dort nach. Keine Gefahr. Das Haus war in ihrer Hand.

Sie kehrten in das erste Stockwerk zurück, trugen den fest verschnürten Bersing die Treppen hinab in sein Arbeitszimmer. Seine Augen waren weit aufgerissen vor ungläubigem Entsetzen. Schreien konnte er nicht, der Knebel saß fest.

Beneken und Hoorn warfen den Ratsherrn auf den Boden seines Arbeitszimmers. Der Sturz war nicht besonders hart, denn dort lag der weiche Teppich aus dem Orient, doch Bersing stöhnte.

Valten nahm seine Maske ab. »Sie erkennen mich, Ratsmann Bersing, wie ich annehme? Valten Went, der Wundarzt der Piraten. Ich habe dort noch eine andere Funktion, das hatten Sie ja schon vermutet. Ich bin für das Gesetz zuständig. Es wird Sie vielleicht überraschen, aber auch Piraten haben Gesetze. Und wir sind hier, weil Sie dagegen verstoßen haben.«

Bersing wollte etwas erwidern, aber er brachte nur ein paar Würgelaute hervor.

»Sie werden noch Gelegenheit bekommen, sich zu den Vorwürfen zu äußern«, sagte Valten. »Erst einmal mache ich Sie damit vertraut.« Und er legte ihm die Sichtweise der Piraten dar, nach der Bersing der Anstifter einer Reihe von Morden war, der Urheber eines Planes, der die Gemeinschaft der Piraten zerstört hatte. »Der Rat der Kapitäne, das höchste Machtorgan der Piratenrepublik, hat Sie dafür zum Tode verurteilt. Ich werde jetzt den Knebel lösen. Wenn Sie schreien, wird das nichts nutzen, alle im Haus sind gebunden, und der Nachtwächter ist gerade erst vorbeigegangen und wird sicher nicht sofort zurückkehren.«

Valten beugte sich über den Gefangenen, löste den Strick, mit dem der Knebel festgebunden war, und zog das durchnäßte Stoffstück heraus. Bersing keuchte, doch schrie er nicht um Hilfe.

»Sie müssen verrückt geworden sein, Went«, sagte er. »Was geht mich der Rat Ihrer Kapitäne an? Ich bin ein freier Bürger,

Kaufherr und Ratsmann. Was habe ich mit Piraten und ihren Gesetzen zu schaffen?«

»Wer sich mit Piraten einläßt, kommt durch Piraten um«, sagte Valten sentenziös. »Es stimmt doch, daß Sie Claen und Jarre bestochen haben, damit die beiden den Vertrag mit Hamburg notfalls mit Gewalt durchsetzen?«

»Haben sie denn Gewalt angewendet?« fragte Bersing.

»Ja. Vier Kapitäne und drei Matrosen wurden im Schlaf erstochen, ehe ich den Täter überführen konnte. Und das haben Sie veranlaßt.«

»Was geht es mich an, wenn sich Piraten gegenseitig abschlachten?«

»Sie haben es so gewollt!«

»Ach was«, sagte Bersing, der sich inzwischen etwas sicherer fühlte, obwohl er gebunden auf dem Teppich lag, umstanden von vier noch immer maskierten Männern, die recht bedrohlich wirkten. Aber Valten redete so vernünftig mit ihm, daß er einfach nicht glauben mochte, daß sein Schicksal bereits entschieden war. »Ich wollte den Vertrag mit allen Mitteln, das ist wahr, aber ich habe den Piraten doch keine Mordaufträge gegeben! Das haben sie sich ganz allein ausgedacht.«

»Sie haben die Kapitäne mit einem Reichtum bestochen, der für Sie nicht sonderlich viel bedeuten mag, der aber für arme Freibeuter die Welt bedeutet. Sie haben den beiden sogar die Bürgerrechte der Stadt angeboten. Ihnen mußte klar sein, was Sie damit heraufbeschwören.«

»Und wenn schon!« sagte Bersing. »Das waren doch bloß Piraten.«

»Nun, das sind wir auch«, sagte Valten. »Und außerdem sind wir auch noch Menschen. Unter Menschen bleibt es nicht ungesühnt, wenn man mordet oder zum Mord anstiftet. Wir haben Sie nach unseren Gesetzen verurteilt, und wir werden das Urteil vollstrecken.«

»Urteil!« höhnte Bersing. »Das Urteil von Räubern und Mördern über einen Bürger! Ich erkenne es nicht an! Sie können mich töten. Sie sind zu fünft, ich bin allein und gefesselt, ich kann es nicht verhindern. Aber nennen Sie es nicht Gerechtigkeit! Nennen Sie es nicht Urteil! Nennen Sie es Mord!«

»Ja«, sagte Valten nachdenklich, »aus Ihrer Sicht und nach Ihren Gesetzen ist es wohl Mord. – Wollen Sie noch ein Gebet sprechen?«

»Du meinst es wirklich ernst!«

»War das ein Nein?« fragte Valten. »Dann mache ich das für Sie. O Herr, nimm dich der Seele dieses Mannes an. Verzeihe ihm, was er Böses getan hat, und erinnere dich daran, daß er auch Gutes getan hat. Nimm ihn in Gnaden an und schenke ihm Frieden. Amen.«

»Ich werde mit Gott schon klarkommen«, sagte Bersing. »Denk du lieber an dein Seelenheil, das du mit einem Mord verspielst.«

Daß der Ratsmann so überhaupt keine Todesfurcht zeigte, ganz anders als Claen, der noch unter der Schlinge um Gnade gewinselt hatte, das nötigte Valten Achtung ab, doch er hatte keine Wahl. Er nickte seinen Männern zu. Lange hatten sie im Kapitänsrat darüber diskutiert, wie Bersing hingerichtet werden sollte. Erhängt wie Claen? Das war vor Ort kaum möglich. Enthauptet? Ein Beil konnten sie schlecht mit sich führen als harmlose Reisegruppe, auch die Entermesser nicht. Henri trug natürlich seinen Degen, der jedoch kaum zum Enthaupten geeignet war; sie hatten ihn in der Herberge gelassen. Blieb also nur das Erdrosseln oder das Erstechen. Valten hatte für letzteres plädiert, weil es ihm am wenigsten grausam erschien.

Er nickte Klapmütz zu. Der zog einen Dolch, beugte sich über Bersing, setzte ihn mit der Spitze auf dessen Brust.

Nun schrie Bersing doch noch um Hilfe. Klapmütz rammte ihm das Messer ins Herz, und der Schrei brach ab. Klapmütz zog den Dolch aus der Wunde und wischte die Schneide an Bersings Nachtgewand ab.

Valten wandte sich zur Seite. Obwohl er zwei Jahre unter Piraten verbracht hatte, war er jeder Gewalt aus dem Weg gegangen. Noch nie hatte er getötet. Auch jetzt hatte er es nicht eigenhändig getan, doch war er mindestens so schuldig wie Klapmütz. Er hatte den Plan ersonnen und die Vollstreckung des Urteils befohlen. Mochten die Piraten es Gerechtigkeit nennen, in Valtens Augen war es kaum besser als ein gewöhnlicher Mord. Bersings Leben war der Preis für die Freiheit von Marie, Madeleine und Henri gewesen. Ein hoher Preis, aber nicht zu hoch, fand Valten. Sein Gewissen würde sich schon wieder beruhigen.

Er wandte sich seinen Männern zu. »Durchsucht das Haus. Nehmt alles mit, was Wert besitzt, es soll wie ein Raubmord aussehen. Aber nur Geld und Schmuck. Nichts Auffälliges. Vielleicht werden wir am Tor kontrolliert.«

Die Freibeuter entzündeten Kerzen und schwärmten im Haus aus. Valten beteiligte sich nicht daran. Er betrachtete den Toten und grübelte weiter darüber nach, ob das eben ein Mord oder die Vollstreckung eines gerechten Urteils gewesen war. Eine befriedigende Antwort fand er nicht.

Der Rückweg verlief ohne unliebsame Begegnungen, und sie gelangten auch ungesehen in die Herberge zurück, wo nach Henris Auftritt um Mitternacht längst wieder alles schlief. Sievers schloß von innen ab. Nun sollte ihnen erst einmal jemand beweisen, daß sie die Nacht nicht hier verbracht hatten.

Henri war eingeschlafen und bemerkte Valtens Rückkehr nicht. Auch Valten schlief zu seiner eigenen Überraschung nach kurzer Zeit ein. Henri mußte ihn am Morgen rütteln, um ihn zu wecken. Sie wollten früh aufbrechen, am besten, ehe der Mord entdeckt wurde, aber auch wieder nicht so früh, daß sie dadurch am Stadttor auffielen. Also frühstückten sie gemeinsam in der Herberge. Valten erzählte nichts, und die Frauen fragten ihn auch nicht nach seiner nächtlichen Unternehmung.

Das Stadttor stand offen, die Wächter beachteten sie gar nicht, sie kontrollierten nur diejenigen, die kamen. Eine Last fiel von Valten ab, als sie durch die breiten Mauern fuhren und im offenen Gelände waren. Er hatte es geschafft. Die Frauen waren frei, das Urteil des Rates vollstreckt, nun konnte auch er an seine Freiheit denken.

In einem Wäldchen außer Sichtweite der Stadt ließ er die Kutsche anhalten. Valten winkte seine Leute nach hinten, der Kutscher brauchte von ihrer Besprechung nichts zu sehen und nichts zu hören.

»Das war es«, sagte Valten zu den vier Männern. »Die Gerechtigkeit hat ihren Lauf genommen, das könnt ihr den Kapitänen berichten, wenn ihr wieder im Lager seid.«

»Du kommst nicht mit uns zurück?« fragte Klapmütz traurig.

»Nein«, sagte Valten.

»O doch!« sagte Beneken, packte Valten mit einer Hand am Kragen und setzte ihm mit der anderen ein Messer auf die Brust. »Mein Kapitän hat sich so etwas gedacht. Du willst mit den Frauen durchbrennen. Sie sollen ruhig fahren, wir brauchen sie nicht, aber dich brauchen wir. Du bist unser Wundarzt, und du bist bei uns das Gesetz! Willst du es selber brechen?«

»Ich will nur frei sein«, sagte Valten und schluckte.

»Du kommst mit uns, oder ich töte dich!« sagte Beneken.

Valten wußte, daß er sich aus dieser Situation nicht befreien konnte. Aber zurück zu den Piraten? Niemals! »Dann mußt du mich töten«, sagte er und senkte seinen Kopf.

Auf einmal hatte Beneken ein Messer am Hals. Hoorn stand hinter ihm und sagte: »Wenn du zustichst, schneide ich dir die Kehle durch.«

Beneken hatte gar nicht vorgehabt, Valten zu erstechen. Er wollte ihn nur zwingen, in das Lager zurückzukehren. Verwirrt über den unvermuteten Angriff ließ er Valtens Kragen los, und der Arm mit dem Dolch sank herunter.

»Fallen lassen!« sagte Hoorn, und Beneken gehorchte. Nun ließ auch Hoorn die Waffe sinken. »Noch jemand?« fragte er.

Sievers schüttelte den Kopf, und Klapmütz sah Beneken entgeistert an. »Was ist denn in dich gefahren?«

»Mein Kapitän hat es mir befohlen«, entschuldigte sich Beneken.

»Hätte ich dem besonnenen Stoeff gar nicht zugetraut«, sagte Valten erleichtert.

»Aber mein Kapitän hat es ihm zugetraut«, sagte Hoorn. »Er hat mir gesagt, daß du uns verlassen willst und daß ich dich unterstützen soll, wenn dich jemand daran hindern will. Und er hat auch gesagt«, wandte er sich an Beneken, »daß unsere Gemeinschaft nicht mehr existiert. Bersing und Claen haben sie zerstört. Valten kann nichts verraten, das es nicht mehr gibt.«

Valten bedankte sich bei Hoorn für dessen Eingreifen und trug ihm auf, den Dank ausdrücklich auch an Pelsaert auszurichten. Er übertrug ihm das Kommando über die Truppe, stattete ihn mit etwas Geld für die beschwerliche Rückreise aus – sie mußten ja irgendwie nach Bremen zurückgelangen, wo ihre Boote lagen, und dabei Hamburg auslassen, das genau zwischen ihnen und Bremen lag. Klapmütz umarmte ihn zum Abschied, den anderen gab Valten die Hand, auch Beneken, der seinen Anschlag nicht persönlich gemeint hatte.

Die Männer wanderten davon, und Valten ging vor zum Kutscher und teilte ihm mit, daß es Schwierigkeiten mit dem Personal gegeben habe. Doppelter Lohn, sonst würden sie die weite Reise nach Danzig nicht fortsetzen. Nun, ehe er sein Geld zum Fenster hinauswerfe, habe er sie alle kurzerhand entlassen. In Danzig gebe es sicher auch gutes Dienstpersonal. Das wußte der Kutscher nicht, er war noch nie dort gewesen, aber er glaubte es unbesehen, und falls er sehr verwundert über den grußlosen Weggang des bis eben noch sehr freundlichen und lustigen Personals sein sollte, so ließ er sich das nicht anmerken. Valten stieg in den Wagen, der Kutscher knallte mit der Peitsche, und die vier Pferde setzten sich in Bewegung. Valten lehnte sich aus dem Fenster und schaute zurück. Die vier Männer wurden immer kleiner, schließlich waren sie hinter den Bäumen verschwunden.

»Sind wir sie los?« fragte Henri.

»Ja.«

»Frei!« schrie Henri, ballte die Fäuste und schüttelte sie in der Luft. »Wir sind frei!« Er umarmte seine Schwester und, da er schon dabei war, gleich auch noch Marie und dann Valten. »Wir haben es geschafft!«

Endlich beruhigte er sich wieder und sank auf den Platz neben Valten zurück. Die beiden Frauen saßen gegenüber, Marie blickte Valten direkt in die Augen und sagte: »Danke!« Sie griff nach seiner Hand, streichelte leicht darüber, dann zog sie sich wieder zurück.

»Und Sie begleiten uns weiter?« fragte Madeleine.

»Es geht ja gar nicht anders«, sagte Valten. »Sie können nicht mal den Kutscher bezahlen – geschweige denn die Kutsche. Ohne mich kommen Sie gar nicht bis nach Danzig.«

Darüber hatten weder sie noch ihr Bruder bisher nachgedacht; es war ihnen peinlich, daß sie von Valten auch außerhalb des Piratenlagers abhängig waren.

Schnell sagte Valten: »Im übrigen tue ich es gern. Ich fühle mich für Sie verantwortlich. Bei Marie war es Liebe auf den ersten Blick«, sagte er, erstaunt über seine eigene Kühnheit. »Aber sie hat an den ersten Tagen ja nicht viel gesagt. Es war Ihr unwiderstehlicher Charme, Mademoiselle de Marcillac, Ihre Art, über Ihre Lage zu sprechen, Ihre Anmut, Ihr Liebreiz, Ihr Stolz in der schweren Situation, die mich dazu gebracht haben, über meine eigene Situation nachzudenken und Ihnen letztlich zu helfen. Ihnen zu helfen und zugleich auch mir selber. Ja, Sie haben auch mir geholfen. Ich bin nicht freiwillig zu den Piraten gekommen und habe ihr Gewerbe immer verabscheut, aber mir gefiel die Art, wie sie zusammenlebten. Nicht nur Claens Verbrechen haben mir die Augen geöffnet, sondern auch die zunehmende Klarheit über Ihre traurige Lage, an der Sie völlig unschuldig waren. Ich kam mir vor wie ein Kerkermeister. Ich mußte mit diesem Leben brechen. Sie haben mir die Kraft dazu gegeben. Wenn Sie unbedingt jemandem danken wollen, dann danken Sie sich selber.«

»Das haben Sie schön gesagt.« Madeleine errötete.

Henri buffte ihm kumpelhaft in die Seite. »Ist doch lächerlich, daß wir so fremd tun«, sagte er. »Du bist der beste Freund, den ich je hatte. Du gehörst zur Familie! Wir sollten uns duzen!«

Madeleine nickte, aber Henri sprach schon weiter. »Außerdem ist es lächerlich, daß wir immer Spanisch sprechen. Du bringst mir Deutsch bei, ich dir Französisch. Dann kannst du dich auch besser mit Marie unterhalten.«

Das Mädchen errötete nicht, als es sagte: »Das kann ich ihm auch selber beibringen.«

»Oder ich«, sagte Madeleine. »Wir haben ja eine lange Fahrt vor uns.«

Henri bemerkte nichts von der leichten, aber nicht unangenehmen Spannung im Abteil der Kutsche. Munter sagte er: »Na fein. Lernen wir alle neue Sprachen. Wir sind noch über eine Woche unterwegs. Wenn wir in Danzig ankommen, will ich mein Frühstück auf deutsch bestellen können!«

»Und ich auf französisch«, sagte Valten heiter.

Wenn er Marie ansah, bekam er gute Laune. Die Vergangenheit belastete ihn kaum noch. Er hatte über tausend Taler bei sich, das würde für den Anfang reichen. Vielleicht brauchten sie in Danzig ja einen guten Wundarzt, dann würde er sein Auskommen finden. Und vielleicht hatte er auf der Reise endlich Gelegenheit, Marie näher zu kommen. Wenn er ihre Blicke richtig deutete, dann dürfte das nicht einmal besonders schwierig werden.